逆井卓馬 Author: TAKUMA SAKAI

[イラスト] 遠坂あさぎ illustrator: ASAGI TOHSAKA

Heat the pig liver (5回目)

the story of a man turned into a pig.

豚のレバーは加熱しろ

[NAME] ヨシュ
profile
解放軍メンバー。
リスタを組み合わせた
弩を得物とする、
クールな青年。
イツネの弟。
[NAME] イツネ
profile
解放軍メンバー。
リスタを組み合わせた
大斧を得物とする、
豪快な女性。ヨシュの姉。

豚のレバーは加熱しろ
(5回目)

逆井卓馬 Author: TAKUMA SAKAI
[イラスト] 遠坂あさぎ illustrator: ASAGI TOHSAKA

Contents

目次

Heat the pig liver

最悪なのは、自分が死ななかったことではなくて、他人を死なせてしまったことだ。

私はいつもいつも逃げてばかり。

自分の人生から逃げようとして、それには結局失敗した。

彼女の人生から逃げようとして、それにも結局失敗した。

人は弱いから逃げるのだろうけれど、弱いからこそ逃げきれないのはこの世の不条理だ。

全部忘れたい。全部夢だったらよかったのに。夢のままだったらよかったのに。死ねないのだったら、死のうだなんて考えなければよかった。あのとき死のうとしなければ、彼女と出会うことはなかったはずだ。こうやってずっと罪悪感に苛まれることもなかったはずだ。

逃げ切る力すらなかった私に、戦う強さが残っているはずもなく。

だから私は、あの三人に想いを託した。

逃げずに戦うことを選んだ、三人の眼鏡の勇者たちに。

第一章

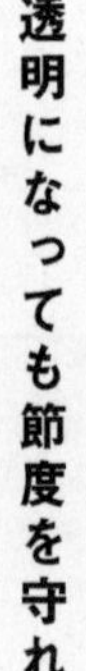

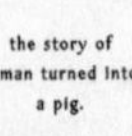

男なら描いたことがあるだろう空想ランキング！——みたいなものがあったとして、透明人間になることがその上位にランクインするのはまず間違いないと断言できる。清楚(せいそ)な美少女に豚呼ばわりされることはトップ一〇〇に入るかどうかすら怪しいが、透明になってあんなことやこんなことをする妄想をしたことがない少年は、ひょっとすると存在しないのではないか。

そういう意味で、俺はあらゆる男の夢を叶(かな)えてしまった。ただ、ちょっと問題があって、まず吾輩(わがはい)は豚である。透明人間ではなく透明豚。名前どころか実体もまだない、霊魂という存在らしい。

この状態には、すべての男が羨望(せんぼう)するメリットの他に、大きなデメリットがある。まず、俺が交流できるのは、飼い主である清楚(せいそ)な金髪美少女、ジェスのみだ。そして、つい今朝知ったのだが、俺はジェスが起きているとき、かつジェスの周辺でしか活動できないらしい。ジェスが眠っている間は俺も必ず夢の中だし、ジェスの周囲からあまりに離れようとすれば、見えない壁に阻(はば)まれてしまう。

つまり、透明であるという圧倒的なアドバンテージがありながら、俺がジェスの目を逃れてあんなことやこんなことをするのは至難の業なのだ。

「それは残念でしたね」

隣を歩くジェスが冷ややかに言った。

飼い主には心の中まで読まれてしまう、ということも問題リストに付け加えておこう。

「もうセレスさんの裸をじっくり楽しまれたんです、これ以上はいいじゃないですか」

桃色の頰がぷくっと膨れる。ジェスは、俺が浴室でセレスの肢体をうっかり凝視してしまった一件を、まだ根にもっているようだ。

〈仕方なかっただろ、目の前に迫ってきたんだから。どうしようもなかったんだ〉

「私からはすぐ目を逸らすのに……」

ぶつぶつ言いながら、ジェスは狭い廊下を進んだ。

今年初めての朝の光が、その横顔を照らしている。搾りたての朝日を浴びて、右舷で弾けた波がラメのように輝く。ジェスの細やかな金髪はさらさらと潮風に流れる。

俺たちは今、船の上。北の海に浮かぶ絶壁の孤島を目指して進んでいるところだ。

廊下の突き当たりにある扉を開くと、狭い物置が見える。二人の少女が、中で膝を抱えて座っていた。それぞれの横には獣が二匹——線の細い少女の隣には黒豚がのそっと鎮座し、長い金髪をおさげにした少女の隣には小柄なイノシシがちょこんと侍っている。

獣と少女の比率が一対一の、なかなかに不思議な光景だった。

「みなさん、お待たせしました」

言いながら、ジェスは扉を閉めた。窮屈な物置は途端に薄暗くなる。

扉を背にして座るジェス。さて、俺はどこに身を置こう。

線の細い少女――セレスの横に陣取ろうとして、考え直す。ジェスの手前、あらぬ誤解を避けるためにも、これ以上セレスに近づくのはやめておいた方がいいだろう。

だから俺は、その反対側を選んだ。すぐ隣に、おさげの少女――ヌリスのむっちりとしたふとももがあるが、これは仕方がない。あくまでセレスを避けた結果なのだから！

ジェスが俺をジト目で見たからか、不思議そうな表情を浮かべるヌリスの顔がこちらへ向けられる。そばかすの純朴そうな少女の瞳が、見えない豚を見ようとして虚空を覗き込んだ。

そう、繰り返すようだが、俺は透明なのだ。

ヌリスの無防備な胸元からは、セレスやジェスにはない谷間が覗いている。歳は一五、ジェスより一つ下だと聞いているが、背も高く、胸もそこそこ大きい。長い手足に鼻を横切るそばかすも相俟って、強い日差しの中で一気に成長したカントリーガールという印象を与える。

ヌリスは、北部で強制労働させられていたが、王朝の策略によって逃がされ、解放軍に保護されたイェスマだ。幹部の姉弟に気に入られ、今ではこうして旅の仲間に加わっている。

「あら豚さん、ここにいるんですか～？」

ヌリスの細長い指が広げられて、俺を探るようにこちらへ向かってくる。場所は合っているのだが、俺はジェスに憑りついた霊魂。ヌリスが俺を触ることはできない。彼女の腕は俺の身体をすり抜けて、その胸元がちょうどよく俺の目の前にやってきた。

体勢の変化に応じて揺れる、柔らかそうな二つの球体。その相互作用にはニュートンのゆりかごを連想させる物理学的な美しさがあり、俺はすっかり魅入られてしまった。

……と、こんなことを考えていれば、普通はイェスマの少女や魔法使いにダダ漏れになってしまうはずなのだが、ここにも霊魂の特権がある。

心を読まれないのだ。

だから、俺があんなことやこんなことを妄想しても、ヌリスやセレスにそれを聞かれてしまう心配はない。

素晴らしきかな、内心の自由！　ここでは地の文に何を書いたっていいのだ。例えば至近距離で観察できるヌリスのおっ――

――私には全部聞こえてますので……

ジェスにテレパシーでたしなめられ、すっと身を引く。盲点だったな。

純真な少女にとって、こんな変態の思考を始終聞かされるのはかなりの苦痛に違いない。

まったく、世の中は本当に間違っていると思う。

黒豚が鼻を鳴らし、ヌリスの身体は起き上がってそちらを向いてしまった。

「これからのことについて、ちゃんと、腰を据えて話したかったんです」

セレスの口がそう言った。

口が、というのは、その発言をしたのがセレスではないからだ。セレスのすぐ隣で、発言者の黒豚が耳をパタパタさせている。中身はサノン、三〇過ぎの変態だ。

「我々豚は、メステリアをよりよい場所にするため、ここまで奔走してきました。そして、今が一番大事な局面であることは、まず間違いないでしょう」

声はセレスのものだが、このゆっくりとしたしゃべり方はサノンのものだ。

豚仲間の思考は、ジェスたちには聞こえても、霊魂の俺には聞こえない。不便なことに、今の状態では、俺はジェスに思考を中継してもらうこともできないようなのだ。だからこうして、隣の少女が豚の代わりにしゃべって、俺にも聞こえるようにしてくれている。

こんな不便を押してまで、俺たちが話し合いの場を設けたのには理由がある。メステリアの転換期である今、今後の方針を、獣の姿になった三者ですり合わせるため。三豚会議である。

セレスの口を借りて、サノンは続ける。

「メステリアは今、混乱の渦中にあります。最強の王が闇躍の術師に身体を奪われ、最凶の王が誕生してしまいました。最凶の王を斃せなかった場合、我々がしてきたすべての努力が水の泡。逆に、最凶の王を葬ることができれば、かなり明るい未来が拓けるわけです」

現状は、サノンの指摘する通りだ。

メステリア最強の魔法使いを自称していた王マーキスは、封印していたはずの闇躍（あんやく）の術師に虚（きょ）を衝（つ）かれ、その身体（からだ）を奪われてしまった。メステリア最強の魔力と、メステリアの王朝が、同時に敵の手に渡ってしまったというわけだ。

「現段階できちんと、我々の目標を確認しましょう。すれ違いがあったら困りますからね」

かく言うサノンは、目的のためならば俺たちを出し抜くことさえ厭（いと）わない策略家だ。

イエスマの権利を軽視する態度を変えなかったマーキスを、ノットたちが急襲して殺そうとしたとき。怒り狂って手が付けられなくなった最強の王を斃（たお）すため、サノンは俺とジェスから破滅の槍（やり）を奪う計画を立て——そして一人の男の死を招いた。

ヌリスを挟んで俺の反対側にいるイノシシが、フンスと鼻を鳴らした。

「オレの最終目標（ゴール）は一つですよ。最初（ゼロ）から最後（インフィニティ）まで変わりません。それは、すべてのイエスマ（しょうじょたち）から首輪を外すこと」

少し低い声で、ヌリスがケントの代弁をした。

ケントは男子高校生で、正式なハンドルネームを†終焉（しゅうえん）に舞う暗黒の騎士† keNto という。真面目で賢い少年だが、ちょっと変わった言葉遣いが特徴だ。

イノシシの顎（あご）を指で掻（か）きながら、嬉（うれ）しそうに微笑（ほほえ）むヌリス。その首には、黒ずんだ銀の首輪が重苦しく嵌（は）まったままだ。

イエスマの首輪。魔力を奪い、利己性を抑（おさ）え込む奴隷（どれい）の首輪。

王の錠魔法によって着けられた首輪は、王の鍵魔法によってしか外すことができない。そしてその王は、最凶の魔法使いに身体を奪われている。

例外的に錠魔法をこじ開けることができたホーティスも、もうこの世にはいない。

ジェスは先代の王イーヴィスの鍵魔法によって、セレスは最巧の魔法使いホーティスの魔法によって、首輪を外され、イェスマではなく魔法使いとなった。しかし、ヌリスを始め、メステリアに何百と残されたイェスマの少女たちには、首輪が着けられたままである。

セレスがサノンの代わりに言う。

「ケントくんは、あくまでイェスマの解放が目的というわけですね。その点に関しては私も同様です。イェスマと呼ばれてきた女の子たちと、彼女たちを守りたいと思っている人たちが、普通に、そして幸せに暮らせる世の中にしたい。それが私の最終目標です」

同意するような口調で、少しだけ内容を変えてくるところがサノンらしい。

「ロリポさんはどうですか？」

黒豚のキラキラした瞳がジェスを見た。ジェスは俺の思う通りにしゃべってくれる。

「同じです」

ジェスの口から俺の言葉が出てくるのは、やはり不思議な感覚だ。

「少女たちが、魔法使いの血を引いているというだけで、理不尽に自由を奪われたり、命を狙われたりすることがない世界にしたいと、そう思ってます。俺が求めるのは、彼女たちの自由と、この世界の安寧――それに、ヌリスさんのふとももでしょうか」

場が凍った。俺はヌリスのふとももにこっそり鼻を近づけてはいたが、最後の一言はもちろん伝えていない。ジェスが勝手に付け足したのだ。

〈何言ってんだジェス、誤解されちゃうじゃないか……！〉

抗議する俺の心の声は、当然ジェスにしか届かない。ジェスは拗ねたように唇を尖らせて俺を見下ろしている。ジェスが伝えてくれなければ、俺の主張は誰にも聞こえない。

俺の隣で、スカートの緑色の生地がひらりと翻る。

「あら、やっぱりそこにいらっしゃるんですね。いいですよ。私のふとももでよければ」

見上げると、ヌリスがスカートの裾をつまみ上げてこちらに微笑みかけていた。

「ええ、ダメです！　絶対ダメです！」

ジェスがヌリスの手を押さえて猛抗議するのと、イノシシがゴヒゴヒと息を吹き鳴らすのとは、ほぼ同時のことだった。

「あら……ダメでしたか……」

両脇から怒られ、ヌリスは少し残念そうにスカートの裾を戻した。

向かいに座るセレスがそれを見て、困ったように笑っている。

黒豚がンゴ、と鼻を鳴らした。

「よくないですね。たとえ姿が紳士でなくとも、心は紳士であるべきですよ」

セレスを通じてそう伝えてくるサノンは、畳まれたセレスの脚にそっと身を寄せている。

どの口が言ってんだ。……いや、セレスの口なのだが。

ぷんすこするジェスに、俺は言葉を伝えてもらう。

「俺はいつでも紳士ですよ——私はそう思いませんが——ともかく、話を戻しましょう。俺たちの目標はイェスマの解放。そして世界の平定。そのためには、闇躍（あんやく）の術師の打倒は避けて通れない」

発言にジェスの私信が混じってしまったが、このくらいはよしとしよう。

見ると、黒豚もイノシシも頷（うなず）いている。

ケントがヌリスを通じて言う。

「まずは最凶の王（あんやくのじゅつし）を斃（たお）して、王朝（メステリア）を取り戻すところからです。このままずっと追われているようでは、オレたちも首輪どころじゃありませんからね」

「ええ、ですから、今回の作戦は、何が何でも成功させなくてはなりません。そのためにも、ロリポさん、頼みましたよ」

黒豚がヌリスのふとももも辺りをじっと見つめてきた。

ジェスの声が、俺の想（おも）いを二人に伝える。

「ええ。命を賭（か）ける覚悟はできてます。ケントくんも、サノンさんも、悔いの残らないように戦いましょう。少女たちのため、この国のため——そして、私のふとももののためにも」

言ってから、ジェスはハッとして俺を振り向いた。そして、慌てて弁明する。

「——あ、違うんです、今のを言ったのは私じゃなくて……もう豚さん、ややこしいことをしないでください……！」

ジェスが勝手に発言内容を変えてくるのなら、それを逆手に取れるのではないか——ジェスが自分から言ったかのように、恥ずかしい発言を潜り込ませてみたらどうなるだろうか——軽い気持ちでやってみたつもりが、ジェスはまんまと引っかかってしまった。

少し後悔する。俺が霊魂となってしまったばかりに、ジェスや周囲の少女たちには、コミュニケーションにあたって相当な負荷をかけてしまっているのだ。だからこそ、ジェスは俺の奸計に嵌まってしまった。

顔を赤くするジェスを見て、少女二人は楽しそうに笑っていた。黒豚はセレスを、イノシシはヌリスを見ている。そして俺は、ジェスを見る。

ふと思った。

意見をすり合わせたようで、一つの合意に至ったようで、俺たち三匹の豚は、実は最大公約数を確認したに過ぎない。向いている方角は一緒でも、それぞれ隣にいる人は違う。

誰を守りたいかは、きっと違う。

ケントはヌリスの首輪を外したい。サノンは解放軍の志を達成したい。

そして俺は……俺は、馬鹿みたいだが、ジェスと一緒にいたいのだ。

自分が実体のない不安定な存在になってしまったと知ったのは、つい昨晩のこと。あのときジェスは、俺と一緒にいたいと、ジェスには俺しかいないのだと、そう言ってくれた。

おかげで俺も、ようやく自分の気持ちに気付くことができた。

一緒にいたい。ジェスと一緒に、終わりのない旅をしたい。

だがそのためにまず、俺たちは、最凶の王からメステリアを奪還しなければならない。

俺たちだけではない。この船には、王朝を追われ命を狙われている王子や、世界を変えるために命を燃やす解放軍の幹部たちが乗っている。

その全員が、何かしらの願いを、希望を胸に、北を向いて進んでいるはずだ。

俺たちのまなざしが向けられているのは、絶壁の孤島、最果て島。

この最果て島にあるはずの命を救う秘宝こそが、そして最果て島から行ける未知の世界こそが、俺たちの戦いにおける重要な切り札である。

そして、俺とジェスが元の日常を取り戻すための、重要な切り札でもあるのだ。

何やら外が騒がしくなり、甲板へ出た。

眩しい朝日の中、マストの見張り台から身を乗り出してヨシュが叫んでいる。

「早く船を隠せ！　できるだろ、ホーティスみたいにさ！」

俺たちの前を、背が高く骨太の少年が急ぎ足で通り過ぎる。王子シュラヴィスだ。

「どうしたんでしょう」

ジェスが不安げに、胸に手を当てた。何か非常事態が起こっているのは間違いなかった。

「煙が……！　あちらから」

ヌリスが船の後方を指差し、走り出す。俺も後に続こうとしたが、その瞬間、俺の視界が緑色で埋まった。正確には、緑色と、二本の脚と、その中央にチラリと白――何でもない。

目の前には、ヌリスの身体が横たわっている。ずこー、という音がしそうになるほど見事に、その場ですっ転んだのだ。長い手足を持て余しているのだろうか。いたたた、と呟きながら、ゆっくりと身体を起こす。

「私にはお構いなく……街が……」

ひどく乱れたヌリスのスカートが気にかかったが、俺は少ししか脇目を振らずに船の後方へ急いだ。シュラヴィスが南方――船の出発地点であるムスキールに向かって手を広げ、何か魔法を行使しようとしている。

その視線の先に目を向けて、絶句する。

ムスキールが――日の出とともに俺たちが発った港町が、黒い煙を上げて炎上していた。

遠く海上からでも視認できる大きな黒い化け物が、その上空で炎を撒き散らしている。王マーキスが創造した龍だ。王朝の所有物が、年明けを祝うはずの街を燃やしている。聞こえるはずのない阿鼻叫喚が、煙の揺らぎとともにこちらに届いてくるような錯覚に陥った。

「居場所が割れちゃったか。思ったより早かったね」

大斧を背負ったイツネが俺たちに追いついた。

駆け足で船尾に向かうと、ちょうどシュラヴィスの正面で景色が歪み始めたところだった。

「光を曲げて、船を隠した。叔父上ほど上手くはないが、この何もない海上ならば、発見を遅らせるくらいの役には立つだろう」

カールした金髪を風になびかせ、シュラヴィスは冷静に言った。簡単そうに言うが、何もない空中で光を曲げるのはなかなか高度な技術のはずだ。

王朝の——すなわち闇躍の術師の狙いは、他でもないこの王子シュラヴィスだ。奴は王マーキスの身体を奪い、王権を乗っ取るだけでは飽き足らず、王妃ヴィースの身柄を人質にして、王家の血を引く最後の一人、王子であるシュラヴィスの命まで刈り取ろうとしている。

「罪のない民が……」

当のシュラヴィスは、慙愧に堪えぬという様子で唇を噛んでいた。

「救ってやれぬのが口惜しい。父上の——せめて叔父上ほどの魔力があれば」

誰も言葉をかけてやれない。イツネがポンとその肩を叩いた。

「行くよ。逃げながら前に進むしかない。もうすぐ目的地だ」

船は魔法で姿を隠しながら海を北上し、奇妙な形をした島に接近しつつあった。

メステリア最北の孤島、最果て島。

眼前に切り立つ白い岩肌は、高さにして一〇〇メートル近い。大海の中に円柱をぼすんと突き刺したような、周囲を断崖に囲まれた島だ。外洋の荒波が、その崖に当たっては砕けている。見える範囲に、船を着けられそうな場所は皆無だった。

「これじゃ上陸は無理だ。どうすんだ、王子様よ」

潮風に外套をはためかせながら歩いてきたのは、腰に双剣を下げた解放軍の英雄、ノットだ。

一方シュラヴィスは船を隠す魔法の行使のため、後方に目を向けたまま返答する。

「俺が上へ行って、様子を見てこよう。まずは船を島の北側に隠してくれるか」

ノットは「おう」とだけ返事をして、舵の方へと戻っていった。

間もなく船は方向転換し、島を囲む崖に沿うようにして移動を始めた。船尾からムスキールが見えなくなると、シュラヴィスは長い溜息をつく。

「ひとまず気付かれずに済んだようだが、予断を許さない。すぐに島の上を見に行こう。ジェスも一緒に来てくれるか」

俺の隣で、ジェスが驚いたように聞き返す。

「私ですか？」

「……というか、豚を連れていきたい。入口を探すには謎かけを解く必要がある」

ジェスが要請に応じ、シュラヴィスは攻撃を弾く黒いローブを羽織った。

目指すは崖の上。人間でも見上げれば首が痛くなるくらいの高さだ。

「俺が自分とジェスの身体を飛ばす。ジェスは念のため、俺に浮力を与え続けてくれないか。有事の際には俺が対応する。ジェスの魔法は、そのとき俺が落ちないための保険だ」

シュラヴィスはそう言いながら、ジェスの腰に、何ともなしにごつい手を回した。

「えっと……」

耳を赤くするジェスを、無骨な童貞は無感情に見る。

「どうした。俺の肩に手を回してくれ。ジェスは自分を飛ばす訓練をしたことがないだろう。万が一俺が魔法を解いたときに、ジェスだけ落ちてしまうのは避けたい」

「なるほど、そ、そうですよね」

そうだぞ。

ジェスはシュラヴィスの肩に腕を回した。シュラヴィスは思ったよりも近くにあるジェスの頭にようやく気付いたようで、少し顔を逸らした。

「行こう」

それだけ言って軽く膝を曲げ、甲板を蹴るシュラヴィス。途端にジェスとシュラヴィスは、魔法で急上昇を始めた。それに合わせて、俺の豚足も船の甲板を離れる。ジェスの浮揚に合わせて、ジェスに従属する俺も移動しているのだ。足下で、さっきまで乗っていた船がぐんぐん遠ざかっていく。豚足の下を外洋の強い風が吹き抜ける。きゅっとガツがすくむようだ。

一方ジェスは、完全にシュラヴィスの首に抱きついていた。童貞王子の顔がすっかり赤く染まっている。女の子に抱きつかれた経験がないのだろう。かわいそうに！

ものの十数秒で、俺たちは崖の上に到着した。

島の上は、想定通りに真っ平らだった。いたるところに奇妙な彫像がゴロゴロと――などということは全くなく、完全な更地だ。白い岩盤のところどころに貧しい土壌があり、丈の低い草が生えている。

地面に足が着くと、ジェスはホッとした様子でシュラヴィスを放す。

「す、すみません……思ったより高くて、怖くなって……」

手を離して目を逸らすジェスに、シュラヴィスも不器用に声を掛ける。

「いや、こちらこそ気が回らなくてすまなかった。……豚は何も言っていないか？」

あぁん？？？　何も言ってませんが？？？

「特には……」

「そうか、それならいいんだが」

シュラヴィスは慎重に視線を巡らせ、島を観察した。平らな地面は広い円形のステージのようで、周縁が一〇〇メートル級の断崖絶壁になっていることを考慮しなければ、ボール遊びでもしたくなるような場所だ。

俺たちが求めている手掛かりは一つも見当たらない。

〈ジェス、ルタの眼はどうなってる？　救済の盃のある方向を調べよう〉

俺が訊くと、ジェスは鞄から〝眼〟を取り出した。金の装飾が施されたガラス球の中に浮かぶ、人から抉り出したかに見える生々しい眼球。契約の楔という太古の至宝の場所を示す、コンパスのような魔法の道具だ。

今回俺たちが探しているのは、その契約の楔を使ってヴァティスが創ったとされる救済の盃――あらゆる命を一度だけ救うと言われる、メステリアの至宝である。

瞳は下を向いていた。正確には少し斜め下だろうか。

「なるほど」

近づいてきて、シュラヴィスが下から眼を覗き込んだ。その首元に、ひび割れた瘡蓋の残る大きな火傷痕が見えた。

「眼は島の中央に向いているようだ。少し移動しよう」

俺たちは岩地を歩き始める。少し横を向けば、ムスキールの燃える真っ黒な煙が空へと昇っていくのが見えた。立ち寄った街が焼かれていて、おそらく多くの人が命を落としている。それを直視するのは精神によくなかった。

ジェスと俺があの街を訪れて、シュラヴィスが俺たちを追って来たから、あの街は理不尽な襲撃にさらされているのだ。美しかった年越しの情景を思い出して、心が痛くなる。

前だけを見て進む。そうするしかない。

先を歩くのは、王子とその許嫁。二人とも若く優秀な魔法使いであり、そして従兄妹である。ただシュラヴィスは、ジェスが王家の血を引く従妹であることを知らない。ホーティスが俺たちだけに伝えた「メステリア王家最大の秘密」は、まだジェスと俺だけのものだ。

「……少し不思議な気持ちになる。こうしてまた、ジェスと二人で歩いていると」

突然、シュラヴィスがラブコメヒロインのようなことを言うのが聞こえた。

「え、えっと、そうですね……」

ぎこちないジェスの返答に、王子は弁明する。

「すまない……変な意味ではない。王都にいたころを思い出すのだ。言葉が足りなかった」

早いテンポで歩き続ける二対の足。

俺は少し後ろに続き、二人の会話を黙って聞いていることにした。

「しばらくの間、俺は母上とも、父上とも会っていない。王朝軍やならず者たちから命を追われてばかりの日々だった。ジェスからは、何というか、王都の香りがして……懐かしくなる」

素直な男だと思った。特に偽ることもせず、感じたことを率直にしゃべっているのだろう。だが、いきなりそんな個人的なことを話し始めるのは、ちょっとシュラヴィスらしくないようにも感じた。何かあったのだろうか。何か、王都が恋しくなるようなことが。

どこか寂しそうなシュラヴィスの横顔を見て、ジェスはそっと胸に手を当てる。

「おそばを離れて申し訳ありませんでした。私、シュラヴィスさんの許嫁でしたのに」

シュラヴィスはゆるゆると首を振る。

「気にするな。また会えて嬉しいと言っているだけだ。許嫁の件はいずれにせよ白紙にする。国がこうなってしまっては、婚姻関係など、まじないほどの意味もなさないからな」

そうなんや。

「そうなんですね……」

ジェスは心を読まれないようにしているのか、胸を押さえてぐっとこらえている。神の系譜に傍系は許されない。少なくとも、王マーキスはそう思っていた。ホーティスの子だとバレてしまえば、ジェスには立場がなくなってしまう。許嫁でなくなるのならば、なおさら。

歩みを進めながら、王子は述懐する。

「……解放軍の者たちは、とてもいい人間だった。イツネも、ヨシュも、そしてノットも、俺の生まれを知りながら、同志として対等に扱ってくれた。命を守ると約束してくれた」

「ええ、とてもいい方たちです」

ジェスの相槌とは対照的に、少し下を向いた王子の顔には暗い影が落ちる。

「だが彼らも、俺の犠牲が必要となったら、いつかは俺を捨てるかもしれない。そういう、過去を気にせず、打算的で、熱意によって結束している空気が、彼らにはある」

「そう……でしたか」

突然トーンの落ちたシュラヴィスの口調に、ジェスは少し戸惑っている様子だった。

「考えたのだ。母上を奪われた今、無条件に俺の味方になってくれるのは誰か。俺が独りになって、助けを求めたとき、見捨てないでいてくれる者がはたして存在するのか」

王子のまなざしが、炎上するムスキールに、そして戸惑うジェスに向けられた。

「知っている。神の血を引く俺がそんなことを期待してはいけない。だが思ってしまう。ジェスと豚だけは、ひょっとすると、俺を助ける義理もないときに、俺を助けようと駆けつけてくれるのではないかと」

落ち着いた低い声だった。しかしその言葉には、悲痛な孤独が滲(にじ)んでいた。

「もちろんです。私、駆けつけます」

ジェスの答えは、なかば反射のようだった。

「……豚さんもそうですよね？」

〈そうだな、助けにいくさ。シュラヴィスは友達だからな〉

「――とのことですよ」

ジェスが俺の言葉を伝えると、シュラヴィスは傷のついた頬(ほお)をふっと緩めた。

「友達、か。嬉(うれ)しいことを言ってくれるものだ」

あっ、と小さく声を漏らして、ジェスがルタの眼(め)を掲げる。

「シュラヴィスさん！　これ……今ちょうど、真下を指しています」

「そうか、やはり……」

俺たちは、円形の島のちょうど真ん中に立っていた。だが、地面には何もない。

しゃがんで草の生えた足元を観察しながら、シュラヴィスが言う。

「深世界への入口があるとされるこの最果て島に、救済の盃も存在している。小さな島だ、これは偶然ではないだろう。ヴァティス様は、何らかの理由があって、救済の盃を深世界の入口に置いたのではないか」

〈つまり、深世界へ行くには、救済の盃を追えばいいというわけだな〉

俺が伝えると、ジェスは自分の足元を見る。

「ということはここの真下に……」

「俺たちの目指すべき場所がある。少し離れてくれ」

シュラヴィスがサッと立ち上がって、地面に右手を向けた。その手の先に、明らかに高いエネルギーを秘めているだろう太陽のような光の球が出現する。眩い光に顔を照らされた王子は、その光球を無感情に地面へと放った。

手榴弾でも投げたかのような爆音と閃光。土煙が消えると、地面には大きな穴が――開いていない。草と土が消滅して、白く平らな岩が円く露出している。

島は強力な魔法で守られているのだ。

「掘ればいいというわけでもなさそうだ。やはり力業ではなく、頭を使わないとな」

シュラヴィスはその場に胡坐をかき、膨らんでもいない懐から手品のように本を取り出す。

赤い表紙。王朝の祖ヴァティスが書いた『霊術開発記』——魔法の中でも未知で危険で禁忌とされる、霊術という分野の研究を記した本だ。

ジェスが向かい合って座るも、シュラヴィスは表紙に手を置いたまま動かない。

「……お前たちには、本当に深世界へ潜る覚悟があるんだな」

訊かれて、ジェスは即座に頷く。

「もちろんです」

シュラヴィスは何をためらっているのだろう。魔の手は迫っている。イツネの言う通り、俺たちは前に進むしかないのだ。立ち止まることは死を意味する。

「俺は、お前たちを失いたくない」

シュラヴィスが真剣な目でジェスを見た。

「メステリアが巨大な生き物だとしたら、深世界はその内臓のようなものだと、そうこの本には書かれている。もともと人が行くはずもなければ、覗くはずもない場所——この国に生きる人間の願望によってできている、裏側の世界だ」

「私も読みました……全部、覚悟のうえです」

ジェスは凜とした光をたたえた瞳でシュラヴィスを見返した。一方のシュラヴィスは、なお不安そうに言葉を続ける。

「深世界は、魔法使いにすら制御のできない霊力で溢れ、そこに肉体と霊魂、生と死の区別はないという。こちらの論理では理解できない、危険な場所だ」

「……はい、分かっています」

俺は二人の会話を聞きながら、昨日ジェスがシュラヴィスから受けた説明を思い出した。

――灰となった闇躍の術師は、寄生虫のように父上の身体に入り込み、破滅させてしまった。王都を支配している者は、父上の姿をして、父上の魔法を行使してはいるものの、もはや父上ではない。父上の姿を真似ている闇躍の術師なのだ

――ええ、それでは、お父様は亡くなってしまったということですか……？

――いや、それは違う。魔法というのは、その主体となる心がなければ発動しないのだ。闇躍の術師は父上の魔力、メステリア最強の魔力を行使している。つまり父上は、身体を失いはしたが、その霊魂がまだ闇躍の術師の中に確実に囚われて、残っているということだ

――私の中に、豚さんの霊魂が存在しているのと同じですね

――ああ。最強の魔力を手に入れた闇躍の術師は、真正面から戦って勝てる相手ではない。だが、今説明したことを踏まえれば、一つだけ勝てる方法がある

――何でしょうか

――『霊術開発記』によれば、深世界というのは、霊力で満ち溢れ、霊魂ですら実体を手に入れることができる場所だという。深世界に潜れば、人の心に囚われた霊魂を手引きし〝脱

獄〟させることもできる

――脱獄、ですか

――そうだ。父上の霊魂を脱獄させ、闇躍の術師の心から切り離せば、その瞬間、闇躍の術師は魔力の源を失い、父上の姿を真似ただけの存在となる。真正面から立ち向かわずとも、闇躍の術師を弱体化させることができるわけだ

――だから、深世界を目指すんですね

――そうだ。いや、それだけではない。父上の霊魂は脱獄を果たせば、深世界で自由を手に入れる。帰還に成功すれば、父上も豚も、おそらく……

闇躍の術師を斃すためには、誰かが深世界――人の願望によって形成されたもう一つのメステリアへと潜らなければならない。未知の世界で、リスクは大きい。

俺とジェスはシュラヴィスの言葉を聞いて、進んでその役割を引き受けた。

シュラヴィスはため息をついて本を開く。

「よし。豚も見てくれ、このページだ。深世界の入口へと至る方法を、ヴァティス様は謎めいた文言で記している」

祈る唇にその身を預け

胎の奥にて願いを探れ
道を示すは少女の軌跡

黄ばんだページの真ん中に、血のように真っ赤なインクの文字。整った筆跡で、ただそれだけが書かれている。

『霊術開発記』は、読むための本というよりは、記録するための手帳といった扱いだったらしい。そのうえ記述が暗号めいているため、読者には不親切な内容になっていた。

〈まず前提として、目的地はこの島の上ではなく、この島の中——つまり地下にありそうだというところは間違いないな？〉

ジェスが俺の言葉を伝えると、シュラヴィスは頷く。

「ルタの眼がそれを示している。どこからか、この島の中に入るしかないだろう」

〈「胎の奥」っていうのはそういうことなんだろうな。島の胎の奥ということだ。最果て島を擬人化しているわけだから、「祈る唇」っていうのも、島のどこかを表していると考えられる〉

ジェスは代弁してくれた後、閃いたように手と手を合わせる。

「……となると、北側を探すのがいいかもしれません」

「なぜだ？」

「願い星は北の空にあります。だから、祈りを捧げるときには北の空を見ます。北の空に向かって祈れば、昏は北向きです」

謎かけ好きの血なのか、謎解き好きな俺と一緒に旅をした影響なのか、ジェスはいつの間にか、こういう問題について頭の回転がやたらと速くなっていた。

シュラヴィスも感心した様子で頷いている。

「なるほど、願い星の方角に島への入口があるということか……だが、昏に身を預けるとは、具体的にはどういう状況にあたるのだ？」

「そうですね、昏に……」

何を考えたのか、ジェスはほんのりと頰を染めた。

「……なぜ官能小説のことを思い返している？」

シュラヴィスが訊いた——いたって真剣な表情に、若干の疑念を滲ませながら。

俺にはジェスの脳内は分からないが、魔法使いであるシュラヴィスは、ある程度ジェスの思考を読むことができる。純粋で鈍感で気の利かない王子によると、どうやらジェスは官能小説のことを思い返していたらしい。

〈なんで官能小説のことを思い返してるんだ？〉

両脇から問われ、ジェスは顔を赤くしてブンブンと首を振る。

「いいじゃありませんか……！　地の文は気にしないでください！　ほら、北側の崖を見に行きますよっ！」

ぷんすこと頬を膨らませて、ジェスは先に行ってしまった。

俺に実体があれば、きっとシュラヴィスと顔を見合わせていたことだろう。ジェスの後ろを歩きながら、シュラヴィスは「地の文……？」と戸惑ったように呟いていた。

俺たちはさらにしばらく歩いて、島の最北端へと至った。見渡す限りの水平線。青い空と濃紺の海が、割り切ったようなツートンカラーで景色を二分していた。

シュラヴィスが腕を大きく振ると、空中に巨大な鏡が出現した。四角く平らな鏡の上側が少しずつこちらへ傾き、鏡面は断崖絶壁の下方を映し出す。さっきまで乗っていた船が、シュラヴィスの指示通り島を回り込んできて、海の上に待機しているのが見えた。

俺たちは鏡をじっと見つめる。

北の崖には上から下まで、縦に亀裂が走っていた――ちょうど閉じた唇のように。

ジェスのスカートに細心の注意を払いながら降下した俺たちは、船を操り亀裂に接近した。

「正気じゃねえ、こんなのイルカでも入らねえだろうが」

船首が向く先を見て、ノットが抗議した。

断崖に走った亀裂の幅は広いところで三〇センチ。人間が泳いで入るのも困難だろうし、まして、とても船の通れる幅ではない。

しかしシュラヴィスは、舵を握って前だけを見ている。

「迷っているくらいなら、とりあえず試してみるべきだ。もし俺たちの考えが間違いで、船が衝突して壊れたら、俺が責任をもって魔法で直す」

「そうは言っても……どうしたって入口には見えねえが」

「広すぎれば、入れそうだと思った者がうっかり入ってしまうかもしれないだろう。魔法の入口というのは、大抵こういうものなのだ」

シュラヴィスは冷静に舵を切って船を進める。着々と崖が近づいてくる。船は木造だ。高い波が来て船首から崖に衝突でもしたら、文字通り木端微塵になってしまう可能性すらある。乗組員たちは甲板に出て、柵や柱を握りながらじっと崖の亀裂を見つめていた。俺はジェスの脚にまとわりつくようにして身体を固定する。

――豚さんは私の脚に身を寄せても意味がないかと思いますが……

細かいことはいいだろう。今は深世界への入口を探すことに集中すべきだ。

「衝撃に備えてくれ」

シュラヴィスの声が鋭く響き、俺たちは手近な拠り所に身を固定した。船首はまっすぐ岩の裂け目に向いている。崖まで三〇メートル、二〇メートル、一〇メートル――

音もなく、視界ががらりと変化した。気付けば薄青い光の充満する洞窟の中だ。大きなアーチを描く白い岩壁に挟まれ、下はゆらゆらと青く輝く海水で満たされている。高さは船が通るのに支障がないくらいで、幅も船二隻が余裕をもってすれ違えるくらい。俺たちの船は神秘的な地下世界で、穏やかな海面を割って進んでいた。

振り返ると、後方に青空の見える亀裂がある。どうやら推測通り、あの亀裂が魔法の入口だったようだ。亀裂から差し込む外の光が海中で何度も跳ね返り、海の青色を帯びて洞窟全体を照らしている。

「やはり、ここが島の入口だったようだな」

シュラヴィスは満足げにジェスを振り返った。

「唇にその身を預ける、というのは、危険を顧みず亀裂に向かって進むことだったのか」

「そうですよ」

なぜか若干冷ややかなジェスの返答に、シュラヴィスはしばらく首を傾げていた。

唇を尖らせる飼い主に、俺は横から言う。

〈ジェス、ルタの眼はどっちを向いてる？〉

ぎゅっと握っていたガラス球を、ジェスは目の高さに掲げる。中に浮かんだ眼球は、血迷ったかのように、グルグルとあらゆる方向へ回転している。

「向きが定まりません。出会いの滝で、契約の楔がある空間へ入ったときと同じですね」

あのときは、全裸の中年男性が待ち構えていたっけ。

眼を見せに行くと、シュラヴィスはジェスを見て微笑んだ。

「強い魔力が充満している。この場所で間違いないだろう」

洞窟内をしばらく進むと、外部の陽光が減衰して、辺りはどんどん暗くなっていった。シュラヴィスが、蛍のように飛び回る光の玉を出現させて周囲を照らす。岩の表面は襞状になっていて、まるで内臓の中を進んでいるかのようだ。

広い洞窟の突き当りには船を着けられそうな浅瀬があり、その奥に小さな穴が口を開けている。人が通れる大きさだ。道が続いているのだろうか。

胎の奥にて願いを探れ——俺たちは、さらに深くを探索することにした。

全員で船を降り、シュラヴィスを先頭にして一列で進む。坑道のように狭い通路は上り坂だった。俺ははぐれないように、前を危なっかしい足取りで歩くヌリスの脚を注視していた。

「ジェス、ちょっといいか」

視界が焦げ茶色の外套で埋まった。邪魔——ノットが来たのだ。

「どうしました？」

「少し、気になることがあってな」

道は少しずつ広くなっていて、上り坂は急に険しくなっていた。各々が前後の仲間に手を貸しつつ這い上がっていく。ノットは崖のような斜面を身軽に登ると、上からジェスの腕を摑んで引っ張り上げる。

「深世界じゃ死人が化けて出るかもしれねえと、そう王子様が言ってたな。お前は、そんなことが本当に起こると思うか？」

岩をよじ登り礼を言ってから、ジェスは曖昧に首を揺らす。

「未知の世界なので確かなことは言えませんが……そういう可能性もあると思います。人の霊魂や生き死にと深く関わっている世界ということですから」

「そうか」

何を期待していたのか、ノットはそれっきりしゃべらなくなった。

俺は足場を選んでジェスに続いた。セレスと黒豚が、斜面を登る俺たちを、下からじっと見ている。まずい。俺には実体がないので、身体を張ってジェスのパンチラを防ぐことができないのだ。どうにかして、変態豚からジェスのことを守らなければならない。

しかし、目を凝らしてみて、心配不要であると思い至る。ジェスの浮かべる光の玉が周囲の白い岩を照らしており、そのせいで、スカートの中が相対的にかなり暗くなっているのだ。頑張って見ようとしても、そこにあるはずの純白の薄布を識別することはできなかった。

――識別しなくていいですからね……？

〈違うんだ、俺はジェスを守ろうとして……〉

もはや言い返すことすらせず、ジェスはじっと目を向けることで俺を黙らせた。

坂道は突然終わり、広く平らな地面に変わった。これまでの狭さからは想像もできないような大きさの、ほぼ半円形の広場だ。天井も高くドーム状になっている。地中のはずなのに波の音が絶え間なく響いて、潮っぽいにおいを含んだ湿気が充満している。

　そのにおいの正体は、スパッとまっすぐに途切れた地面の先にあった。

「すっげえ！　師匠、ここ崖になってるぜ！」

　無邪気な少年が、広場の向こう側で下を覗き込んでいた。師匠とは、北部で彼を拾ったノットのことである。解放軍の幹部に気に入られ、雑用係として同行しているバットだ。

「危ねえからもっと下がっとけ。落ちたら死ぬぞ」

　呼ばれたノットは、その襟を摑んで崖の縁から遠ざける。

〈行って見てみるか〉

「ええ」

　俺とジェスも、ノットの隣まで恐る恐る歩みを進めた。下を覗くと、数十メートル下――俺たちが登ってきただけの高さを隔てたところに、黒く波打つ海面がある。

　島を囲んでいた絶壁と同じく、白っぽい岩肌が垂直に切り立っている。

「崖に囲まれた島の中に、また崖が……」

　呟くジェスに、後ろからシュラヴィスが言う。

「他に道は見当たらなかった。ここが目指していた場所なのか」

　ノットが広場に視線を巡らせる。

「特に目ぼしいものはねえな。あるとしたら、この岩くらいか」

崖の際にある岩を指差す。テーブルのように、上が平らになっているようだ。ヌリスがそこに手をかけて、崖の下を無邪気に覗き込もうとしている。そのスカートの裾を、イノシシが咥えて引っ張っていた。うっかり崖から落ちられてしまったら困るのだろう。

俺たちは岩に近づいて観察した。白い岩の塊だ。ジェスが周囲を見て回る。

「他に岩はありません。ちょうど中央に置かれていますし、何かの目印に思えませんか？」

〈救済の盃がここに？〉

「はい、そう思います。物を置くのにいい形です」

なんともなしに、ジェスが岩に手をかける。その瞬間、ジリ、と岩の震える音がした。岩はしばらく震え、そして始まりと同様突然に震えは止まった。

「何だ、これ」

ノットが岩の上をじっと見ていた。ジェスとシュラヴィスも、岩の上を驚きの表情で見つめている。残念ながら、豚の視点では何があるのか分からない。

ジェスを見ると、その表情に少しだけ、やってしまったという色が滲んでいた。

「これは……」

岩の上の〝何か〟を、シュラヴィスが持ち上げる。

それは盃だった。持ち手が細く口の広い、白磁のゴブレット。贅を尽くした色とりどりの宝石に飾られている。

「見てくれ、この中央」

シュラヴィスが盃をひっくり返して、俺とジェスの方に内部を見せてくる。そのちょうど真ん中、持ち手部分から頭を出すようにして、尖った透明な結晶の先端が見える。

「高密度の、太古の魔法を感じる。契約の楔が、この中に埋め込まれているのだ」

「ということは……」

「これが、ヴァティス様が契約の楔から創った救済の盃で間違いないだろう――叔父上の命を奪った破滅の槍と対になる存在だ」

ジェスの喉がごくりと唾を飲んだ。

「しかしどうして、この瞬間に出現したんだ」

疑問を口にするシュラヴィスと、そちらを見るジェスの表情から、俺はジェスの失態に気付く。折悪しく、ノットがジェスを指差した。

「こいつが岩を触ったせいじゃねえか。そのときから震えが始まった」

ノットは岩の上から、血のように赤い大きな布を取り上げる。盃を包んで、同時にこの布も出現したらしい。

何かに気付いて、シュラヴィスは岩の上部を観察する。

「盃の形の刻印――ヴァティス様の棺の蓋にあったのと同様のものだ」

そうに違いない。

　これまで、メステリアの三つの至宝の隠し場所には、細い線で刻まれた模様があった。破滅の槍が隠されていたヴァティスの石棺には槍の記号が、契約の楔が隠されていた洞窟を塞ぐ壁には楔の記号が。そしていずれも、王朝の正統な後継者――つまりジェスの手によってその封印が解かれた。洞窟の方の楔のマークは、ホーティスが二手に分かれることを提案したため、シュラヴィスの目に入ることはなかったが――

「こんな模様、そういや契約の楔を探しに行ったあの滝の裏の洞窟にもあったな」

　ノットが余計なことを言い、シュラヴィスが興味を示す。

「そうなのか」

「ああ、道を塞いでた壁にな。ジェスと豚だけが壁を通り抜けて、俺は置いてけぼりだった」

　まずいと思った。シュラヴィスの前に、手掛かりがすべて揃ってしまった。

　破滅の槍は王朝の正統な後継者――ヴァティスの血を引く最年少の者によって取り出されるという言い伝え。

　破滅の槍だけでなく契約の楔も手に入れることができたジェス。

　そして、そのジェスが触った岩から湧いて出てきた救済の盃。

　シュラヴィスの頭があれば、これらの情報から一つの真実に辿り着くことは容易に違いない。

　ジェスが王家の血を引いているという真実。

　そしてジェスがホーティスの隠し子――シュラヴィスの従妹に他ならないという真実に。

慎重に、少し上目遣いに、ジェスがシュラヴィスを見る。シュラヴィスは動揺を隠しきれない様子でジェスを見つめていた。これは気付かれてしまったな、と思ったが、結局シュラヴィスは、その真実については特に言及しなかった。

周囲に人が集まってきたせいもあるだろうが、おそらく、何を言えばいいのか分からなかったのだろう。

「ま……まあ細かいことはいい」

咳払いをして、シュラヴィスが言った。

「問題は、この救済の盃をどう使うかだ。ヴァティス様の記述によれば、救済の盃は一度だけいかなる命をも救う至宝。一方で、この中に埋め込まれた契約の楔には、不死の魔法を一時的に無力化する力が秘められている」

シュラヴィスの言わんとしていることは明確だ。

ジェスは、俺を救えるかもしれないという可能性に賭けてこの至宝を求める旅に出た。しかしこの至宝は、脱魔法を引き起こす契約の楔を使って創られている。

脱魔法とは、魔法使いの脱皮と呼ばれる現象。脱魔法を起こした魔法使いの身体からは、守護、呪いなどすべての魔法が消滅する。呪いすら消し去るこの力は、不死の魔法使いを無力化し永遠に葬る手段になり得る。

俺たちはすでに、セレスが引き受けた死の呪いを解消するため、契約の楔を一つ消費してしまっている。破滅の槍にも契約の楔が使われていたが、それもホーティスの命を奪って消滅してしまった。救済の盃に入った契約の楔が、おそらく、闇躍の術師を殺し切るために使える、残された唯一の手段なのだ。

しかし一方で、契約の楔を取り出せば、当然救済の盃は破壊され、命を救うという本来の力は失われてしまう。ジェスが俺を戻せると信じて旅してきた至宝は、なくなってしまう。

〈……ジェス、いいな〉

確認すると、ジェスは少し迷ってから頷いた。

昨晩、シュラヴィスからマーキスを脱獄させる計画を聞いた後、ジェスと二人で『霊術開発記』を読みながら話した内容を思い出す。

――豚さん、やっぱりそうです！　ヴァティス様は、今の豚さんと同じ状態になった夫のルタさんを、深世界に、い、い、い、い、行くことで元に戻したんです！　ここにはっきりと、そう書いてあります！

――救済の盃は？　あれで俺を元に戻すんじゃなかったのか

――それが……救済の盃を創ったヴァティスさんご自身は、ルタさんを霊魂から戻すとき、救済の盃を使ってはいないようなんです……もし有効なら、真っ先に使っていたはずだと思いませんか？

――そうだな。霊魂に身体を与えるとなると、命を救う魔法の道具じゃなくて、もっと根本的

なところからやらなきゃいけないのかもしれないな
――それが、深世界へ潜ること……希望が見えてきましたね！

ジェスが他の仲間に告げる。

「救済の盃は、闇躍の術師さんを斃すのに使ってください」

しばらくのちに、シュラヴィスが訊き返す。

「……豚に試してみなくていいのか？」

「ええ。そもそも霊魂になってしまった豚さんに使えるか分からない道具ですし……深世界に潜れば、豚さんを元に戻せるんですから」

「深世界に潜れば、豚を元に戻せる？」

鸚鵡返しに訊くノットに、ジェスは首肯した。

「深世界からの出口は、見送り島にあるそうです。ヴァティス様の記録によれば、深世界で実体を手に入れた霊魂は、その出口から帰還するとき、身体を伴ったままこちらの世界へ出てくることができるといいます」

世界のシステムのバグをつくようなやり方だが、ヴァティスの夫であるルタは、これで確かに生前の状態へと戻ることができたらしい。

俺たちがやるべきことは、深世界へ潜って、そして戻ること。

偶然か必然か、闇躍の術師を斃すためのマーキス脱獄作戦を成功させるためには、深世界に潜る必要があった。そこで俺とジェスは、深世界への入口を見つけられた場合にマーキスを脱獄させる役割を引き受けたのだ。

「だから深世界に行ってもいいなんて言ったのか」

ノットは納得した様子だった。シュラヴィスが少し考えてから、慎重に言う。

「豚を元に戻せるなら、同じ状態の父上も、きっとこちらに戻って来られるはずだ。闇躍の術師の心に囚われた父上を脱獄させて奴を無力化させるだけでなく、父上を生還させることもできれば、統治に必要な父上の力も、イェスマ解放に必要な鍵魔法も、一挙に手に入れられる」

シュラヴィスの言葉に、解放軍の面々からあまりいい反応はなかった。はっきり言って、マーキスは最悪な奴だ。イェスマの制度に何の疑念も抱かず、ノットたちを理解しようともせずに殺しかけ、散々暴れ回った挙句に実の弟の自己犠牲でようやく考えを改めた男。

「……父上を生還させるのは、みなの本意ではないかもしれないな」

シュラヴィスの深緑の瞳が、迷うように動いた。

「いえ、そんなことは……」

横からジェスが助け舟を出そうとするが、シュラヴィスは手で制止した。

「気を遣うな。父上の人間性は俺が一番よく知っている。一人息子の面倒すらろくに見ず、構ってくると思えば稽古ばかり、しかもそのたび俺を痛めつけて愉快そうにしていた男だ」

シュラヴィスの手が、ほとんど無意識のように自分の首をさする。

「だが、あの力がなければ王政はもたないし、父上の知る鍵魔法がなければイェスマの首輪を外してやることもできない。どうか分かってくれ」

一同は不承不承という感じで頷いた。

その場に漂っていた嫌な沈黙を打ち破ったのは、セレスの声だった。

「あの……サノンさんに、計画があるそうです」

セレスの口を借りて、サノンが計画を伝える。その名も「挟み撃ち作戦」。

計画はこうだ――

俺とジェスは予定通り、深世界から闇躍の術師の心を目指し、マーキスの霊魂を救い出しに行く。ただそれだけではなく、同時にシュラヴィスたちが、通常の世界から王都攻略を目指すのである。

メステリアと深世界からの挟撃というわけだ。俺たちがマーキスを救い出すことに成功すれば、最凶の王は魔力を失い、隙が生まれる。その崩れたところを、シュラヴィスたちが契約の楔を使って攻略する。

深世界と、契約の楔。二つの切り札を一度に使って、最凶の王を斃そうという計画だ。

「重要なのはタイミングです」

セレスの声でサノンが述べた。

「ジェスさんたちが早すぎれば、闇躍の術師に態勢を立て直されてしまうかもしれませんし、もちろん、一方で私たちが早すぎれば、最凶の王の圧倒的な魔力によって玉砕は避けられません。早すぎず、遅すぎず。こちらは王が弱体化したその瞬間を狙いたいのです」

ジェスが頷いて、口を開く。

「『霊術開発記』には、深世界の地理や時間の進み方はメステリアと同じだと書かれていました。私たちも、みなさんも、目指す場所は闇躍の術師さんの住処、つまり王都です」

闇躍の術師はマーキスのフリをして、王都で堂々と政治を行っているという。ヴァティスの研究によれば、深世界において、心の在処は暮らしの中心にある。今の闇躍の術師の場合、それはすなわち王都を意味する。

シュラヴィスが顎に手を当てながらジェスを見る。

「龍が使えないとすると、ここから王都までは最速で二日間と少し……今日が一日だから、魔法を動力とした乗り物を使えば、三日の日中には王都に着く計算になる」

それはそうだが、すべてが上手くいった場合の話だろう。

〈でもシュラヴィスは敵から狙われるわけだし、俺たちだって深世界の事情が分かってない。最速で着ける前提だと計画が破綻しそうだ〉

ジェスが俺の見解を伝えると、ノットが突然断言する。

「四日の朝だ」

決断力というか思い切りのよさは相変わらずだ。

「ジェスと豚が四日の朝にクソ野郎の霊魂とやらを脱獄させて、こちらは四日のうちに闇躍（あんやく）の術師を殺す。両部隊、全速前進で王都を目指して、何があっても三日の晩のうちに調整しろ。間に合わなさそうだったら、寝ずに間に合わせる。どっちにも魔法使い様がいるんだ、そのくらいなんとかなんだろ」

何を乱暴な、と思ったが、イツネやヨシュ、そしてシュラヴィスには異論がないようだった。参謀（さんぼう）の黒豚も納得している様子だ。

ジェスと顔を見合わせて、頷（うなず）き合った。ジェスが俺たち二人の総意を伝える。

「では、四日の朝でお願いします。ただ、不測の事態で私たちが間に合わない可能性は排除できません。みなさんは、きちんと王都の様子を確認してから作戦に移ってください」

シュラヴィスが微笑（ほほえ）む。

「大丈夫だ。万が一の場合、王都には秘密の通路がある。そこに身を隠したり、最悪の場合は脱出したりもできるだろう」

ノットがパチンと手を叩（たた）く。

「決まりだ。サノン、これでいいな」

黒豚はンゴッと鼻を鳴らして首肯（しゅこう）した。

手で赤い布を弄（もてあそ）びながら、ノットは言う。

「とすると、残る問題は一つだな」

ジェスを見る。

「お前がどうやって深世界へ行くかだ。入口は見つかったのか？」

視線を巡らせる。この空間に、入口らしきものはない。ただ広い空間と、救済の盃が封じられていた岩と、海へと落ちる断崖絶壁があるだけだ。

だが俺には、もう入口の正体が分かっていた。「道を示すは少女の軌跡」——救済の盃が赤い布に包まれていたのには意味がある。

ヒントは、最北の街に伝わる、アニーラとマルタという二人の少女の物語だ。

病に侵されたマルタと、その恢復を願い続けたアニーラの悲劇。願いに願った末、アニーラは永遠の命を手に入れられる魔法の願い星を手に入れるが、時すでに遅く、マルタは息絶えていた。結局アニーラも、親友の後を追って身を投げてしまう。その「願い星」が、今でも最北の街ムスキールに眠っているという伝説である。

アニーラとマルタの物語で、願い星は赤い布に包んで隠された。だからこそ、今も北の空に輝く願い星は赤色なのだという。

ヴァティスはその物語を、この場所に重ねている。

少女の軌跡とは、崖から飛び降りたアニーラの後に続くということだ。

猶予はない。闇躍の術師に乗っ取られた王朝の魔の手は、最果て島にほど近いムスキールにまで及んでいる。俺とジェスは、横並びで崖の縁に立った。

ジェスに迷いはない様子だ。崖から飛び降りることも、未知の世界へ潜ることも、すべて俺を救うことに繋がるからだろうか。それほどの覚悟を決めた少女のすぐ隣に、俺はしっかりと四足で立つ。

この戦いは、最凶の王から王朝を奪還する戦いであると同時に、俺とジェスが日常を取り戻すための戦いでもある。やり抜かなければならない。どんな危険があっても。

〈準備はいいか〉

「もちろんです」

ジェスと見つめ合う。俺のために崖から飛び降りてくれる少女。ずっと一緒にいてくれると約束してくれた少女。裸から目を逸らすと怒る少女。

——最後のは関係ありませんが……

ジェスの口が少し笑った。初笑いだ。新年になってから、不満からか、不安からか、なかなか俺に笑みを向けてくれなかった。これは幸先がいいと思った。

ジェスはシュラヴィスから黒いローブを受け取り、羽織った。これがあれば、万が一深世界へ行くことが叶わず、ただ海面に打ち付けられる羽目になってしまった場合にも、先代の王イーヴィスの魔法がジェスを守ってくれるはずだという。

もう一枚あるから大丈夫だと言うシュラヴィスに、イツネが怪訝そうな顔を向けていた。

「最後の確認だ」

シュラヴィスが一人一人を見ながら言った。そこには頼りがいのある王子の風格があった。

「作戦の目的は、父上の身体を奪った闇躍の術師の打倒。ジェスと豚は深世界から、俺たちはメステリアから、全速前進で王都を目指す。そして三日後、挟み撃ち作戦を決行する」

ジェスがシュラヴィスの目を見る。

「私たちは四日の朝に、マーキス様を闇躍の術師さんの心から脱獄させます」

それを聞いて、深く頷くシュラヴィス。

「すると王都にいるのは、父上の姿をしただけの、もとの貧弱な魔法使いに戻る」

隣でイツネが大斧の柄を撫でる。

「で、そこを狙って、あたしたちがこっち側から契約の楔で殺す」

前代未聞の作戦だが、こうやって言われてみると、なぜかできるような気がしてくる。

ジェスは崖を背に、仲間たちを見る。

「すべてが無事に終わったら、私たちは見送り島を通り、マーキス様を連れてこちらへと帰還する予定です」

「ああ。こちらも確実に闇躍の術師を斃して、絶対にジェスを迎えに行く」

そう言って、シュラヴィスはごつい手でジェスと握手した。

「……心から無事を祈っている」

シュラヴィスに続き、他の仲間も口々にジェスに別れの言葉を告げた。

ただ一人ノットは、何を思っているのか、腕組みをしたまま、黙ってジェスの近くに立っているだけだった。こんなときくらい何か言えばいいのにと思うが、これもノットらしいといえばノットらしい。

「みなさん、どうかご無事で」

ジェスは深々とお辞儀を返した。

ぐずぐずしている時間はない。俺はジェスの足元に近づいて、その顔を見上げる。

〈ジェス、行くぞ〉

「はい」

ジェスの返事と同時に、近くでノットが素早く何か言うのが聞こえた。

次の瞬間、俺はジェスとともに暗い崖を落下していた。自由落下の浮遊感に、豚ホルモンがすべてすくみ上がる。ジェスは大丈夫だろうか。目を向けると、ジェスの黒いローブと一緒に、焦げ茶色の外套がはためいているのが見えた。まさか……。

考える間もなく、冷たい水に呑まれて——真っ暗な海の中に、俺は音もなく沈み込んだ。

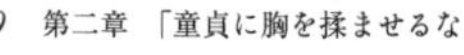

第二章　童貞に胸を揉ませるな

the story of
a man turned into
a pig.

「いつまで寝てんだ豚野郎」

豚バラを強く叩かれる感触があり、目を覚ます。夕方だろうか。空が燃えるように赤い。

俺は白い石の無数に転がる海岸に横たわっていた。海の方からは冷たい風が吹き付けてくるが、なぜか空気が生ぬるい。周囲はやけに静かで、ただ波の音が響いている。

そして目の前に、全身ずぶ濡れのノットがいた。

〈ノット、お前やっぱり……〉

と言いかけて、口を閉じる。ノットも意外そうに目を見開いた。

キエエエエエアアアアアアアシャアベッタアアアアアア！！！

俺は、身体は豚のままのようだったが、なぜか口がきけるようになっていた。ブヒとかンゴとかいう音ではなく、俺のノドブエが震えて、タンが動き、ちゃんとした言葉が口から出ているのだ。

ずっと脳内で会話していた身としては、とても奇妙な感覚だった。深世界の影響だろうか？

首を巡らせて、周囲を見回す。近くでジェスも、ゆっくりと身体を起こしている。

よかった、無事だった。

とりあえず、これが夢でなければ、第一関門は突破したことになる。

俺たちは今、深世界にいるはずだ。

〈ジェス、大丈夫か〉

訊くと、ジェスは素早くこちらへ近づき、ためらいがちに手を伸ばしてくる。

おそるおそる差し出されたその手は、ぴと、と俺の頬肉に触れた。

「わあ、触れます！」

次の瞬間、ジェスは俺のことをとてつもない力で抱き締めてきた。前脚に何か柔らかいものが当たる。

「豚さん……！　身体、戻りましたね」

一旦俺を放して涙ぐんだ目でこちらを見てから、またもう一度、俺をぬいぐるみのように抱き締める。最初は海水で冷たかったが、しばらくそのままでいると、きちんとジェスの体温が感じられるようになる。

〈戻ったみたいだな。本当によかった〉

やたら包容力のある少女の温かさを感じながら、ジェスと再び触れ合えるようになった喜びを噛みしめる。少しだけ頬を寄せると、ジェスも頭を傾けてきた。

後ろから咳払いが聞こえ、続いてジェスの腕が俺から離れる。

「ノットさん……？」

意外そうな声色。つい今しがたノットの存在を認識したらしい。

来るはずではなかった剣士。ジェスと俺だけで深世界(しんせかい)に来るつもりが、なぜかノットも、一緒に崖を飛び降りたのだった。

「失敗の許されねえ大事な役目だ。お前らだけじゃ不安だからな。いつかみてえに、お前らの護衛になってやる」

ジェスにまじまじと見つめ返されると、ノットは目を逸(そ)らし、空を見る。

「にしても、何だこの場所は」

白い崖の下に沿って細長く広がる海岸に、俺たちはいる。ここはメステリアで言えばムスキールにあたる場所で間違いないだろう。遠くの海に、最果(さいは)て島(じま)の四角いシルエットが見える。何ならここは、以前ジェスと二人で謎解(なぞと)きをしながら来たことがある辺りのはずだ。この場所について特に違和感はない。

何がおかしいかと言えば、空だ。見える範囲のすべてが、炎の燃えるような赤色。そして眩(まぶ)しい太陽は、西でも東でもなく、崖の上方、つまり南の空にある。

〈太陽の位置は昼なのに、空が赤いな〉

「あれ、豚さん……今、しゃべった……？」

ジェスは今さら気付いたようだ。

〈深世界の影響かもしれないな。しゃべれた方が便利だし、ありがたい〉

「頭の中で聞いていた通りのお声なんですね」

イケボやろ。

豚の俺は口をきいて、ジェスの力を借りずとも、ノットと意思疎通している。メステリアが剣と魔法の国だとしたら、ここ深世界は不思議の国だ。そのうち猫が笑い始めるかもしれない。

しゃべる豚、昼なのに赤い空。すでに奇妙な点が二つあった。

『霊術開発記』によれば、深世界は、メステリアに住まう人間の願望によって形成された「もう一つのメステリア」だという。おかしな現象はそのせいに違いない。

他にも変わっていることはあるだろうか？

間違い探し気分で周囲を観察し、俺はもう一つの間違いに気付いた。

サーッと、一瞬にして血の気が引く。

絶対にあってはならない間違い。

それはあまりにも絶望的で、考え得る限りで最も深刻な状況だった。

〈ジェス、お前まさか……〉

海水で濡れ、服の貼り付いたその身体に目をやる。

〈おっぱい大きくなった……？〉

ノットも言われて気付いたようで、ジェスの胸部に目をやる。そこには、いつかとても短い旅路を共にしたブレースに負けぬほど、豊満なお胸があった。

「な――」

巨乳好きの純真な少年は絶句して、魅入られたようにその顔と胸を何度も交互に見る。赤い空の下で分かりづらいが、きっと空に負けないくらい、頬を赤く染めていることだろう。

ジェス本人も信じられない様子で、両手を巨乳の下に当て、その重みを確かめるかのようにゆっくりと揉んだ。二つの球体がたゆんと揺れる。

嘘だ。

そんなこと、あっていいはずがない。

俺はあの、ありのままの大きさが好きだったのに。

ノットはようやく目を逸らして、何度か咳払いをしてから言う。

「お前……本当にジェスか？」

それはさすがに失礼な言い方じゃないか？

「ジェスですが……どうしてこんな……」

深世界は、願望によって形成された場所。言い換えれば、願望が形になる場所なのではなかろうか。

だとすれば、ジェスの胸が大きくなったのは、誰かがそれを求めたからだろうか？

諸君も知っているように、俺がジェスの巨乳化を願うわけがない。当然だ。大きなおっぱいが嫌いというわけではないが、神の黄金比とも思えるジェスの胸が突然豊満になることを、この俺がよしとするはずがないのだ。

とすると犯人は、ジェス本人か、ノットか、もしくはそれ以外の――

「わ、私、別に、胸が大きくなってほしいだなんて、思ったことはありませんよ……！」

ジェスがわたわたと言った。地の文は相変わらず読めるようだ。

〈でも、そうだとしたらおかしいな。俺がジェスにありのままの胸を求めるのよりも強く、ジェスに巨乳を求める誰かがいるってことにならないか？〉

「なるんでしょうか……」

その辺りの理屈はよく分からない。深世界は、『霊術開発記』の記述を除けば、ほぼ未知の世界なのだ。というか、「ようこそメステリアの深世界へ！」なんていう看板があったわけでもないのだから、そもそも正確な話をすれば、ここが深世界かどうかすらも不明である。

しかし、だからといって、世界の法則に無関心でいいことにはならない。

俺と巨乳ジェスはしばらく目を見合わせてから、同時に首を動かしてノットを見る。

「何だよ」

顔をしかめてみせるノット。しかし、恥じらいを隠すことには失敗していた。

〈お前、巨乳好きだったよな〉

「は？　誰が」

ノットは無関心を装って目を逸らした。しかし、ジェスが感触を気に入ったのか自分の胸を揉み続けているので、ついついといった感じで、ノットの目はそちらへ向いてしまう。

〈分かりやすすぎるなお前……童貞か？〉

「ば……俺は別に、ジェスにもでけえ乳にも興味はねえ」

ジェスにじっと見つめられて、ノットは何度か咳払いをした。

「ねえもんはねえ。ほら、さっさと行くぞ」

ノットはこちらに背を向け、海水をポタポタ滴らせたまま歩き始めてしまった。

ジェスは何を思ったのかその後ろ姿をしばらく見つめていたが、急に「あら」と声を出す。

振り向くと、現在進行形で、ジェスの胸がしぼんでいくところだった。

風船の空気が抜けるように、あっという間に、元通り。ジェスの胸部は、神の数式によって描かれた曲線を取り戻した。

「もう元に……早かったですね……」

〈残念そうに言うんだな〉

探るようにしてジェスを見る。

〈……やっぱり、大きくなってほしかったんじゃないか？〉

ブンブンと首を振って、ジェスは否定する。

「ち、違いますよっ！　ただ、なんだか感触が面白かったものですから……」

〈そうなのか〉

「ええ。弾力や重みが全然違って……せっかくですので、縮んでしまう前に、豚さんにも触っていただけばよかったです」

肩を怒らせて先を行っていたノットが、石に躓いて転びかけた。

〈いや、人におっぱいを触らせるのはあんまりよくないんじゃないか……？〉

特に相手が童貞の場合。

「そ、そうでしたね……自分のものではないように思えて、うっかり……あの、忘れてください……」

「馬鹿な話してんじゃねえ。とりあえずムスキールの街に行く。それでいいか？」

ノットは少し離れたところで、立ち止まってこちらを見ていた。指差す先には、崖を上って海岸から離れる道がある。

しかし、俺には懸念があった。ジェスと一緒にノットの方へ向かいながら、言う。

〈ムスキールは、王朝の軍に襲われてるんじゃなかったか？〉

「実際のメステリアではな。だが耳を澄ましてみろ」

ノット、ジェス、そして俺。延々と続く白い崖の下、赤い昼光を浴びながら三人で耳を澄ましてみる。戦闘の音は全く聞こえない。というかまるで、他に誰もいないかのようだ。波の音だけが響き、無人島のプライベートビーチに来ている気分になった。

「こっちでは事情が違うみてえだ。用心するに越したことはねえが、とにかく行ってみよう」

ノットは言いながら、手際よく双剣を抜く。その刀身が眩い炎に輝いた。

シンプルな曲線を描く金銀の装飾が、黄ばんだ骨を取り囲む柄。イースという少女の骨から作られた、唯一無二かつノット専用の双剣だ。

「ん……？」

何か違和感があったようで、ノットは遠くの崖に向かって片方を振るった。

輝く刃が流れると、描かれた三日月形の炎が、前方へ疾風のごとく飛んでいく。炎は崖に当たって弾け、強烈な斬撃を白い岩肌に伝えた。

崖の一部が、スパッと豆腐のように切り裂かれる。ゴロゴロと危険な音を轟かせ、巨大な岩塊が砕けながら海に落ちていった。

「やたら威力が高えな。それほど魔力は使ってねえはずだが」

ジェスがノットに近づいて、リスタを興味深そうに触診した。

「本当ですね……リスタの魔力は、全然減っていないみたいです」

「残量が分かんのか？」

「ええ、訓練すれば計測できますし、魔力を補充することもできますよ。最近何となく、魔力の大きさなども分かるようになってきたんです」

なんだか誇らしげに言いながら、ジェスは双剣のリスタと崩れた崖を見比べる。

「ノットさんのさっきの斬撃、あれほどの威力は、イースさんのお骨や王朝の技術を加味しても、おそらく説明できないと思います」

イエスマ――つまり魔法使いの骨は、親しかった者の手の中では、リスタに含まれる魔力を最大効率以上に発揮する。これがノットの双剣の強みだ。さらに、マーキスを襲撃した際に破壊されてしまったノット、イツネ、ヨシュの武器は、和平の証として、王朝の技術を使って修理がてらの強化が施されている。

彼ら三人の得物は、王族の所有物を除けば、メステリアにおける最強の武器と言えるのだ。それをさらに上回るのだから、考えられるのは環境の変化だろう。

〈深世界では、そういう魔法の類が強化されるのかもしれないな〉

「なるほど……魔法と願望には密接な関わりがあります。願望でできた世界の中では、あり得るかもしれませんね」

言いながら、ジェスは手の上に、明るく燃える炎の球を出現させる。それを投げ飛ばして少し離れた崖にぶつけると、炎の球は手榴弾のように爆発し、再び大規模な崖崩れが発生した。

「確かに、少し威力が出しやすい気もします」

お前ら地形破壊好きすぎか？

ジェスはポンと手を叩いて、ローブの内側から何やら取り出す。

「そうでした！　豚さんにも、アンクレットを持ってきているんです！」

ジェスが見せてきたのは、小さな銀のアンクレットだ。早速俺の両前脚に装着してくれる。赤、黄、青の三色がついた魔法の道具。以前見送り島攻略の際に着けていったものだ。

装着後、試しに海に近づいて海水を凍結させてみると、これが面白いほどによく凍る。以前アンクレットを装着したときは「魔法の道具を操っている」という感じだったが、ここでは「魔法を操っている」気分と言えようか。

ジェスの胸が大きくなったのがノッ——誰かの願望の影響だとすれば、リスタや魔法の強化に留まらず、この世界には何かしらの仕組みがあるはずだ。魔法が増強されるというのは、要するに願望が反映されやすくなっているのだとも解釈できる。

もしそう仮定するなら、俺が何かを願っていれば、それが本当に実現することもあり得るのではないか？ とすると……。

「豚さん、何かいやらしいことを考えていらっしゃいますね……？」

横からジェスに指摘され、俺は真顔で否定する。

〈そんなわけあるか。真面目な使命の最中だぞ〉

例えば、ジェスに馬の耳と尻尾が生えたら最高ではないだろうか？

「生えませんよ？」

しゃべるのに合わせてぴょこぴょこ動いたりしたら絶対に可愛いはずだ。

「聞いてませんね……」

期待してジェスを見てみるが、馬の耳や尻尾が生えてくる様子はない。もし願望が形になるとして、発動条件は何なのだろうか。これについては研究を進めていくべきである。

深世界、危険な場所と聞いていたが、案外面白いところかもしれない。

ジェスの炎で服を乾かし、ノットの見つけた道を歩いて、俺たち三人は崖の上を目指した。

急な坂道を登り切ると、そこはまばらな林になっていた。葉の落ちた木々の間から赤い陽光が土の上まで差し込んで、地面に黒と赤の切り絵のような模様を浮かび上がらせている。

風が木を揺らし、林は囁き声にも聞こえるざわめきを立てる。

「人の気配がねえ。建物を探すか」

双剣の柄に手をかけたまま、ノットは周囲を観察した。

ジェスがアンクレットと同様、ローブの内側から『霊術開発記』を取り出す。さっきまでそこにあることすら分からなかったし、本が全く濡れていないところを見ると、イーヴィスが作ったこのローブには四次元ポケットのような懐があるようだ。

「『霊術開発記』を読んでも、深世界に人がいるという話は、あまり出てきませんでした。奇妙な出来事の羅列が多くて……でもそのほとんどが、人ならざる者の話なんです。もしかすると深世界には、他の方はいらっしゃらないのかもしれませんね」

〈その方が楽かもしれないな。面倒事がなくて〉

「そうでしょうか……」

ジェスはその驚異的な読書スピードにより、昨日シュラヴィスから借りた下巻に、一晩で目を通している。そのジェスが不安げに答えるものだから、俺も不安になってくる。

〈何か面倒事があるのか？〉

「どうでしょう……内容が奇想天外といいますか、支離滅裂といいますか、記述が途切れ途切れなのを差し置いても、突拍子もないことばかりでしたので……」

〈例えば……？〉

「上り坂を下り続けたとか、燃え盛る水とか……喩え話か文学表現だとは思うのですが、何も起こらないとは、思わない方がいいかもしれません」

〈ジェスの胸も大きくなっちゃったしな……〉

「豚さんも普通にしゃべってますし……」

「難しい本のことは知らねえが、そこに書いてあることは全部、素直に信じた方が身のためかもしれねえな」

ノットが立ち止まって、俺たちを手で制止した。

足音がやみ、遠くの波音と、囁くような木々の風音が聞こえる。

……ん？

風にそよぎ、擦れてざわざわと音を立てる木々。その中に、人の声が混じっているように聞こえたからだ。気のせいかもしれないが、どこからか、じっと視線がこちらに向けられているような感覚もある。

そのとき、何かが聞こえた。

――いいい。いぃいい。い

ぞくりと背脂が震える。

喉から空気が漏れているような、薄い紙を震わせているかのような、不協和音の多重奏。ノットの両手は、すぐにでも抜けるよう双剣の柄に添えられていた。木々の囁くような音は、文字通り、何かの囁く音だった。

――いいぃたいたいいた……ぁたね

言葉にはならないが、明らかに自然の音ではない声。あらゆる方向から、囁き声――いやむしろ呻き声と表現した方がいいような合唱が聞こえてくる。俺たちを歓迎しているようには、とても思えなかった。

――いいかがたあぁあね

ジェスが俺の肩ロースにそっと手を添えた。声は俺たちに身構える暇さえ与えず、大きく、はっきりと分かるまでに変化していく。

――いいいいたがたあね

――いたぁか……たね
――いたかったね
すぐ後ろから、明確にそう聞こえた。

俺たちが振り向くのと、炎を纏った斬撃がすぐ後ろの木を砕くのとは、ほぼ同時だった。ノットがすでに、双剣を抜いている。

「下がってろ」

鋭く言って、後ろ手に俺たちを庇った。

〈声は……すぐそこからだったんじゃないか〉

「ああ」

「誰もいらっしゃらないようですが……」

目の前には、大きな古い木が一本立っているだけだ。古くてごつごつとした樹皮が、一部大きく切り裂かれ、口を開けている。ノットの攻撃が当たった場所だ。甘くすら感じられるような木の焦げたにおいが、そこからぷんと漂ってくる。

そして、その口が、ぱっくりと開いた。

――ょだぁよ。い
赤ん坊の寝言のような声。意味をなしていない。その声に合わせて、木の切れ込みが口のように動いている。ひび割れた樹皮の唇に、生々しい黄土色の口腔。水とも樹液ともつかぬ透明な液体が、その口からたらたらと流れ落ちている。

「これはヤバそうだ」

ノットが双剣を上段と下段に構えた。刃が赤熱して、攻撃の準備に入る。

俺たちが少しずつ後ずさりしている間にも、硬いはずの樹皮は物理法則を無視してもぐもぐと口を動かす。裂け目から、透明な液体がよだれのように溢れてくる。

突然、その口が、顎があったら外れているくらいに大きく開かれた。

——いぃぃいいいいいっよぉいいぃしょよおいいいいいぃぃ

甲高い声と野太い声の重なった、この世のものとは思えない怒声。大木の絶叫を真正面から浴び、俺たちは走って逃げだした。

刺激してしまったのか、俺たちを囲む木々は幹を揺らし、枝を捩じり、斬ってもいないのにできた幹の裂け目から、生ぬるい水を撒き散らして喚き始めた。

——いたたかったたね

林は突然騒がしくなり、気味の悪い大合唱を始めた。どれも威嚇するような叫び声でありながら、その口調はまるで小さな子供のようで、そして内容は、気のせいかもしれないが、誰かを励ますような言葉にも聞こえた。

——だいいじょおぶうだよ

木の唾液を大量に浴びながら、ひたすら走って林を抜ける。

——いっしょよだよ

あり得ないほどしなった枝が鞭のように飛んでくる。身を捩った樹木が幾度となく俺たちの行く手を塞いでくる。しかしすべて、ノットの双剣から出る炎が的確に斬り払ってくれた。

木立を抜けて、整備された芝の広場に出た。息も絶え絶えに後ろを振り返ると、木々はいまだ海藻のようにその身を揺らし、口々に何か叫んでいるが、こちらまでは追ってこないようだ。木に根があってよかったと生まれて初めて思った。

俺たちは林から十分に離れたのち、立ち止まって息を整えた。

「ちくしょう、何だあれは」

ノットが双剣をしまい、腰に手を当てて大きく息を吸い込んだ。乾ききっていない海水の上から木が吐いた液体を浴びて、服は重々しく垂れ下がっている。

俺はブルブルと身体を振って水を飛ばす。

〈見て分からなかったか、動いてしゃべる木だ〉

「違いねえ」

空は依然として燃えるような赤。俺たちは血を溶かし込んだような陽光の中にいる。

冗談でも飛ばして気を休めないと、この異常な事態に頭がおかしくなってしまいそうだった。

ジェスは肩で息をしながら、俯いて髪を絞っている。

「なんだか、とっても……」

その声は、かすかに震えているような気がした。

〈怖かったな〉

続く言葉は、しかし俺の想定したものではなかった。

「いえ、とっても……とっても、面白かったですね！」

なんだって？

髪を絞り終え、ぱっと顔を上げる。ジェスは小さな胸の前でワクワクと拳を握っていた。

「どうして木が動いたんでしょう！　どうしてしゃべったんだと思いますか？　誰かがそう願ったんでしょうか？　願ったとしたら、誰が？」

服から水が滴るのも気にせず、勢い込んで訊いてきた。

完全にホラーの流れだったのに、好奇心旺盛少女のせいで雰囲気がぶち壊しだ。ジェスは林の中へ戻りたがっているかのように脚をうずうず動かしている。

〈戻るなよ……？〉

「戻りませんが……これから何が待ち受けているか考えると、ワクワクしてきますね！」

〈しませんが……〉

ジェスはきょろきょろと辺りを見回す。

「私たちの泊まろうとしたお宿が、この先にあるはずですよ。どなたかいらっしゃらないか、確認してみませんか」

ずぶ濡れのノットはジェスのテンションに顔をしかめていたが、やがて小さく頷く。

「他の人間の確認が最優先だ。いるかいねえかで、動き方が変わってくる」

ジェスが後ろで炎を燃やし、そちらから風を吹かせることで、俺たちに温風を当ててくれた。

木々が吐き出した液体はただの水のようで、むしろ海水の塩分が流れて都合がよかった。

数分歩くだけで、見覚えのある門に辿り着いた。豚でなくても見上げるほど高い鉄柵の門。

向こう側には整えられた庭木が並び、その間を通るまっすぐな道の先には贅を尽くした巨大な邸宅が構えている。

俺が浴場でハムサンドになった宿だ。

ジェスの冷ややかな視線を浴びながら、俺は指摘する。

〈誰もいないな。この宿には門番がいたはずだが〉

「でも人間がいねえなら、誰が庭木の手入れをしてんだ?」

鉄柵の隙間から、ノットが中を覗き込んだ。

木々の話し声も遠くなり、今は風のそよぐ音だけが静かに俺たちを包み込んでいる。屋敷は静まり返っていて、人の気配は恐ろしいほど感じられない。

「鍵がかかってる。魔法で開けられるか」

ノットは鎖をつなぐ錠前をジェスに見せた。鎖は門に絡まり、進入を拒んでいる。

「ええ、おそらく……少し下がってください」

なぜ下がらなければならないのかと、不可解そうに後退するノット。ジェスは俺たちが十分に離れていることを確認すると、自分も数歩下がって、錠前に両手を向けた。

直後、大砲でも撃ったかのような爆音が轟いて、鉄柵の門が飴細工のごとくぐにゃぐにゃに曲がった。俺とノットが怯んでいるうちに、二発目。柵は象の行列に轢かれたかのように、潰れて倒れて原形を失った。

「お前な……もっと器用にできねえのかよ」

「すみません……細かい魔法の技術は未熟でして……」

「家主が出てきたら、お前らが弁償しろよ」

〈万が一、家主がいたらな〉

ジェスが破壊行為に走ったのも、誰もいないと踏んでのことだろう。ここは深世界。豚がしゃべって木々が騒ぎ、挙句はジェスが巨乳になる、どこまでも非現実の世界なのだ。

俺たちは、門を踏み越え歩みを進める。

だがその途端に、鉄柵が勢いよく立ち上がった。

「きゃっ！」

ジェスの驚く声が聞こえて、隣でスカートが翻る。俺は身体をきつく締めあげられる。まるで形状記憶合金だった。ジェスによって破壊された鉄柵が、一瞬にして元の形に戻ったのだ。鉄棒の間に足を入れて進んでいた俺は、そこへもろに巻き込まれ、一直線に戻った鉄の隙間に挟まれてしまった。

細い隙間に豚バラが固定され、金属の容赦ない硬さにホルモンを締め付けられる。鉄柵の間隔というのは当然人間が通れないように作られているため、丸っこい豚の身体には大変厳しいものがあった。俺は身体を持ち上げられ、前脚は宙に浮き、後ろ脚がギリギリ地面についているくらいだ。豚骨が何本か折れているかもしれない。血流が止まっているらしく、すでに後ろ脚の感覚が消えかかっている。

「いってえ……」

ノットは素早い身のこなしで襲撃を避けたのか、鉄柵には挟まれず、肩を押さえて芝生に転がっている。

〈ジェス……どこだ？　大丈夫か？〉

そこまで運動神経のいい子ではなかったはずだ。俺のすぐ隣にいたのだから、この事故を避けられたとは思えない。首を捻ってジェスを探す。声がしない。まさか……

見上げた瞬間、嘘だ、と思った。

信じられない光景。あまりのことに視線が固まってしまう。

目の前にそれを突きつけられ、思考がショートする。

ジェスは俺のすぐ横にいた。Y字バランスのように恐ろしい角度で開かれた脚が、鉄と鉄の間に挟まって固定されている。

首を少し動かすと、鼻先がジェスにちょこんと当たった。

「えええええ！　ちょっと豚さん……？　どこ触ってるんですか?!」

ジェスの顔は見えないが、元気そうな声に安心する。上を向いた俺の視界は、一八〇度に開かれたジェスの脚と、その周囲に垂れるスカートの裏地で、ほとんどが埋まっていた。そして俺の鼻は、その中央にある薄い布に押し付けられている。

〈怪我はないか？〉

豚タンでしゃべると、鼻先がジェスにこすれてしまう。

「んっ……あのちょっと、今はしゃべらないでくださいね……？」

申し訳ない。柵のせいで……。

俺は下を向いて、赤い陽光に切り取られたジェスの影を見る。鉄柵に挟まれ、フィギュアスケーターのように片脚がまっすぐ上がっている。奇跡的なアングルで、その股間は俺の顔面へと向けられていた。

〈デビルーク星の王女みたいな挟まれ方するんだな……怪我はないか？〉

「いえ、大丈夫です……豚さんは……」

ノットの脚が歩いてくるのが視界に入った。その影から、双剣を構えているのが分かる。残像すら残らないほど素早く双剣が振られ、ガコガコガコッという音とともに鉄柵が切断された。

俺とジェスは解放されて、ノット側に倒れ込んだ。

横に転がるジェスが俺の背脂の上に手を置き、すぐに俺の心配をしてくる。痛みは消え、感覚も正常に戻ってきた。身体を動かしてみるが違和感はない。

「豚さん、お怪我は」

〈大丈夫そうだ……ノット、助かった〉

立ち上がりながら言うと、隣でジェスもぺこりとお辞儀をする。

「礼はいらねえ。当然のことをしたまでだ。逆に、俺が死にそうになったとき助けてくれりゃあそれでいい」

鉄をも切り裂く双剣が、カチャリと鞘に納められた。

俺たちは後ろを振り返る。ノットに斬られて芝に横たわっていた鉄の棒が、磁石のように元の場所へと戻るところだった。不気味な低い金属音が響き終わると、そこには元通り傷一つない門が立っていた。

〈俺たちはあんまり歓迎されてないように見えるが……〉

「そうですね、人がいるかどうかは、港の方に降りれば分かるでしょう」

「じゃあそっちに行くぞ。時間が惜しい」

豪邸への侵入を断念し、俺たちは港に向かって草地を歩いた。門の内側を見ていたときは何もなかったはずなのに、いざ後ろを向いてみると、建物の方から何やら見られているような感じがしてしまう。しかし、振り返ってもそこに人の気配はなかった。

ただ視線だけを感じる第六感のような気持ち悪さが、俺のモモ肉をむずむずさせる。

隣を歩くジェスを見上げる。いい景色だ。

〈ジェス、何だか見られているような感じがしないか？〉

「ええ、誰かにスカートの中を見られている感じはします……」

〈そんな奴がいるのか〉

周囲を見回すも、それらしき姿は見当たらない。そっちは気のせいではないだろうか。

〈スカートの中じゃなくて、背後からだ〉

「背後から……まあ、言われてみれば、確かに……？」

ノットが後ろを振り返る。

「気のせいだろ。狩人をやってるとき、似たようなことが何度もあった。狙われてんじゃねえかって不安が、勝手に視線を感じさせてんだ」

なるほど。そもそも視線とは視覚情報のことだ。それを尻が感じるなんていうのはおかしな話だ。だから、こうして俺がジェスのおぱんつをガン見しても、ジェスがそれに気付くことはあり得ない。

「いえ、心の声が聞こえていますので……」

とはいえ今さら気にしても仕方がないことなので、ジェスはそのまま歩き続ける。

少し歩くと、白いはずの街並みが見えてくる。はずの、というのは、赤い陽光に上から照らされているため、街が赤一色に染まって見えるからだ。石畳で舗装された下り坂を、港の方へ向かって下りていく。

赤い空の下、立ち並ぶ家の中には明かりの一つも見えない。窓の中からは薄暗い闇がこちらを覗いている。ホラーゲームみたいな世界だ。

「見当たりませんね、人……」

〈まあメステリアの方でも、ここに生存者がいるかどうかは怪しいところだけどな〉

「今ごろ王朝軍や北部のならず者たちが、王子様を求めて街を捜し回ってるだろうよ。住人がいなくても、そいつらはいるんじゃねえか」

ノットの言葉を聞き、少し考える。

〈……だとすると、やっぱりこの深世界に存在するのは俺たちだけなのか〉

「『霊術開発記』に記されているのも、霊魂との交流のことだけですからね……」

「そうか。じゃあ俺たちが目指すべきは――なんだ？」

言いかけて、ノットが上を見る。

〈どうした〉

「水だ」

どこに水が、とは訊くまでもなかった。近くの家の屋根の上から、水風船ほどの水塊が落ちてきて、俺の顔面に直撃した。

首を振って、水を払ってから上を見る。目の前で、家の屋根が——

〈なんだこれ……?〉

珍妙な出来事にも慣れつつあると思っていたが、どうやらそうでもないらしい。表現するのも馬鹿馬鹿しくなるほどの状況。俺たちの近くで、家が燃えている。ただその炎は、光を発する高熱の粒子ではなく、ゆらゆらと炎の形を真似る、透明な水だった。

家が、炎のような形をした水に包まれ、燃えている。

先の方に目を向ければ、港を中心にして、この水炎に包まれる家々が多数広がっているのが分かった。

「燃え盛る水……」

ジェスが呟く。異常な現実がそこにはあった。

「これは……どういう仕組みなんでしょう! とても興味深いですね!」

触りに行こうとするジェスを、俺は慌てて引き留める。

〈危険かもしれない。触るのはよしておこう〉

ちょっと残念そうに唇を嚙み、ジェスは引き下がった。

この世界を説明してくれる人は誰もいない。頼れるのは『霊術開発記』の曖昧な記述だけ。

先ほどの絶叫する木々もそうだが、正直言って、俺には意味が分からなかった。

全然意味が分からないからこそ、恐ろしかった。

いったい、どうしてこんな状況が起こり得るのだろうか？

深世界が願望によって形成された世界であるならば、誰かがこれを望んでいるのだろうか？

俺が馬の耳や尻尾を希望してもそれは実現しないのに、木は勝手に叫び始める。

そうはならんやろ、と思うが、目の前で起こっていることを否定するわけにもいかない。

〈常識の通じない世界だ。必要がなければ、長居はしない方がいいな〉

ノットが前を向いたまま頷く。

「どんな危険が待ってるか分かったもんじゃねえ。先を急ごう」

と言ってから、ノットは俺たちの方を振り向いてきた。

「そういや、参考までに訊きたいんだが……」

ちょっと言い淀んで、口を開く。

「……深世界ってのは、願望の世界なんだろ？　ここで死ぬと、俺たちはどうなる？」

ジェスがそっと、自分の胸に手を当てる。

「願望でできた世界とはいえ、私たちは身体ごとここに入ってしまったわけですし……魔法で創られた物質がメステリアで本来の物質と何も変わらないように、こちらの世界も、あくまで実在する世界です。ここでの死は、本当の死と何も変わらないと思います」

しばらくノットは無言だった。

気持ちは分かる。叫ぶ木々が人間を襲い、壊した鉄柵が突然元に戻り、水が燃え盛る世界。

王朝軍に追いかけられているだけの方が、まだ生存しやすいようにも思えた。

「ま、死なきゃいい話だ。王都に行ってクソ野郎を脱獄させりゃいいんだろ。これからどう動くのか、計画を話してくれ」

ノットはそう言うなり、港へ下る石畳の道を歩き始めた。俺たちもその後に続く。港には大小様々の船が浮かんでいる。どれかを使って川を移動できれば、王都への道のりがだいぶ楽になるだろう。

歩きながら、俺はノットに説明する。

〈マーキスを救い出すには、闇躍の術師の領域に踏み込む必要があるんだ〉

「領域に踏み込む？」

「はい。ヴァティス様は、自分に憑りついた霊魂に実体を与える方法だけでなく、他の人に囚われた霊魂を深世界側から分離——つまり脱獄させる方法も書かれているんです」

ジェスはそう言って、『霊術開発記』の内容をそらんじる。

住処に隠れし心の迷宮
門は瞬かぬ器に護られ
囚人は城の最奥に眠る

「ヴァティスって女は、なんでそんなにまどろっこしい書き方ばっかりするんだ？」

〈雰囲気が出るからじゃないか〉

俺の言葉に、ジェスは苦笑いする。

「ヴァティス様は、秘密の多い方のようです。王朝の始祖で、様々な書物を残しながらも、その亡(な)くなり方ですら謎(なぞ)に包まれているようなお方ですから」

〈そうなのか、初耳だな〉

ノットが脇から促(うなが)し、ジェスが話を戻す。

「……霊魂を救い出す方法について、先ほどの内容はよく分かりませんが、その前の部分の記述から、はっきりと分かることがあります」

指を二本立てて、手がピースサインをつくる。

「霊魂を見つけるには、その霊魂を宿らせた方の居場所に近づかなければならないこと。そして霊魂を救い出すには、その方の領域に入り込まなければならないこと」

〈言い換えれば、闇躍(あんやく)の術師が住処(すみか)としている王都に行って、闇躍(あんやく)の術師の「心の迷宮」とやらの「城の最奥(さいおう)」にいるマーキスを脱獄させるってことだ〉

ノットの眉(まゆ)が不審そうに動くのが見えた。

「本当にできんのか、そんなこと」

俺も最初はそう思った。訳の分からない世界で、いきなり闇躍(あんやく)の術師の領域に入るのは分(ぶ)が悪いだろう。

〈だから、途中で少し寄り道して、一回予行演習をしてみようと思ってるんだ〉

俺の言葉にジェスが頷く。

「まずは船を探して、妖精の沢を目指しましょう」


セレたんが泣き止むまでには、しばらくの時間を要しました。

泣いている姿も小鹿のようで大変可愛らしく、うっかり抱き締めたくなるくらいなのですが、私は豚なので、むしろ抱かれる側の役割に徹しようと決めました。少女の嗚咽を背中に感じながら、ぎゅっと縋ってくる細い腕のか弱さに気付くと、何といいますか、父性本能のようなものを抱いてしまいます。

ノッくんがジェスさんとともに崖から落ちてしまった——いえ、飛び降りてしまった後、残された私たちはしばらく呆然としていました。崖から下を覗いてみても、海面は穏やかに波打つばかり。二人の気配はありません。普通、人が飛び込んだ場所には泡が見えるはずですから、二人——そしておそらくロリポさんは、物理法則を越えた何らかの現象によって、あちらの世界へ行ってしまったと考えるのが自然です。

私たちからは、ロリポさんの姿は見えていませんでした。セレたんには、ノッくんがジェスさんと二人で消えてしまったように見えるわけです。

そのショックが大きいだろうことは、齢三三にして恋愛経験ゼロ未満の私にも、想像に難くありません。

――サノンさん、違うんです、私、あの、ジェスさんにそんな……

セレたんはひっぐひっぐと息を荒げながら、私に念で伝えてきました。

もちろんでしょう。恋の嫉妬を自覚するには、セレたんはまだ若すぎます。

私たちから少し離れたところで、ツネたんとヨシュくんが、王子に困った様子で話しかけています。突然計画を翻すのは、ノッくんらしいといえばノッくんらしいのですが、大切な計画の初っ端でそれをやるとは、正直意外でした。

次いでバットくんが、三人に話しかけます。どうやら彼は、ノッくんから最後に言伝を預かっていたようです。曰く、

――こっちのことはお前らに任せた

この国を取り戻そうという壮大な計画を前にして、なぜ。それすら語らずに、彼は危険な世界へと旅立ってしまったのです。

この世界にいればどの別れでもそうではあるのですが、ともすれば今生の別れになるかもしれない、大事な分岐点でした。せめてそのときくらい、ちゃんと理由を説明すればよかったのにと思います。せめて、命を棄てる覚悟で呪いを引き受けてくれた少女の頭をひと撫でするくらいのことは、してあげればよかったのに。

でもそれをしないのが、不屈の英雄、ノットなのです。

ヌリスちゃんに慰めてもらい、セレたんは少しだけ元気を取り戻したようです。抱き枕の任を解かれた私は、ケントくんと一緒に、王子のもとへ行きました。

さて軍議です。

〈一刻も早く、この島を出ましょう。海上で包囲されたらおしまいです〉

ホガッと鼻を鳴らす私を、王子が真剣な目で見下ろしてきます。

「そうだな。ここは計画通り、最短で王都を叩きに行こう」

ツネたんは私から少し距離をとったのち、発言します。

「王朝軍やヘックリポンがいるから陸路は避けたいね。今はムスキールに近づくのも危険だ」

いつだか私に下着を嗅がれたことをまだ根にもっているのです。一方弟のヨシュくんは、近くに来たイノシシの背中を撫でながら、もう一方の手の人差し指を立てます。

「海路ってことか。西回りか東回りかで言えば、東回りがいいんじゃないかな。ニアベルからなら王都も近いし、あっち側にはまだ仲間も多い」

解放軍は、王朝の方針転換によって解体を余儀なくされ、今でこそ各地に身を潜めていますが、それでも信頼できる戦友たちはまだ手を貸してくれます。ほぼ孤立無援となってしまった私たちですから、それに頼らない手はないでしょう。

王子は納得した様子です。

「いいだろう。俺もニアベルにある王朝軍の施設ならば、縁あって詳しく知っている。攻略の役に立つはずだ。ケントも異論はないな？」

イノシシがゆっくり頷きます。

——兵力で敵う相手ではありません。隠密第一で行きましょう

ということで、私たちは船に戻りました。我々の乗ってきた中型船は、狭い道を出たところに、最後に見たときのまま泊められています。怠らずに安全確認をしてから、乗り込みました。

一度だけあらゆる命を救うという至宝、救済の盃を、王子が大事に持っています。

これを使って、命を救うのではなく、王を斃すのが、私たちの使命です。

船に乗り込んだ私たちは、洞窟内を光に向かって航行し、出口へ向かいます。出る道は一つ、入ってきた道と同じです。出入口となっている細い裂け目からは、北側の海を見ることができます。非常用に積載された小型艇の上に登って、私は外の様子を窺いました。狭い範囲しか見えませんでしたが、敵の気配はありません。この島が国の最北端にあるわけですから、敵軍がさらにその北側に船を展開していないのは、当然のことと言えるでしょう。

警戒すべきは、この島よりも南側の海です。

船が通るはずのない裂け目から無事外に出た私たちは、王子の蜃気楼のような魔法によって光を曲げ、南側――つまりムスキールの側を偵察しました。

「あちゃあ、船が出てきてるよ」

見張り台から、ヨシュくんが伝えました。わずかながら、私にも見えます。黒い煙を上げるムスキールの街から、こちら側の海へと、武装した帆船が何台か展開しているようです。

赤い旗を見るに、王朝軍の船でしょう。訓練された軍隊が、最凶の王の傀儡となり、王子のことを血眼になって捜しているのです。

予想していたことではありますが、私たちはこれらの監視を逃れて、より南の海を目指さなければなりません。

〈一つ手があります〉

舵を握る王子に、私は伝えました。今でこそ、島の陰になって、我々の船は向こうから見えませんが、隠蔽魔法があるとはいえ、東側へ航行するには危険が伴います。

それまでに、対策を練っておいた方がよいに違いありません。

そして、想定をはるかに超えた危機が私たちを襲いました。

龍です。

どんな船でも尻尾の一振りで砕いてしまいそうな巨大な龍が、腹側を発光させるカウンターイルミネーションによって、青空に身を隠していたのです。私たちが殺し損ねた最強の王が、かつて手ずから創り出した王家の化け物。今では最凶の王の言いなりです。船を見つけた龍が、自由落下よりも速いスピードで急降下してきました。なす術はありません。

私たちの乗っていた中型船は、一瞬で、面白いほど粉々に砕けました。

せっかくだからということで、港に繋がれた小型艇の中から一番条件のよいものを選んだ。条件とは、速さ、頑丈さ、そして乗り心地だ。

選ばれたのは、機能美を突き詰めたかに思えるスタイリッシュな船。刀剣のごとく鋭い輪郭に、鎌首をもたげた蛇のような船首。喫水は浅く、左右の舷から水面へと突き出た五対のオールを、ジェスの魔力で整然と動かすことができる。

俺たちが目指す妖精の沢は、運河と大河を南下し、そこからさらに支流を入ったところにある。俺とジェスの船旅では一日と一晩かかった道のりだが、ノット曰く、ジェスの魔法を使い続ければ日没ごろには着いてしまうだろうとのことだった。ジェスとノットは甲板に渡された板に腰かけ、俺はその二人の足元にお座りして、豪速で後方へ流れていく景色を眺めた。

船の上に限れば世界は平穏で、日光が赤いのと豚がしゃべるのを除けば、特に超自然的な事象は確認されなかった。川沿いの街には、地面から数十メートル浮いている聖堂や、成層圏を突き抜けるほど高く尖った丘など、ゲームのバグみたいな景色がちらほらあったが、俺とノットは見なかったことにして精神の安定を保った。

一方ジェスは船からなかば身を乗り出しながら、イタリアンワイン&カフェレストランに来た子供のように、間違いを探しては喜んでいた。

「あ、豚さん！　あのお城、東側の壁がないですよ！　おかしいですね」

「冬のはずなのにサルビアが満開です！」

「ほら見てください、旗のなびく方向がバラバラです。風が一方向じゃないようですよ」

「豚さん、あの建物の尖塔、何が間違いか分かりますか？　ほら豚さんってば！」

無邪気可愛いかよ。

正直言ってあり得ない風景を見続けるのは心臓に悪かったが、楽しそうにしているジェスに付き合うのは悪くなかった。出題してきたジェスの手が指差す尖塔を見ながら、考える。

〈ううん……おかしなところは見当たらないな〉

「いえ、あの尖塔、ゴーソル様式なのに屋根が金色なんです！」

〈…………？〉

「ゴーソル建築は形状にのみ様式美を見出し質素な石材の色を活かすところに特徴があります

から屋根を金で葺くことは流儀に反していましてあれほど素晴らしい尖塔を建てられた方がそのように筋違いなことをするとはとても考えられないんです」

そうなんや。

〈詳しいんだな〉

「豚さんと同じ、おたくですから」

楽しそうにまた船外を眺めるジェスを横目に見ながら、ノットの方を向く。俺たちの両脇では、見えない漕ぎ手が人間離れした速さでオールを動かし、船を猛スピードで駆動している。真正面から風を浴びるイケメンは、余計なものを見たくないのか、周囲を警戒しながらも、ずっと目を細めていた。

一つ、訊く必要はないが訊いてみたいことがあった。

〈なあノット〉

「なんだゲス豚」

〈お前、セレスとはどうなってるんだ〉

途端に、ノットはゴッホゴホと盛大に咳き込む。

「お？」

〈いや、おじゃなくて……〉

「別にどうもなってねえが」

ジェスが外を眺めるのをやめ、さりげなくこちらに注意を向けているのが分かった。ノットは相変わらず前を見たままだ。

突然考えを変え、こちらの旅に同行してくれたノット。すでにかなり助けられていて、むしろ一緒にいてくれて心強いことしかないのだが、俺には一つ気になることがあった。

セレスだ。

二度目の転移を果たしたとき、俺はセレスから想いを聞いている。

村に来たばかりのころ、いじめられていたセレスは、村の英雄となったノットに恋をした。それ以来セレスはずっと、ノットが自分の方を見ていないことを知りながら、そばにいて役に立てるだけでいいと、ノットと運命をともにすることを望んでいた。

それなのに、ノットは何の断りもなく、セレスのいるメステリアではなくて、俺たちの向かう深世界へと旅立ってしまった。どちらにも、命の危険があるなかで――。

一途な少女から慕われ、何度も想いを告げられ、命を賭けて守ってもらいながらも、大した説明もなく崖から身を投げ消えてしまうような不誠実さを、俺は見逃すわけにはいかないのである。諸君もそうに違いない。

ジェスからじっと見られているのに気付いたのか、ノットは少し首を動かして弁明する。

「セレスは――」

言いかけて、また迷う。

「あいつはもうこれ以上、俺に近づかねえ方がいい。亡霊を追うしか芸のねえ俺に、あいつを幸せにしてやることなんて、一生できやしねえんだ」

亡霊とは、亡き想い人のイースを指しているのだろう。ジェスの姉で、ホーティスの娘。現王のマーキスが修道院を燃やした際に連れ去られ、命を落としたイェスマだ。

「近くで無事でいらっしゃるだけで、セレスさんは幸せだと思いますよ」

美少女の言うことは無視できないのか、ジェスを一瞥するノット。

「それができねえから諦めてんだ。セレスは魔法使い。もう俺が近くにいてやる必要はねえ。自分の力で、他の幸せを掴めるんだからな」

どこぞのクソ童貞の焼き直しみたいな発言だな……。

〈同行してくれたことは感謝してるし、むしろノットがいなかったら俺たちの旅路はムスキールで終わってたかもしれない。その点については何も言わないが、一つだけ言わせてくれ〉

鋭い目つきで睨まれるが、怯まずに言う。

〈セレスにとって必要があるかどうかは、セレスが決めることだ。帰ったらちゃんと謝って、優しくしてあげろよ〉

しばらくの沈黙の後、ノットは皮肉を滲ませ唇の端を笑わせる。

「……無事帰れたらな」

フラグ立てるのやめてくれ。

「ちゃんと帰って、セレスさんを抱き締めてあげてください」

ノットは顔をしかめて、ジェスの言葉を今度は無視した。まあ、気持ちは分かる。セレスは確かに可愛いし、一途だし、傍から見ればノットにお似合いではあるが、ノットがセレスのことを好きでなければ、そういった愛情表現を強いるのは酷だろう。特に、まだノットの中で、かつての想い人が生き続けているのだとしたら……。

〈ノットはセレスのことが好きじゃないのか〉

二方向から言葉を投げられ、ノットは居心地が悪そうに座面で尻を動かした。

「セレスは妹みたいなもんだ。好きとか嫌いとかじゃねえ」

クズ男警察です！　慕ってくれる女性を妹扱いして付き合わずにキープしておくのは犯罪です！　両手を挙げて跪きなさい！

〈妹みたいってな……妹じゃないだろ。セレスじゃ胸の大きさが足りなかったか〉

この言葉は予想以上に効いたようで、ノットはしどろもどろに反論してくる。

「な…………馬鹿言うんじゃねえゲス豚野郎。お前だってそうじゃなかったか？　こいつのこと、妹みたいに思ってんだろ？」

ノットの親指が肩越しにジェスを指した。

虚を突かれ、しばらく言葉が出なかった。ジェスが俺を見ているのに気付き、弁明する。

〈……俺は妹でも好きだから大丈夫なんだ〉

「何言ってんだお前、気持ち悪いぞ」

率直な物言いがノットの魅力だが、今度ばかりはさすがに傷ついた。日本でも度々同様の指摘を受けてきたが、妹を好きになることの何がいけないのか俺には分からない。

「妹みたいで悪かったですね、お兄さん」

ジェスは腕を組んで、ふん、とそっぽを向いた。拗ねているのだろうが、正直なところ、俺は萌えてしまった。

日は赤くても、夕焼けがそれより赤くなることはなかった。

空を赤く照らし続けていた太陽は何の名残を惜しむこともなくストンと地平線に落ち、うんざりするほど赤かった空もあっけなく黒い夜空に変わった。

ただその夜空も、普通の星空ではなかった。塩の瓶をひっくり返してしまったかのように、狂気じみた数の星で埋め尽くされているのだ。夥しい数の流星が銃撃戦のように飛び交っていて、途中で他の星に当たっているのではないかと心配になってしまう。

喧しい星空の下、俺たちの乗る船は小川の穏やかな水面をすうっと滑って、妖精の沢へと向かっていた。昼よりは暗かったが、星々があまりにも眩しいため、灯りは不要だった。

目的地、妖精の沢には、妖精が棲むという噂がある。管理をしている人が見当たらないのにリンゴが実り、そのリンゴがどこかへ消えていくからだ。

しかしその実、リンゴ園はアールという孤独な老人によって手入れされていることが分かっている。アールは水難事故で妻と娘を亡くしてもなお、二人のためにリンゴを育てている。そして収穫した果実を、二人が亡くなった川に流していたのだ。

俺とジェスは一度、北へ向かう旅の途中、そのアールという老人に出会っている。そして俺は、その妻フェリンにも会っている。水難事故で、娘とともに命を落とした女性に――。

「つまりそのアールって老人には、フェリンって女の霊魂が憑いてるわけだな」

ノットは俺たちの説明を軽く頷きながら聞いていた。

「そうです。以前の私と豚さん、そして今のマーキス様と闇躍の術師さんと、似たような状況なんです」

〈だから、マーキスを脱獄させる前に、ここで霊魂との接触の予行演習をする〉

そこでノットが首を傾げる。

「よく分かんねえんだが……そのアールってのは、魔法使いなのか？　霊魂ってのを憑かせるには、霊術が使えなきゃいけねえんだろ？」

確かに。

ジェスを見ると、少し気まずそうに目を逸らされてしまう。

「いえ……アールさんはもちろん魔法使いではないのですが……霊術というのは、魔法よりももっと原始的な営みのようで……正統とされる霊術に近い条件をいくつか発動するだけでも、それに近いことが実現可能のようです」

「ん？　条件って何だ？」

ノットの純粋な疑問に、ジェスは少し言い淀む。

「あの、何て言うんでしょう、体の一部や血を——いえ、やっぱり何でもありません」

何か恥ずかしいのか、俯くジェスの首から上にはすっかり血が上っていた。

体の一部や血をどうするって……？

ジェスは俺の霊魂をこの世に繋ぎ留め、ジェス本人の霊魂から分離し、自立させてくれた。しかしその間、俺の意識はなかったわけで、実のところジェスが何をしたのか、俺には分からないのだ。秘密にするのだから、よっぽど後ろめたいことなのかもしれない。

加熱せずに食べたりしたのだろうか。

下を向いて両手の拳をぎゅっと握るジェス。その心の内は、俺には聞こえない。しかしなんだかかわいそうなので、追及はしないことにした。

〈まあともかく、妖精の沢でアールの領域を探して、フェリンの霊魂と接触する方法を確かめてみたい。ヴァティスの曖昧な記述だけじゃ、ちょっと心許ないからな〉

ノットはジェスから視線を外して、前を向く。

「やっておくに越したことはねえな、この意味不明な世界の中だ」

小川を進む船はスピードダウンし、ジェスの魔力で動くオールも、極力水音を立てないように、なめらかな動作に切り替わっている。静かな夜だ。暗い森の中を忍び足で流れる川が、木々の向こうに眩く光る高密度の星たちを鏡のように映している。

森の中からは、たまに意味不明な呟きや、呻き声、そして聞いたこともないような種類の音が響いてくる。俺たちは細心の注意を払って周囲を警戒した。

「あっ豚さん、あれ」

押し殺したようにジェスが囁き、肩ロースに温かい手がそっと置かれた。

ジェスは川岸を指差していた。そこにはぽつんと、白い石の墓が立っている。桁外れの星々に照らされ、それ自体が青白く光っているようにすら見えた。

〈フェリンの墓だ。船を泊めよう〉

オールがそっと動きを止め、それから少しだけ逆に漕いで、船を停止させた。

「川が浅えな。岸まで歩くしかねえのか」

そう言うノットの吐く息は白い。ムスキールでは生暖かった空気も、今ではすっかり冷え込んでいる。豚はまだしも、靴を履いている二人が足を濡らすのは得策ではないだろう。

「凍らせますよ」

何を、と訊き返すまでもなく、ジェスは船から身を乗り出して、川面にそっと手をあてがった。少しも寒くなさそうに、ジェスの手を中心にして川の水が白く凍っていく。次々と氷の花が咲き、船から墓のすぐ近くまで歩いて渡れる橋を架けた。

〈ありがたい〉

「降りるぞ」

ノットが先陣を切り、俺たちは船を降りた。船に繋がるロープを、ジェスが川岸に生える柳の木に結ぶ。ノットはずっと双剣の柄に手を添えていた。

「これが墓か」

三人で墓の前に立つ。白く四角い墓は、俺たちが以前見たときにはかなり風化していたはずだが、ここではまるで造りたてのように整っている。

——フェリン　ポミー

そこには確かに、二つの名前があった。この川で溺れた母と娘の名だ。

そして墓の上には、一つだけ、真っ赤なリンゴが置かれている。

〈ここから上流の方へ歩けば、俺がフェリンと会ったログハウスがある。アールの住処といったらあそこのはずだ。まずはログハウスに行ってみよう〉

そう言いながら、俺はまた、どこからか見られているような気がしてならなかった。

ノットが何ともなしに、墓の上に置かれたリンゴに手を伸ばす。そちらを見て、気付いた。

気付いたはいいが、そのあまりの不気味さに言葉を奪われ、ノットに警告するのが遅くなってしまった。

リンゴがこちらを見ていたのだ。

真っ赤な皮の真ん中に、人間の目が一つだけ。瞼をぱっちりと開いており、俺が目を向けた瞬間、瞳がぎょろりと動いてノットの方を向いた。

〈触るな！〉

俺が叫ぶのと、ノットの指先がリンゴに触れてしまうのとは、ほぼ同時のことだった。

刹那、俺の視界は滝から落ちて水に揉まれているかのように、ごちゃごちゃと乱れて回転した。ジェスが俺の腹に手を回すのを感じる。平衡感覚が失われ、どちらが上かも分からない。

見える景色は盛大に揺れて渦巻きながら、星に照らされた夜の闇から、薄暗い緑の空間へと変化していく――。

気が付くと、リンゴの木が整然と並ぶ果樹園に転がっていた。濃密すぎるほどに甘い香りが豚の嗅上皮を埋め尽くす。香りの正体は、リンゴの花だった。見渡す限りすべての木に、白色の、桜のような花が、なんと満開の十倍以上の密度で咲いている。

「きれい……」

隣で立ち上がりながら、ジェスが呟いた。生態学の常識を超えて過剰に開花したリンゴの木々は、雪を被っているようで美しい。暗い果樹園の中で月光を浴び、仄かに光っている。

「どういうことだ、空が……」

ノットの声につられて上を見ると、ついさっきまでは空を埋め尽くすほどあった星の数が、常識的な範疇に戻っているのが分かった。考える。

〈可能性としては、急に星が減ったか、俺たちが違う空の下に来てしまったか……あの変なリンゴがきっかけなのは間違いなさそうだが〉

「何だ、変なって」

〈見えてなかったか。リンゴに一つ、目がついていたんだ〉

「目？」

ノットは理解しかねた様子だったが、まあいい、と肩をすくめた。この世界で、リンゴに目があるくらいで驚いていたら心臓がもたないだろう。

「豚さん、これ！」

ジェスに言われて、近くの木を見る。白く咲き乱れるリンゴの花の下から、赤いリンゴの果実が覗いていた。よく見るとどの木にも、花に覆い隠されながらたくさんの実がなっていた。

「えっと……リンゴの花と実が同時につくことって、ありましたっけ……？」

〈いや、ないな。リンゴの花は一斉に咲く。実が熟すのはそれから数ヶ月先だ〉

しゃべる豚に言われても説得力がないだろうが、花と実が同じ枝につくなんて、絶対に起こり得ないことなのだ。

ブンブンと、ミツバチの羽音のような音がそこらじゅうから聞こえる。それらは奇妙に揃っていて、室内楽の調弦をしているかのようだった。

「気味が悪いな。元の場所に戻るか」

ノットが俺を見てきた。

〈まずは川のある方に戻ろう。果樹園を出て、森の方に行くんだ〉

噎せ返るような芳香に包まれながら、薄暗いリンゴ園をさまよい歩く。一面の白い花が月明かりに照らされ、青白く輝いて見える。

川を目指すと言ったが、そもそもどちらに行けばいいのか分からない。

歩きながら、気付いたことがある。

〈アールはジェスに「ここで果樹園をやるのがフェリンの悲願だった」と話していた。娘のポミーはリンゴが好きだったとも言ってたな。この場所からは、一家の願いを感じないか〉

「ええ、とっても美しい場所です……」

確かに美しい。自然の摂理を越えた美しさに、むしろ気味が悪くなるくらいに。

何が起こっているかは分からないが、ここからはアールの願望を強く感じる。ここが、ヴァティスの記述に従えば「アールの領域」なのではないだろうか。

目的地には近づきつつある。そう希望的に感じながら、川沿いの小路をやみくもに探した。

そして俺たちは、リンゴ園を抜けて森に入り、開けた場所に着いた。見覚えのある光景。奥に、以前訪れたのとそっくり同じログハウスが見える。アールの住んでいた家だ。どうやら幸運にも、退路を求めるうちに目的地へと近づいていたようだった。

問題は——その手前に、見たこともない巨大生物が立ち塞がっていたことだ。

「下がれ」

ノットが息だけの声で、俺たちに命令した。

こちらに気付いてクレーン車ほどの鎌首をもたげるのは——

全身を白い鱗に覆われた、一頭の美しい龍だった。

その鱗の一つ一つが立体的に盛り上がるさまは、体表にリンゴの花が咲き乱れているようにも見える。大きな目はアルビノを思わせる赤色で、長い首は骨が無数にあるかのごとく滑らかに動く。コウモリの翼に近い形状の前腕には大木を一瞬で切り倒しそうな白色の爪があり、長い尻尾には細かい棘がやすりのように生えている。あれで擦られたら、俺は瞬く間に粗挽き肉になってしまうだろう。

龍の体長は優に数十メートル。どうして見逃したのか分からないくらいだ。もしかすると、突然この広場に湧いて出てきたのかもしれない。

少しずつ退却する俺たちの前で、龍がいきなり口を開いた。

艶めかしいピンク色の口腔がこちらを向き、絹を裂くような鳴き声が聞こえてくる。次の瞬間、俺は何が何だか分からないうちに、冷たい水に全身を包まれていた。

〈…………?〉

激流のような水圧によってもみくちゃにされ、ジェスと一緒に吹き飛ばされる。

俺たち二人は、押し戻されるようにして木立の中に転がった。顔を上げると、ノットは双剣二つを真っ赤に輝かせながら、龍の頭上まで跳び上がっていた。

空中で紅の刃筋が閃き、剣士の身体が龍の額に向かって弾丸のように飛び出した。あの双剣は衝撃波の反動で、使い手の空中機動を可能にする。深世界補正がかかっているせいか、ノットの動きは以前見たときよりもかなり速く、鋭くなっていた。

ずぶ濡れのまま身を伏せて、ジェスと一緒にノットを見守る。

さらなる炎によって加速されたノットの初太刀が、龍の額に直撃。反動でノットの身体を一層加速させる。身体を横に回転させながら、ノットは龍の首筋に二撃目を加える。炎によって強化された追撃の反動でさらに加速し、首筋に三撃目。火炎を纏った車輪のごとく龍の背中を転がって、数えきれないほどの斬撃を龍に与えた。兵長のように見事な身のこなしだ。最後は尻尾の先端から高く跳び上がり、素早く龍の攻撃範囲を離れた。

「すごい……！」

ジェスが隣で、感嘆に息を呑むのが見えた。

十秒にも満たない間に無数に加えられた攻撃は、しかし、その白い鱗にわずかな焦げ跡を残しただけで終わった。

信じられない。崖を崩し、鉄柵すら麩菓子のように斬った剣なのに。

「豚さん、逃げましょう！」

ジェスに言われて、森の奥へと走り込む。すぐにノットと合流した。

振り返って木の隙間から後方を見ると、龍は赤い目を爛々と輝かせ、太い木の幹をやすやすと折って倒しながらこちらへ突進してくる。レバーがきゅっと冷える。特急電車の迫りくる線路に横たわっている気分だ。

ジェスが龍に手を向けて、巨大な爆炎を放った。揮発性のほどよく調整された油が立木に纏わりつき、一瞬で眩い炎の壁となる。

「いったん退避だ」

ノットに言われて走っていると、甲高い鳴き声が聞こえてくる。直後、炎の壁を突き抜け、冗談みたいな勢いの放水がすぐ近くの地面に直撃した。泥と泥水が暴力的に巻き上がる。

龍は炎の壁をたやすく越えてこちらへ突進してきた。猛獣の攻勢は収まることを知らない。

ジェスの命の危険を感じて、背筋が寒くなった。

ジェスが豚足にアンクレットを巻いてくれたことを思い出す。頼りにされているのだ。ノットにばかり戦闘を任せるわけにもいかない。俺も男だ。戦わなくては。

立ち止まって素早く後ろを向き、両前脚に集中する。炎は効かないようだが、違う属性ならば効果があるかもしれないと考えた。

水溜まりだらけになった地面。地底側から地上を突き刺す様子を想像しながら、水を操る。脚に力を入れる。迫り来る龍の目前、地表を突き破り、巨大な氷の刃が次々と天を衝いた。柵を築くイメージだ。尖った氷の先端が龍の側を向いているため、傷をつけられなくとも、足止めくらいにはなるだろう。

「豚さん、早く！」

ジェスが後ろから俺を呼んでいる。守るつもりが、むしろ立ち止まらせてしまったようだ。しかしまだもう少し、俺にはやるべきことが残っている。

〈すぐに追いつく！　先に行っててくれ〉

龍は一度立ち止まったが、重機のような上体を起こすと、氷の柵をいとも簡単に粉砕した。その瞬間を逃さず、俺は本命の仕掛けを起動させる。

龍の周囲には、泥に濡れた氷が配置されている。足下からそちらへ向かって、俺は出来る限りの高電圧を加えた。

目を焼くような青白いスパークが龍の身体に絡みつく。龍は弾かれたように身を引いて、絹を裂くような高い咆哮を発した。ダメージは大きくなくても、一瞬だけ立ち止まらせることができた——そんなことを考えていると、すぐに赤い瞳がこちらを睨む。まずい。

目も眩むような爆炎が、すぐ目の前で炸裂する。何事かと思えば、隣にジェスが来ていた。

「逃げましょう」

結局、ジェスの魔法に助けられてしまった。炎と煙が俺たちと龍の間を遮っているが、これも時間の問題だろう。俺はジェスと一緒に、ノットの待つ方へ向かって走った。

〈電撃は少し効くみたいだ。シュラヴィスみたいに電気であいつを攻撃できないか?〉

走りつつ訊くと、ジェスは申し訳なさそうに眉根を寄せる。

「すみません、電流の魔法は高度で、まだ私には……」

「やってみるか」

合流したノットは、慣れた手つきで双剣のリスタを交換した。炎の明かりで、双剣の片割れに黄色のリスタが装着されているのが見えた。

再び甲高い声が響く。炎の壁の向こうから、見当違いの場所に滝のような放水が降りかかる。ノットの誘導で、俺たちは走る向きを変えていたのだ。

ノットは放水と同時に斬撃の反動を使って高く跳び上がり、炎の壁を通り抜けてきた龍の顔面にぴたりと剣の位置を合わせる。

青白いスパークが、龍の細い鼻先で炸裂した。舞うように双剣を振った反動で、ノットは俺たちの方へ戻ってきた。勢いよく着地。

「目は外したが、さっきよりは効いたみてえだな」

龍に目立った外傷はなかったが、明らかに怯んだ様子で首を振っていた。俺たちはその隙に森の闇の中へと隠れる。

〈戻っていくぞ〉

龍は俺たちを深追いすることはせず、元いた場所へと引き返すようだ。

「ノットさんの電撃が効いて、逃げていったんでしょうか……」

「どうする、追撃して殺すか」

〈いや、殺す必要はない。見てみろ〉

炎の隙間からログハウスの方を振り返る。龍がまた最初にいた広場へ戻って、首をゆっくり動かしながら、炎の壁を探るように見ているのが分かった。

〈あいつは俺たちを攻撃しようとしてるんじゃない、あのログハウスを守ってるんだ〉

「でもお前らは、あのログハウスに行きてえんじゃねえのか」

頷く。

〈ノットの腕を信頼していいか。あいつと真っ向から戦う必要はない〉

俺の目を見ると、ノットは歯を見せて笑う。

「侮るな。俺を誰だと思ってる」

金髪イケメンクソ童貞かな。

「え、あの……どうされるおつもりですか？」

びしょ濡れのジェスが俺たちを交互に見た。ノットが俺の意図を簡潔に説明する。

「二手に分かれんだ。囮になって時間を稼いでやる。お前らは先に行け」

ノットは何のためらいもなく龍に突撃し、その顔面にちょっかいを出して気を引いた。重い攻撃を軽々とかわしながら、龍の注意を巧みに誘導。その巨体を着実にログハウスから引き剝がしていく。鮮やかな手腕に感服させられるばかりだ。

一方で俺とジェスは、森の中を迂回して、ログハウスに裏側から回り込む。玄関の前に立ったときには、龍とノットは遠くリンゴ園の方まで移動していた。

〈ノットの体力はどんどん減っていく。様子を見て、何もなさそうだったらすぐ撤退しよう。もしフェリンと接触できたら、マーキスの救出に役立ちそうな情報だけ手に入れる〉

「はい」

ジェスの喉がごくりと鳴る。

意を決した様子で、ジェスは玄関の扉を叩いた。少し待つも、返事はない。

視線をちらりと俺の方に向けてから、ジェスはためらいもなく取っ手に指をかけた。

ギイイィイ。

扉は軋みながらゆっくりと開いた。

見覚えのある室内は暗い。窓から月光が差し込み、部屋の一部を白く切り取っている。

そしてその月光の中に、一人の女性が座っていた。

こちらを向いて、まるで、俺たちを待っていたかのように。

「まあ、あなたたちでしたのね」

黒髪を長く伸ばし、優しい目をした四〇手前の女性。フェリンだ。

いた。誰もいないはずの深世界に、会ったことのある人間が。

「あの……こんにちは」

ジェスが礼儀正しくお辞儀をしたので、俺も頭を下げる。

フェリンも窓際に座ったまま静かに頷く。

「人と話すのは久しぶりです。言葉を、忘れていなければよいのですが」

暗い部屋の中で穏やかに話すその姿は、どこか浮世離れした印象を与えた。

〈あなたは、ここに一人で……？　アールさんは〉

「主人はもうじき、眠りに就くでしょう。夜も更けてきましたから」

手招きされて、フェリンの足元に向かう。その細い指が俺の頭をそっと撫でた。むっとして

腰に手を当てるジェスが、豚の広い視野の端に映った。

「ここに、アールさんもいらっしゃるんですね」

少し嫉妬の声色を含んだジェスの問いに、フェリンはゆるゆると首を振る。

「ここが、主人です」

想定外の返答に、俺とジェスはしばらく言葉を探していた。

〈……どういう意味ですか〉

顎を撫でられながら、フェリンを見上げた。

時間は限られている。そのなかでできるだけ、マーキスを救い出すためのヒントを手に入れなくてはならない。

「この場所は、主人の心そのもの——私をずっと捕らえている、いわば鳥籠なのです」

言葉の解釈に少し時間がかかった。

アールの心そのもの？

——住処に隠れし心の迷宮

ヴァティスの記した言葉を頭の片隅に思い出す。ここは「心の迷宮」なのだろうか。

俺はジェスと顔を見合わせた。ジェスが慎重に口を開く。

「……ここは、深世界の中ですよね？」

「深世界……？」

首を傾げるフェリン。

「難しいことは分かりません。何が目的でいらっしゃったのかは存じませんが、主人があなたたちを傷つける前に、お逃げになられた方がよいかと思います」

〈逃げる……どういうことでしょうか〉

「人は、自分の心を守ろうとするもの」

質問ばかりの俺たちに、フェリンはあくまで優しかった。

「ここへやってきた、言ってしまえば異物のあなたたちを、主人の心が歓迎するとは思えません。あなたたちはきっと、ひどい目に遭(あ)うことでしょう」

もうすでに割とひどい目に遭(あ)ってきた気がするが、それはさておき。

〈フェリンさん、あなたがアールさんにひとこと言ってくだされば……〉

「ここは、主人の心そのものです」

首を横に振りながら、フェリンは繰り返した。

「人の心の中というのは、いかようにもなりませんのよ」

静寂の中、高い悲鳴のような巨獣の鳴き声が外から聞こえてくる。時間がない。

〈すみません、突然押しかけておいて恐縮ですが……分かる範囲で、いくつか教えてほしいことがあるんです〉

俺の言葉に、フェリンは微笑(ほほえ)んで頷(うなず)く。

「もちろんです。お二人のことは、ずっと応援したいと思っておりましたの」

お言葉に甘えて、単刀直入に訊く。

〈では……ここがアールさんの心の中だとして、今の僕たちのように侵入しても、アールさん自身に僕たちは見えない、という認識で合っていますか？〉

フェリンは曖昧に首を動かした。

「見えはしませんよ。あなたは自分の心の中を、覗いたことがありませんでしょう」

――メステリアが巨大な生き物だとしたら、深世界はその内臓のようなものだと、そうこの本には書かれている。もともと人が行くはずもなければ、覗くはずもない場所――この国に生きる人間の願望によってできている、裏側の世界だ

シュラヴィスの言葉を思い出す。深世界からは見ることができる心の中も、現実のメステリアにいる人からは、見えなくて当然だ。

「ただ……」

フェリンは憂いを帯びた瞳で、窓の外を見る。

「あなたたちが来たことによる心のざわつきは、主人も感じているのではないでしょうか」

なるほど。心の中で龍が暴れれば、虫の知らせのようなものを感じるのかもしれない。マーキスとの接触は、闇躍の術師との対峙は避けられるとしても、本人に気付かれないよう、でき

る限り手短に済ませなければならないということか。

窓の外の音が、少しずつ近づいてくるような気がした。

俺が考えを整理している間に、ジェスが質問を投げかける。

「あの……あくまで例えばの話なんですが……私たちがフェリンさんをここから連れ出すことは、可能なのでしょうか？」

フェリンはゆっくり息を吐く。

「ここにも、外があるのですね」

その発言は、フェリンが長い間、一度も外に出たことがないという事実を示唆していた。

「はい。私たちは深世界という場所を旅して、ここまで来たんです」

ジェスの説明に、フェリンは再び窓の外を見る。

「そうでしたか。……ここへ来ることができたのならば、私を連れて出ることも、きっとできるのでしょうね。私は、恐ろしい化け物に阻まれて、このリンゴ園から抜け出すことができないだけですから」

白い龍のことを思い出す。あれはアールの心の怪物なのだろう。そしてあの龍は、俺たちのような侵入者から心を守っているだけではなく、フェリンが心から逃げ出さないよう、見張ってもいるのだ。

ジェスは、ショックを受けた様子で胸に手を当てている。

「そんな……それではまるで、フェリンさんが、無理やりここに囚われているみたいじゃありませんか」

フェリンは微笑んだまま頷く。

「囚われているのです。主人の夢と後悔に、ずっと」

——囚人は城の最奥に眠る

ヴァティスの『霊術開発記』に、囚人という言葉が使われていたのを思い出す。城というのは、よそからの攻撃を防衛する場所だ。アールの心の一番奥に囚われているフェリンは、この記述にぴったり当てはまっている。

そもそも俺たちは、マーキスを「脱獄」させに行くのだ。フェリンとて、例外ではないのだろう。ともすれば、俺だって——

ジェスが急き込んで訊く。

「フェリンさん、アールさんに、そのことは伝えたんですか？　フェリンさんが、ここに囚われて、出たくても出られないということ」

暗い部屋、青白い月光の中で、彼女の顔に諦めの色が浮かぶ。

「考えてみてください」

フェリンの白く細い手が、ジェスにそっと向けられる。

「あなたたちだって、自分の悲しみには何もしてやれませんでしょう？　同じように、ここは主人に言ったところで、どうこうできる場所ではないのですよ。この場所を出たいと、娘のもとに行かせてほしいと、私が何度訴えたことか……」

話を聞きながら、不可解な点が浮かんでくる。根本的な問題だ。ここはアールの心の中らしい。とすると、俺が妖精の沢で見たフェリンは何者だったのだろう。ここにアールがいないなら、彼女はアールに、どうやって思いを伝えているのだろうか。

〈すみません。僕たちが以前妖精の沢を訪れたとき、あなたはアールさんと一緒にいましたね。そのときは、ここ――アールさんの心の中にいたわけではないんですか？〉

「ええ。パイが焼けると、主人に呼び出されるんです。私は食べられませんのに……」

呼び出される……？

考える。フェリンの霊魂は、ずっとこの、心の中にいるわけではないらしい。俺がメステリアで接触したフェリンは、この場所に囚われた状態のフェリンではないということか。

〈僕たちが来ているこの場所と、アールさんがいる場所とは、フェリンさんにとっても、全く別の場所ということですか……？〉

頷くフェリンに、俺はますます混乱した。

俺が霊魂の状態でメステリアを旅しているとき、今のフェリンのように深世界を見ることは一度もなかった。「呼び出される」という感覚も一切なかった。

俺はずっと、ジェスと一緒にメステリアにいるように錯覚していたのだから。

この違いは、いったいどういうことなのだろうか？

思考が絡まったまま、質問を続ける。

〈それではフェリンさんは、その二つの場所を行き来しているんでしょうか……？〉

俺の質問には答えず、フェリンは急いで椅子から立ち上がった。

ガタガタと、部屋が振動を始めたのだ。

「すぐお逃げなさい。主人が苛立っているようです」

直後、窓が粉々に砕けて、身体を丸めた人間が突入してきた。

そいつは床を数回転した後、素早く立ち上がって俺たちを見る。

「すまねえ。時間切れだ」

ノットだった。その服はところどころ破れて、顔の切り傷からは血が流れている。

すかさず悲鳴のような音が響き渡り、窓から恐ろしい量の水が流れ込んでくる。俺もジェスも、身構える間もなく水に呑まれた。氷をそのまま液体にしたかのようで、とても冷たい。

激流に抗う術はなかった。バキバキと壁の壊れる音がして、俺たちはいつの間にか、小屋の外の薪置き場に叩きつけられていた。

「豚さん……！　大丈夫ですか！」

〈ああ。ジェスは……ノットは〉

「私は問題ありません」

「まだ動ける。とっとと逃げるぞ」

ログハウスは跡形もなく崩壊し、フェリンの姿はどこにもなかった。

立ち上がり、気付く。真っ赤な双眸が、こちらをギッと睨んでいる。

瞳だけではない。美しいほど白かったはずの鱗が毒々しいまでの赤色に変わった龍が、前腕で今にも俺たちを切り裂こうとしている。振りかぶった鉤爪は、死神の巨大な鎌を思わせた。

豚肉は冷たい水でチルドされ、思うように身体が動かせない。まずい。

「飛びます！」

ジェスが叫んで、俺のことをぎゅっと抱き締めてきた。濡れた服越しに柔らかい胸が押し当てられているのを感じたが、それどころではない。地面が爆発し、強烈な加速度がすべての感覚を上から塗り潰す。俺たち三人は空高く、放物線を描きながら飛んで――いや、投げ出されていた。内臓をすべて地表に置き忘れてきた気すらした。

身体が上昇をやめ、下降に転じるのを感じる。近くで炎が閃き、ノットが体勢を整えているのが分かった。一方俺とジェスはきりもみしながら、ジェスの浮遊魔法で少しずつ減速していく。ジェスの魔法は強力だが、空中を回転しながら落下しているときに物を的確に操作するほどの技術はない。

結局俺たちはリンゴの木の一つに衝突し、大量の花弁といくつかの果実を巻き上げながら地面に落ちた。俺は地面で仰向けになり、顔を何か温かいものに挟まれている。

　それがジェスのふとももだと気付くのに、時間はいらなかった。

「す、すみません……失礼しました」

　ジェスは転がるように俺から離れ、スカートを整えた。濡れた全身に、白い花びらが無数に貼り付いている。深世界に来てからこういう事案が増えたのは気のせいだろうか。

〈大丈夫だ。美少女の椅子になるのは、小さいころからの夢だったからな〉

　反論しそうになるジェスだったが、隣で炎と電撃に光る双剣を見て、身構える。ノットがよろよろと立ち上がりながら対峙しているのは、先ほど俺たちが逃げたはずの龍だった。

　赤い鱗に覆われた龍が巨体をくねくねと動かし、リンゴの木々の間を縫うようにしてこちらへ向かってくる。

　数秒でもいいから、足止めしてノットを援護しなければ。俺はアンクレットに集中して、再び地面から氷のバリケードを錬成した。しかし水の量が足りなかったのか、氷の剣は薄く、真っ赤な龍がその向こうに透けて見えるほどだった。

　龍は耳をつんざくような声で吠えると、同時に口から大量の水を噴出した。なけなしのバリケードは、強烈な水圧によって一瞬にして崩壊した。

　速い。

逃げる間もなく、冷たい激流に呑み込まれる。泥を巻き上げた水で呼吸も視界も平衡感覚も殺され、ジェスやノットがどこにいるかさえ分からない。水のあまりの冷たさに、豚肉が急速に縮み上がっていくのを感じる。このままでは冷凍ひき肉になってしまう。

激流から解放されても、俺は沼のようになった地面の上で横たわっていることしかできなかった。冷たさで身体の感覚が奪われている。ジェスの温かいふとももが恋しい。

ドスドスと容赦なく迫ってくる足音に、なす術がないことを悟った。モンスターをハントするゲームは昔から苦手だった。怒れる巨獣の絶え間ない攻撃を受け、何度キャンプ送りになったことだろう。ここでやられてしまえば、おそらくキャンプ送りでは済まない。俺が死んだら、ノットがジェスを助けてくれるだろうか。そもそも二人は、まだ無事だろうか――。

痺れたように重い瞼を、やっとのことでもち上げる。

すぐ近くに、紫色の法衣を纏った背中が見えた。

その向こうで大口を開ける龍。激流が、間髪を入れずに迸る。しかし、水は透明な壁に当たったかのように一滴残らず逆流し、龍自体を押し戻していった。

長い白髪を風になびかせながら、謎の人影は両手を大きく広げた。広大なリンゴ園の木々から、小さな球体が無数に浮かび上がってくる。月光の下でも、龍が恐ろしく赤いのと同じように、それらの球体が真っ赤に色づいているのが見える。

何千と宙に浮かんだリンゴ。それらが渦を巻くようにして一様に流れ始める。渦は龍を中心にして次第に縮まり、それに従ってリンゴの密度も高くなっていく。

どうしたことか、龍は戸惑ったように動かない。静寂が戻りつつあった。

「豚さん！　いったいこれは……」

駆け寄ってきた泥まみれのジェスが、まっすぐに立つ背中を見て立ち止まる。近くにノットもいた。二人とも、俺と同じく、目の前の異様な光景に固まっていた。

月夜の果樹園で、赤い龍を取り囲むように、無数の赤い果実が宙を舞っている。その手前に立つのは、リオデジャネイロのキリスト像よろしく両手を広げる、背の高い人影。

「まったく、そなたたちらしくない。森では木々をなぎ倒していた龍が、果樹園では木々を避けていた理由が分からなかったか。こやつはリンゴを傷つけることができぬのだ。したがって、果実で壁を作ってやれば、そこから出ることはできぬ」

しゃがれた、しかし威厳のある男の声だった。

渦巻いていたリンゴが速度を落とし、龍の周囲に次々と積み重なって円形の壁を作る。壁は龍の頭上を覆い、クフ王も真っ青な精密さによって、美しいドームが完成した。龍はまるで消えてしまったかのごとく鎮まり、そこには整然と積まれた果実の塚があるばかりとなった。

人影が、広げていた手を下ろす。

振り返ったその顔を見て、寒気以上の何かが背脂を流れる。

「おいジジイ、あんた誰だ？」

肩を庇いながら、ノットが顔をしかめて訊いた。

彼に対する礼儀としては、マイナス一〇〇点満点の挨拶だろう。

「勇敢な若者よ。先代の王に対するそなたの非礼、一度のみならば許してやろう」

その声は、姿は――

紛れもなく、亡きメステリア最高の魔法使い、イーヴィスのものだった。

適当な港で新しい船を探し、オレたちは窮屈な小型艇を棄てた。

サノンさんの計画は見事に功を奏した。全員で緊急用の小型艇に乗り込み、それまでに乗っていた船を、思い切って囮にしたのだ。龍に砕かれた船が爆炎を上げている間に、オレたちの乗った小型艇は魔法で姿を隠して退散した。

小型艇は緊急用なので狭かったが、新しく失敬した船は広くて快適だった。オレは甲板で潮風を浴びながら、メステリアの美麗な海岸を眺める。

豚が西向きゃ尾は東。東の海を航行しているから、太陽は西の陸地に沈む。夕日に目を細めれば、遠くに王都の尖った輪郭が判別できる。

「潮風に当たりすぎると、毛並みがゴワゴワになってしまいますよ？」

細長い指が顎を撫でてきた。ヌリスだ。身体を捻ってその指を避ける。するとヌリスはがっちりとオレを抱擁して、「こちょこちょ〜」と言いながら身体をくすぐってくる。

〈子供扱いはよしてくれよ〉

そう伝えても、少女は笑うだけで、じゃれるのをやめない。

「だって可愛いんですもの」

歯を見せてニカッと笑う顔が目の前にあった。そばかすの浮いた頬に、いつも笑っているような垂れ目。そのすぐ下には、重苦しい銀の理不尽が鈍く光っている。

健全な男女ではあり得ない距離感で、イノシシのオレはもみくちゃにされる。ただでさえそういうところの意識が低いヌリスの胸が、ふにゃりとオレの身体に当たるのを感じた。ロリポさんやサノンさんと違って、オレはこれを役得だとは思わない。そもそもヌリスは一五歳。オレより一つ年下なのだ。子供扱いはやめてほしい。

転がるようにしてくすぐり攻撃を回避し、ヌリスと向かい合う。床に手をついてこちらを向く彼女の胸元は大きく開き、隙間から——ゲフンゲフン。

「何がゲフンゲフンなんですか〜?」

四つん這いのまま近づいてくる少女から、オレは咄嗟に目を逸らす。

すると、目の前に革のブーツが見えた。

「取り込み中すまないな」

シュラヴィスさんだった。

〈べ、別に取り込んでないですが？〉

すぐ隣で四つん這いのまま、ヌリスもシュラヴィスさんを見上げている。少し取り込み中だったかもしれない。

ヌリスの無邪気な振る舞いには慣れっこで、シュラヴィスさんは無感情に言う。

「ニアベルに着いた後どうするのがいいか、一緒に考えてくれないか。サノンとは話し合ったんだが、念のため、ケントの意見も聞いておきたい」

夕日の差す甲板は薄暗くなってきている。周囲にサノンさんたちの姿はない。ここにはオレたち三人だけだ。

〈呼んでくれれば、オレも話し合いに参加しましたよ〉

どうして一度にやらないのか、と言外に含めると、シュラヴィスさんはポリポリ頭を掻く。

「サノンはいい策士だが、指揮官は王子たるこの俺。最終的には俺が決定権をもっていたい。一堂に会して軍議を進めると、どうしてもサノンの思惑ばかりが強く反映されてしまう気がするのだ」

なるほど、シュラヴィスさんの言うことは確かに理解できた。サノンさんは（ああ見えて）抜群に頭がキレるが、時々何を考えているのか分からないときがある。ホーティスさんが破滅の槍に斃れたのも、元はと言えばサノンさんの計略が原因だと聞いた。そのサノンさんに頼ってばかりでは危険だと踏んでいるのだろう。

〈サノンさんは、何と言っていたんですか〉

訊くと、シュラヴィスさんは少し目を逸らして咳払いをする。

「四つん這いはやめたらどうだ」

隣を見ると、ヌリスはまだ、オレと向かい合っていた体勢のままシュラヴィスさんを見上げていた。重力によって懸垂曲線を描く彼女の胸元を見て、危機感が募る。

〈ヌリス〉

俺の呼びかけをどう解釈したのか、ヌリスはオレに寄り掛かるように座って、オレを撫でてきた。まあいいだろう。

シュラヴィスさんは苦笑いしながらオレたちを見て、言葉を続ける。

「まずはサノンの見解抜きに、ケントの考えを聞かせてくれないか。ニアベルに着いたら、どうするのがいい。留まって様子を見るか、急いで王都を目指すか」

ヌリスの重みを感じながら、考える。この判断は重要だ。王朝軍やならず者たちが待つ陸の上では、ちょっとした失策が命取りになるのだ。

〈あくまでオレの意見ですけど、四日の朝に向けた調整をするのは時期尚早です。できるときに、王都にできるだけ近づいておいた方がいいと思いますよ。攻め時は、王が弱体化したその瞬間からそう長く続くとは考えにくい。深世界の作戦が成功したとき、こちらが遅れて機を

逸するのは、何としてでも避けたいです〉

シュラヴィスさんはどこか安心したように微笑む。

「そうか。サノンもそう言っていた」

そしてしゃがんで、俺を少しだけ撫でてきた。

「参考になった。ありがとう」

それだけ言うと、シュラヴィスさんは踵を返して去っていく。舵に立ち寄って微調節したのち、柵に腰かけ、一人で落日の王都を眺めていた。

〈指揮官も大変なんだな〉

なんとなく伝えると、ヌリスが俺の背中に顎をのせてきた。

「不安なんですよ」

予想外の言葉が聞こえてきて、訊き返す。

〈不安？〉

「そうですよ。せっかく会えたのに、ジェスさんや豚さんと、また離れ離れになってしまったでしょう？　王子さんの本当の味方は、また、いなくなってしまいました」

〈……オレたちがいるじゃないか〉

ヌリスが首を振るのを背中で感じた。

「私たちは仲間ですけれど、シュラヴィスさんにとっては、味方じゃないんだと思います」

〈どうして……〉

「……解放軍は元々、王朝の打倒を目指していたんですから」

考える。確かにオレも、王家のために戦おうと思っているわけではない。オレがメステリアに戻ってきたのは、一度は助け損ねたヌリスのため――ヌリスに襲い掛かった理不尽を、最後の一つまで、すべて取り除くためなのだから。

ふんふんと、ヌリスはオレの背中に顎を乗せたまま鼻歌を歌い始めた。離れたところで独り風に吹かれるシュラヴィスさんを見て、なんとなく、ちょっとかわいそうな気持ちになった。王朝が魔の手に落ちた今、どこが王子にとって本当の拠り所となるのだろう……。

いつの間にか、濃く暗い雲が西の空を覆っていた。

「ここ深世界において、力はある程度まで役に立つが、ある程度からは役に立たぬ。人の心、すなわちラビラを攻略する手段は、力ではなく理屈であるからな」

夜の森の中、俺たちを先導しながら、イーヴィスは老教授のように淡々と語った。

「愛する娘の大好物だったリンゴを、アールの心は踏み潰すことができぬ。だからこそ、リンゴの壁によってあの龍を封印することができたわけだ。ラビラからの脱出にも、同様の理屈が必要となるであろう」

　訊きたいことは山ほどあったが、まず言葉が分からなかった。

「あの……ラビラとは何でしょうか？」

　ジェスの問いに、イーヴィスは髭面を微笑ませてこちらを振り返る。

「深世界は、人の心が拓いた世界。こちらを旅しておれば、生ある者の心に迷い込んでしまうこともある。その心の迷宮のことを、私は牙城と名付けた」

　心の迷宮――ヴァティスの記述にもあった言葉だ。俺は訊く。

〈ここは、アールの牙城なんですね〉

「いかにも。彼の記憶、願い、執着、愛……それらが鉄則となり、この空間を支配しておる」

　死んだはずのイーヴィスが相手でも、ジェスはまず積極的に質問を重ねる。

「城の門は瞬かぬ器に護られている――『霊術開発記』に、そんなことが書いてありました。ノットさんが墓に置かれたリンゴを触ったために、私たちはアールさんの牙城に入り込んでしまったということでしょうか？」

　イーヴィスも満足げに、ジェスの問いに首肯している。

「その通り。目が一つだけついておっただろう。あれが目印だ。人の心は、自身を象徴する形をしながら、この深世界に潜んでおる。イエコンとでも名付けようか。霊器へ不用意に近づければ、牙城に取り込まれてしまう」

ノットは気まずそうに目を逸らし、

「でもおかげで目的の女と会えたんだからいいだろが」

とこぼした。

イーヴィスは確かに、俺の目の前で呪いによって命を落としたはずだった。しかし今、俺たちの前で、ぴんぴんして歩いている。肌にはあの呪いの模様もない。

当たり前みたいに俺たちと話しているが、そろそろ訊いてもいいよな……？

〈あの、あなたは本当に――〉

「今は老人の正体よりも、自分らのことを気に掛けるべきぞ。この牙城から脱出せぬ限り、そなたらは王都に辿り着けぬ。目指すは闇躍の術師の牙城であろう」

厳しい口調でたしなめられ、俺は頷く。

〈では、どうしたらここを出られるのか、教えてくださいますか？〉

イーヴィスは肯定も否定もせずに言う。

「ここはアールの心の迷宮。出口はその心の向かう先にある。アールの心はどこに向かっておる。どうすれば、アールの物語は終わりを迎える。考えよ」

せっかく再会することができたというのに、イーヴィスは嬉しそうな様子を見せない。むしろ望まざる旅人と偶然再会してしまったような、それでいながらどうしても俺たちを助けずにはいられなかったような、そんな感じの声色だった。

「リンゴ園に固執するアールさんの、物語の終わり……それがこの牙城の出口なんですね」

イーヴィスはジェスにだけ、柔らかい微笑みを向ける。まるで孫娘を見る祖父のように。

「そういうことだ。このリンゴ園の呪いと、真っ向から勝負する必要はない。呪いから逃れる方法を探ればよい」

「でも、どうやって……」

「考えなさい。本人の心が納得するような理屈だけが、出口を探す鍵となる」

ノットは苦虫でも嚙み潰したような顔になる。

「そしたら何でもありじゃねえか。本人に訊かねえで、どうやって正解が分かるってんだ」

「想像しなさい」

イーヴィスはそう言うだけで、再び前を向いて歩き始めてしまった。

俺たちは歩いて、川の畔まで来ていた。場所としては、墓よりも少し上流の辺りだろうか。水面の上の空から、大きな月がこちらを見下ろしている。

〈アールの悲願は、妻や娘と一緒に、このリンゴ園で幸せに暮らすことだ――いや、暮らすことだった〉

俺が考えながら呟くと、ジェスがその後を継いだ。

「それができないから、フェリンさんの霊魂をこの牙城に引き留めて、毎年リンゴを収穫して暮らしていたわけですよね……どうすれば、アールさんは満たされるんでしょう」

どうすればよいのか、全く見当がつかない。イーヴィスは川面に映る月を眺めて、何かを待っている様子だった。ノットはすっかり思考を放棄したのか、黙って双剣の柄を撫でている。

それは、突然に始まった。炎が燃え広がるかのように空が一気にオレンジ色に染まると、周囲の景色はあっという間に夕方に変わった。冷たい風が落ち葉を吹き飛ばす。

「アールがようやく、眠りに就いたようだ。夢を見ているのであろう」

ゆっくりと言いながら、イーヴィスが上流の方に視線を向ける。

そちらから、木でできたオールを一本だけ持った男が、黒髪を振り乱して走ってくる。

「ポミー！　フェリン！　返事さ……！　返事さしておくれ！」

悲痛な声で叫びながら、近くを走り抜けていく。俺たちのことは眼中にないようだ。

「アールさん……」

ジェスが呟いて、その背中を早足で追い始める。俺もジェスと一緒に走った。

追いついたときには、アールは川に入り、浅瀬の中で膝をついていた。抱いているのは、蠟人形のように動かない水死体。すっかり青白くなった娘と妻だ。声にならない悲痛な叫びから逃げるように、一本のオールが下流へと流れていった。

継ぎ目が分からないほど自然に場面が変わり、同じ場所で、アールは墓の上に赤いリンゴを手向けている。何を思ったのかそのまま川の中へずぶずぶと入っていったアールは、透き通った水の中へとうつ伏せに倒れた。透明な水が彼の全身を覆う。

　アールはしばらく流れに身を任せていたが、やがてゴホゴホとむせ込んで、慌てて手足を動かし川岸に上がった。水を飲んだのか、泣いているのか、アールは顔をびしょびしょにしたましゃくり上げている。

　明るくなったのと同じくらい突然に、周囲は月夜に戻った。俺たちは白い石でできた墓の前にいた。その上には一つだけ、リンゴが置かれている。

　今度は慎重にリンゴを見ながら、ノットが言う。

「もう答えなんて一つじゃねえか。あの男はもう、死ぬしかねえんだ。この牢獄みてえな世界は、そうでもしねえと終わらねえ」

　イーヴィスが頷く。

「問題は、どうやって死ぬかだ」

「えええ、私たち、死なきゃいけないんですか？」

　驚くジェスに、イーヴィスは首を振る。

「死ぬ必要はない。物語の終わりが死に様にあるのだとすれば、その方法をなぞればよいのだ」

　死に様をなぞる。亡き妻と娘の後を追うとすれば……

〈川に身を投げるということか〉

　先ほどのアールの記憶は、自殺が未遂に終わった瞬間と解釈できる。アールは妻子が溺死したこの川で自らも命を絶ち、後を追おうとした。しかしできなかった。だからこそ、長い間フェリンの霊魂を自らの心の檻に閉じ込めて、この妖精の沢でリンゴを作っては川に流していた。たくさんの果実が流れていく先を、おそらくじっと見つめながら……。

ジェスは俺を見て、そして川に憂いを帯びた視線を向ける。

「ということはつまり……川に入って流されることが、この牙城の出口……？」

「そんな馬鹿な。風邪ひくだろうが」

心配するところそこか？

ノットの疑念とは対照的に、イーヴィスは頷いている。

「ジェスの想像を信じなさい。私には先見の明がある」

冬の澄んだ月夜、イーヴィスは迷わず川の中へと入っていく。俺とジェスは顔を見合わせてから、後に続いた。シュールな冬の川遊び。水は氷のように冷たい。

ノットは納得いかない様子だったが、少し遅れて川へ入る。

「ちゃんと生きて出れんだろうな」

イーヴィスに向かって不審そうな声を投げかけるノット。先代の王の返事は疑問形だった。

「心配するでない。私を誰だと思っている」

銀髪長身最強賢者……？

「我が名はイーヴィス。この世界の誰よりも賢い、メステリア最高の魔法使いぞ」

気が付くと、俺は船の上にいた。横倒しに寝転がったまま片目で夜空を見ると、天の川を百倍に圧縮したような眩(まぶ)しすぎる星空が網膜(もうまく)を焼いた。すぐ隣でジェスが眠っていて、俺の豚バラに片腕を回している。

ジェスの反対側で、ノットがモゾモゾと起き上がっているところだった。

「ようやっと船に戻ったか。随分疲れる旅だったな」

俺も身体(からだ)を起こす。腕がこつんと床に当たり、ジェスは「あふん」と声を出して起きた。

ノットが目を細めて前方を見る。

「あの偉そうなジジイはいなくなったか」

そうか、俺たちはアールの牙城(ラビラ)から脱出し、深世界(しんせかい)へと戻ってきたのだ。さすがに死者が、この先も同行してくれることは期待できないだろう。

〈だろうな。チートキャラっていうのは、ここぞというときしか助けてくれないものだ〉

「否」

後ろから声がして、勢いよく振り返る。

そこではイーヴィスが、膝に手を置いて静かに座っていた。

えっっっ。フェイント……？

「チート爺はここにおる。話すべきことが、まだ少しばかり残っておるからな」

ノットは頭を下げて、「失礼した」と謝った。俺も続いて頭を下げる。

「イーヴィス様、あの、私……」

起き上がったジェスは胸に手を当てて、何か言いたそうな様子だった。しかしイーヴィスは片手を向けてジェスを制する。

「私がそなたらから聞くべきことは何もない。私の方が、話すべきことを話さねばならぬ」

謎めいた言い方だったが、有無を言わせぬ響きがあった。

「……あまりそばにいてやることはできぬのだ。私は死そのものだからな」

先代の王は立ち上がって、船の先頭へ向かう。ムスキールで俺たちが失敬した小型艇は、音もなく、どこかへ向かって川面を滑っていく。

ノットはイーヴィスの背中を、何を考えているのかじっと見つめていた。

「そなたらは、哀れな我が息子のところへ向かっておるのであろう。同行はできぬが、残された時間で助言をしてやることならばできよう」

こちらを振り返った顔はとても穏やかで、見ているだけでどこか温かい安心を感じる。

「みなそれぞれの思惑があるとはいえ、王族のためにこの深世界まで降りてきてくれたこと、心から感謝しておる」

「感謝じゃ飯も食えねえな」

ノットは胡坐をかいたまま、すっと立っているイーヴィスを見上げた。

「この世界は正直言って、全く意味が分からねえ。木はしゃべるし空は昼も赤い。あんたもこの素晴らしい世界の住人なら、ルールと攻略法を手短に教えてくれねえか」

イーヴィスは、ノットの無礼な物言いに眉一つ動かさなかった。

「私はここの住人ではない。どこの住人でもない。しかしながら、私の膨大な知識と偉大な知恵を使えば、この世界を解釈することはできる」

ゆっくりと、イーヴィスは空を見上げた。比喩ではなく眩しい星空に、絶え間なく流れる無数の星屑。

「先ほどの牙城は一人の人間の心の中であったが、ここ深世界は、あらゆる人間の想いが複雑に絡み合ってできた混沌の淀み。意味のない出来事はないといえども、個別の現象を単純に解釈することはほぼ不可能であろう」

ノットはぽかんと口を開けている

「生憎育ちが悪いもんで、難しいことを言われても分からねえんだ。要するに、ルールも攻略法もねえってことか？」

「否。複雑になっておるとはいえ、基本の法則は牙城と同じ。攻略したければ、力ではなく理屈で考えるしかない。いつでも謎を解きなさい。この世界の謎を」

言ってから、思い出したように付け加える。

「そして極力、牙城の入口――霊器には近づかぬことだ。心の中に入ってしまえば、そなたらを排除しようとする強大な力が働くからな」

それを聞いて、先のことを思う。不安そうに胸に手を当てる様子を見るに、ジェスも同じことを考えているようだ。

俺たちの目的は、闇躍の術師の心に囚われたマーキスの霊魂を脱獄させること。これをヴァティスの記述やイーヴィスの説明に擦り合わせるとこうなる。

住処に隠れし心の迷宮――深世界の王都には闇躍の術師の牙城が隠れている。

門は瞬かぬ器に護られ――俺たちは入口となる奴の霊器を探さなければならない。

四人は城の最奥に眠る――そして牙城を探索し、マーキスを連れて今回のように脱出する。

リンゴ園の恐ろしい龍のような、強大な理不尽と戦いながら。

「あの、イーヴィス様。どうしてもその――牙城に入らなければならない場合は……」

身を乗り出して訊くジェスを、イーヴィスは手でやんわりと制する。

「理不尽極まりない世界でこそ、意地でも理屈を通すのだ」

その言葉には、肌で感じられるほどの重みがあった。

「圧倒的な強者を相手にするときは、理屈を武器に、考え抜いて戦うしかない。理屈を捨てて力で戦えば、強者が勝つに決まっておるのだから」

先代の王――圧倒的な強者が言った。かつてメステリア最高の魔法使いだった男が。

「王様が言うと一味違うぜ」

ノットが反抗的に鼻で笑った。

〈親切で説明してくれてるんだ、あんまり盾突くなよ〉

忠告する俺に、イーヴィスはゆっくりと首を振る。

「いいのだ。我が王朝が絶対的な力でメステリアを支配してきたことは、紛れもない事実。他の魔法使いを奴隷化し、神の血というまやかしで民を抑えつけてきたこと、今さら否定するまでもない」

そして、イーヴィスは船の前方に向き直った。こちらからは背中しか見えなくなる。

「だからこそ――ヴァティス様以来、力で世を治めようとしていたからこそ、我々王は、誰よりも賢く、誰よりも強く、そして絶対でなければならなかった」

そして、そうではなかった。先代の王は呪いに倒れ、今の王は身体を奪われている。

世界が崩壊に向かっている。

深夜、音もなく進む船がどこに向かっているのか、俺たちには知る由もなかった。

なぜか、とても眠くなってくる。抗いようのない眠気だった。

イーヴィスの声だけが、はっきりと脳に届いてくる。

「そなたらに約束しよう。私には先見の明がある――」

前から思ってたけどそれ自分で言うのすごいよな。

「暗黒時代の終焉以来一二九年に渡り続いてきたメステリアの王政は、そなたらのおかげで完膚なきまでに崩壊した。だが、物事には必ず終わりがある。重要なのは、どう終わるか」

隣でジェスの「むにゃ」という声が聞こえた。

「幾度もの失敗を目にしてきたが、今度ばかりは違う。そう確信しておる。この世界は、確実に変わるであろう——変えられるであろう。そなたらの手によって」

ゆらゆら揺れていたノットの頭が、ごつん、と船底に当たった。

「みな、自身の心を信じ、このまま最善の道を進みなさい」

襲い来る眠気には逆らえない。俺も薄目を開けたまま横になった。イーヴィスの姿は星空の中で影のように見えるばかりだ。

眠りに落ちる前に、俺は一言だけ聞いた気がした。

「我が孫娘よ。今度こそ、永遠の別れだ」

第三章

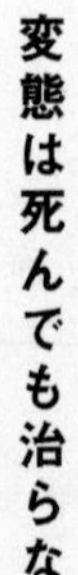

変態は死んでも治らない

the story of
a man turned into
a pig.

船はきちんと船着き場に係留されている。霧で覆い尽くされたどことも知れない川岸で、俺たち三人は目を覚ました。

今度こそ、イーヴィスの姿はなかった。もちろん書き置きのようなものもない。

イーヴィスが話している間に抗いがたい眠気に襲われ、三人とも寝落ちしてしまったと記憶しているが……先代の王が直々に、船をここまで操ってくれたのだろうか？

死んだはずのイーヴィスは、俺たちの前に現れ、的確に救いの手を差し伸べると、礼を言う暇もなく消えてしまった。何の手掛かりも残っておらず、寝ている間に何が起こったのか、俺たちには推測することしかできなかった。

「あの偉そうなジジイ、とっくに死んでるはずなんだろ」

船から降りがてら、ノットが俺に言ってきた。

〈ああ、火葬して棺に納めたはずだ〉

「じゃあここは冥界ってわけか」

〈……それにしては人が少ないよな〉

ジェスがきょろきょろと辺りを見回す。

「少ないというか、いませんね……」

石畳(いしだたみ)の街は深く冷たい霧に包まれ、十メートル先も見えない有様だ。歩いて探索してみるも、人の気配は全くない。映画のセットを歩いているかのようだ。

しばらく進み、大通りの交差点の中央で、ノットが足を止めてしゃがむ。

「ここはリュボリらしい」

その指は、ひときわ大きな石畳(いしだたみ)に刻まれた文字を示していた。リュボリという街の名前と、それぞれの道を選ぶとどこへ至るかが記されている。その道標の一つは、なぜか判読不能なごちゃごちゃとした文字列になっていた。

〈この意味不明な方向には、何があるはずなんだ〉

何があっても行きたくないな、と思いながら言ってみると、ジェスが顔を上げて、

「位置関係からして……おそらく王都に続く道かと」

などと教えてくれる。何となくそんな予感はしていた。

ノットは霧で何も見えない道の先を向き、目を細める。

「リュボリはベレル川が一番王都に近づく場所。あのジジイもちゃんと考えて船を着けてくれたみてえだな。こっから先は陸路だ」

俺たちはしばらく無人の街を探索し、何か乗れるものを探すことにした。大通りを貸し切り

状態で歩きながら、ジェスが提案する。

「馬車か何かがあるといいですね。お馬さんがいなくても、私が魔法で牽引できます」

ふむ……。少し考える。もう少しいい方法があるのではないだろうか？

〈ジェスがお馬さんには――〉

「なりません。耳も尻尾も生えません」

即座に否定されてしまった。残念。俺は気分を切り替えて、提案してみる。

〈ここは目抜き通りで、馬車を置いておくような道じゃなさそうだ。もっと街外れの方を探してみないか？〉

「なるほど、確かにそうですね」

「この先が街外れみてえだな。馬車が通るとしたらこっちか」

ノットは建物の隙間の、暗い裏路地を覗き込んでいた。濃い霧が狭い建物の隙間にまで入り込んでいて、視界はかなり悪いが、向こう側に開けた明るい場所があるようだ。

ノットを先頭にして、手探りで狭い道を抜ける。

裏路地を抜けると、墓地に出た。霧の中に、様々な形の墓石がいくつも並んでいる。近くしか見えないが、周囲の土地の開けた感じからして、かなり広い墓地だと予想できる。

「あら……こっちではないみたいですね」

ジェスが言い、俺は一緒に振り返る。そして絶句した。

「あれ……？」

「どうした」

ノットも遅れて振り返った。

俺たちの視線の先には、振り返る前と同様の墓地が広がっている。

「ったく、何でもありだな」

ノットが吐き捨てるように呟(つぶや)いた。

俺たちは、建物の間の裏路地を抜けてきたはずだ。それなのに、前も後ろも右も左も、すべての方向に墓地が広がっている。白い霧に包まれ、方角も分からない墓地の中。

〈また誰かの牙城(ラビラ)に入ったのか？〉

二人を見ると、首を傾(かし)げている。

「特に何かを触ったわけではありませんが……」

「俺もだ。あのグルグルする感じはなかったわけだし、牙城(ラビラ)じゃねえと思うが」

〈確かに……なら一安心だな〉

しかし、それが現状をよくするわけでもない。なぜか、霧の中、出口の分からない墓地のど真ん中に放り出されてしまったのだから。

立ち尽くしたまま途方に暮れていると、静寂(せいじゃく)の中から、徐々にざわざわと人の囁(ささや)く声が聞こえてくる。霧の向こうからではない。足下、土の下からだ。

視線を落とす。赤い何かが、にゅるっ、と土の中から顔を覗かせるところだった。

〈うわあああ！〉

俺は咄嗟に飛び跳ねた。ノットも気付き、顔を真っ青にして飛び退く。しかし、赤い何かは、避けられる類のものではなかった。

目に見える範囲の土という土が盛り上がり、その先端部分がボロボロと崩れる。崩れたあとに覗くのは、得体の知れない真っ赤な何かだ。

その何かは、にょきにょきと膝丈まで成長し、ぱっと花を開かせた。

「きれいですね！　ケシのお花ですよ！」

一人だけテンションの違うジェスが、ぱあっと目を輝かせた。

異様な量の、真っ赤なケシの花が、見える範囲すべてに咲いて墓石の間を埋め尽くしている。中央部分が黒くなっている輪郭の丸い花が咲き乱れるさまは、まるで無数の目玉にも見えた。

ぶつぶつと呟く言葉にならない声が、まだ花の間から聞こえてくる。

〈きれいだが、あんまりゆっくりしていられる感じではなさそうだ〉

冷たい霧の中に、ぷんと不思議な香りが漂ってくるのが分かった。思考に霧をかけるような、この世から意識を羽ばたかせるような――

ジェスが大きく息を吸い込む。

「面白い香りですね」

にっこりとこちらに笑いかけるジェスの顔が、奇妙に歪んで見える。

〈違う……あんまり息をするな。ケシの花からにおいはしない〉

ノットが袖で鼻と口を覆う。

「ケシ麻酔だ。ここを出よう。吸いすぎると死ぬぞ」

忠告が少し遅かった。ジェスの足取りは覚束なくなり、今にも倒れそうな様子だ。ノットが咄嗟にジェスを負ぶる。俺もいつの間にか、前がどちらかすら分からなくなっていた。

〈来た道を……元の場所に戻ろう〉

「馬鹿言うな。来た道はなくなってただろうが」

ノットがジェスを背負ったまま、どこか先へと行ってしまう。視界は魚眼レンズのように歪み、二人の姿が急に遠くなる。途端に不安が俺を襲ってきた。このまま置き去りにされてしまうのではないか。二人だけ、先へ行ってしまうのではないか。

——私、ノットさんと、このまま二人で……

——それもいいかもしれねえな
霧のかかった思考の奥から、謎の幻聴が聞こえてきた。馬鹿馬鹿しい。

頭を振って、ひとりぼっちにならないよう、俺は必死に二人の後を追った。

花もお構いなしに、豚足で踏みつけながら進む。赤いケシが咲く墓地は、果てしなく続いているように感じられた。出口はない。空気中にはアルカロイドを含んだ濃い霧が滞留しており、視界と思考を奪ってくる。

前を歩くノットも右に左にと千鳥足になっていて、背負ったジェスを何度も落としそうになる。しかしノットは、絶対にジェスの身体を放さなかった。

どんなに歩いても、墓地を出られる兆しは見えない。脳が痺れてくるのが分かる。俺たちは、このままこの墓地で、この深世界で、息絶えてしまうのだろうか……。

ふと、そよ風が吹いてきて、散らばりかけていた意識がそちらに向いた。

風上の方、霧の向こうに、女性がひとり立っている。こちらを見ているようだ。しかし霧のせいで姿は影のように見え、そのシルエットしか分からない。

ただ、髪が長く、胸がとても大きいことだけは見て取れた。

「お前……」

ノットの声が聞こえた。ジェスを背負ったまま、よたよたと、しかし確固たる意志で、ノットはそちらへ向かっていた。人影は、俺たちを待たずに小走りで先を行ってしまう。

これが敵か味方かは分からない。しかし、このまま立ち止まっていれば、待っているのは確実な死だ。俺もノットの後を、死ぬ気で追いかけた。

冷たい風に目を覚ます。

俺たちは、誰もいない農道に横たわっていた。相変わらず霧が濃いが、もう墓もケシの花もない。そばには馬のいない質素な馬車が放置されている。

〈おい、ジェス、ノット、大丈夫か〉

寄り添うように横たわっている二人を鼻でつつく。大きく息を吸ってしまったジェス、そしてそのジェスを背負って歩いてきたノット。二人とも、毒にやられていないか心配だった。

ジェスがむにゃむにゃと声を上げたので、ほっと豚バラを撫で下ろした。ノットが勢いよく体を起こし、頭痛がひどいのか額に拳を当てる。

「あいつはどこだ」

開口一番に意味不明なことを訊いてくるので、俺は首を傾げる。

〈あいつって誰だ〉

「道案内してくれた女だ」

フラフラと立ち上がるノット。周囲を見回すが、俺たち三人以外の姿はない。

〈はっきり姿が見えたわけじゃないからな……誰だか知ってるのか？〉

ノットは答えず、まだ目を凝らして霧の奥を見ている。

アヘンのせいか、記憶が朦朧として詳しいことは思い出せない。あれは誰だったのだろうか。シルエットの胸が遠目にも分かるほど大きかったので、ジェスやセレスでないことは確かだ。

「それってつまりどういうことでしょうか」

横から声がして、振り返る。ジェスが頬を膨らませてこちらを見ていた。いつの間にか起きていたらしい。ちなみに地の文です。

〈気にするな。ところで危うく死にかけたな。あんな罠が待っているとは予想外だった〉

話を逸らすと、今度はノットが会話に乗ってくれる。

「化け物が来るくらいなら俺でも対処できるが、ああやって場所ごと変化されちゃあ仕方がねえ。魔法使い様が、しっかり気を張っててくれよな」

「そうですね……すみません、注意が足りませんでした」

確かに、ジェスはぷんすこをやめ、しょんぼりと反省の色を見せた。

ジェスはアヘンにやられていなければ、強風を起こすなり酸素を発生させるなりで対策できたかもしれない。だが、ジェスが瞬時に対処するには、俺の忠告や助言も必要だろう。ジェス以上に、俺が気を張っていなければならなかった。

〈俺も注意すべきだった。考えてみれば、この世界が願望によってできているとするなら、墓地っていうのは相当ヤバい場所のはずだ。墓は強烈な感情が吐き出される場所。強い願望で溢れていればそれだけ、起こる現象も過激になるのかもしれない〉

ジェスは顎に手を当てる。

「確かに……そのような場所に来てしまったら、しっかりと気を付けましょう」

上手く話を逸らせたようだ。

「胸の件については後でゆっくりお話ししましょうね」

逸らせていなかった。

「……豚の推測が正しけりゃ、一番の危険はこの後に待ってるってことになるな」

ノットがぼそりと言った。

〈どういうことだ？〉

訊くと、ノットは顔をしかめる。その眉間に深い皺が寄った。

「王都に行くんだろ。つまり俺たちは、針の森を通らなきゃいけねえわけだ」

ジェスがごくりと唾を飲んだ。ノットは早速、馬車を調べながら言う。

「針の森は大勢のイェスマが殺されてきた場所だ。多分、墓地の方がだいぶマシだぜ」


馬のいない馬車は壊れそうな勢いで疾走する——いや、事前に補強していなかったら、途中で分解していたに違いない。

御者の座る席と客席が縦に並んでいるタイプの、屋根だけが付いた簡素な馬車だ。ジェスが先頭に座って、魔法で馬車を引っ張っている。俺はジェスの隣に、ノットは一列後ろに座って、吹き付けてくる冬の強風に身を縮めながら、危険がないか周囲に気を配っていた。

霧はしばらくすると晴れ、代わりに妖艶な紫色の空が天蓋を覆い尽くした。ここの空の色は日替わりなのだろうか。

自動車並みの速度のおかげか、その日の夜には針の森の一角に辿り着いた。夜空は相変わらず粉砂糖を撒いたかのような大量の星々に埋め尽くされていたが、針の森の中は不自然なほどの暗闇に包まれている。

俺たちは針の森へ入る前に、空き地で馬車を降りて戦略を立てた。

「変な現象に出会いたくねえなら、全速力で突っ切るのみだ」

ノットの提案に全面同意した俺たちは、まずジェスの魔法で馬車を魔改造した。木の枝に引っかかりそうな屋根を取り払い、先頭にはラッセル車を真似て鋭角に曲がった金属板をつける。多少の障害物は強引に跳ね退けてしまおうという算段だ。最終的に、馬車の外見は武装したコンバインのようになった。

ガタついてきていた車輪や車軸も金属でさらに強化して、これでもかというほど潤滑油を塗る。トップスピードで王都を目指し、避けきれない障害物に関しては、ノットが双剣を抜いて対処することになった。

試走を済ませ、準備が整うころには、もう深夜になっていた。相変わらず眩しすぎる星空の下、俺たちは改造した馬車の上で休憩する。今は二日の晩。四日の朝までにマーキスを救い出せばいいのだから、まだ時間に余裕がある。危険な場所を通り抜けるなら夜よりも朝がいいだろうということで、仮眠をとって日の出を待つことにした。

　以前旅したときに見張り役をしてくれたロッシはもういない。短い夜だが、交代で眠ることにした。前半の見張り役は俺だ。後半を担当するノットは、疲れていたのか、馬車の座席で横になると、すぐにぐっすり眠ってしまった。魔法使いであり、戦略的に重要なジェスは、できるだけ休んでもらうことにした。

　馬車から降りて芝の上に座り、ぼうっと星空を眺めていると、冷たかった地面がほんのりと暖まるのを感じた。ジェスの魔法だ。寝ていればいいのに、ジェスは俺の隣に来て座る。

〈眠らなくていいのか。疲れてるだろ〉

　ゆるゆると、ジェスは首を振る。

「豚さんが寝るとき、私も一緒に寝ます」

　くかー、と、馬車からノットのいびきが聞こえてきた。二人きりで話をするには、今がちょうどいい機会なのかもしれない。

　限界まで星を詰め込んだような空を見ながら、ジェスはゆっくりと言う。

「今さら言うまでもありませんが……とっても、不思議な世界ですね」

　針の森の方角から、祈るような、歌うような声がかすかに響いてくる。

〈そうだな。死んだ人間が出てくるし、豚はしゃべるし……〉

「私は胸が大きくなるし……」

　少し気にするように、ジェスは自分の胸に両手を当てていた。小さな手でも、すっぽりと覆（おお）

ってしまうくらいのサイズ――に見えるが、脱ぐと割とそれなりなのを俺は知っている。

「知っているんですか」

地の文です。

〈繰り返すようだが、俺はこのままでいいと思ってるぞ。巨乳化は断じて俺のせいじゃない〉

疑わしげな目を向けられる――かと思ったが、ジェスは意外にも、微笑(ほほえ)んで頷(うなず)いた。

「ええ、もちろん知っていますよ」

〈知っているのか〉

なぜか確信に満ちた響きの返答は、正直意外だった。まだ犯人を特定していないのに。

「豚さんは、道端にひっそりと咲くスミレがお好きな変態さんですもんね」

……そうです。

〈しかし、願望が形になる世界だとして……その発動条件がよく分からないよな。例えば俺は中途半端(ちゅうとはんぱ)に口がきけるようになったわけだが、別に人間に戻ったわけじゃない〉

しばらく黙考してから、ジェスが言う。

「確かに……私は豚さんが人間になれば嬉(うれ)しいですが」

本当だろうか。事実、ジェスはよく分からない理由で巨乳になったのに、俺は豚のままだ。

「本当ですよ！　ほら、人間になれば色々できますし……」

〈色々……？〉

思わず訊き返してしまうと、ジェスはそっと視線を逸らす。

「いえ、あの……やっぱり何でもないです」

頰を染めて口籠るジェスを見ながら、考えた。ジェスは俺が人間になるのを望んでいるとして、当の俺はどうなのだろう。俺自身は、人間に戻りたいのだろうか。

自分の気持ちですらよく分かっていないが、もしかすると、俺はいっそ、ジェスの前では豚でありたいのかもしれない。清楚な完璧美少女に豚扱いされることには常に悦びを感じているし、何より、人間にならなければ、失望されることもない。

ジェスが俺の横顔を覗き込んでくる。

「あの……何度も言うようですが、私、失望なんて絶対にしませんよ。彼女いない歴イコール年齢の眼鏡ヒョロガリクソ童貞さんでも、私は全然気にしません」

〈そうだといいな〉

ついつい、皮肉めいた響きが混じってしまった。口では誰だってそう言えるし、優しい人は絶対にそう言うのだ。俺は魔法使いじゃないから、ジェスの本心は結局のところ分からない。もちろん、ジェスの言う通りだと信じたいが。

「信じてください」

ジェスは力を込めて言った後、声を少し小さくして、続ける。

「……そもそも嘘だったら、こんなところまで来たりしません」

拗ねたように、ジェスは下を向いてしまった。

　ああ、悪い癖が出てしまった。根暗だから、すぐ卑屈になってしまう。好きな子が自分のことを無条件に受け入れると言ってくれている、いちゃラブハッピー！　――でいいじゃないか。

　それなのに、俺は……。

　突然、ジェスがふふっと笑い始めた。こちらを向いて、頭を撫でてくる。

　ジェスの発した一言に、俺は気持ちが楽になった。

「……でも私、そういう豚さんの面倒なところも大好きです」

　一夜明け、鳥も鳴かない朝が来た。朝焼けなどは当然のように存在せず、空はなんと、明るいライムグリーンだ。しかしその点については、もう驚きの感情すら起こらない。

　覚悟を決め、準備万端、やる気満々で馬車に乗り込み、助走をつけて針の森へと突撃する。

　そこで俺達は、早速想定外の事態に見舞われることになる。

　夜だったのだ。

　朝の光を拝んでから森に入ったのに、林床には日光の欠片もない。空はただでさえ針葉樹の黒々とした葉に覆われていたが、その向こうに太陽のある気配はなかった。気持ちの悪くなるような緑色の空はちっとも見えない。むしろ、木々の隙間のところどころから、月光らしき青白い光が、スポットライトよろしく漏れている。

「クソ、朝まで無駄に寝ちまったな」

ノットの口は笑っていた。皮肉めいた、好戦的な笑みだった。怯んでいた俺は、その笑みに勇気づけられて言う。

〈とりあえず計画は変更なしだ。できる限り障害を避けて、襲われてもできるだけ逃げて、まっしぐらに王都を目指す〉

「了解です！」

馬車を駆るジェスは、取っ手をひときわ強く握った。木の根を轢いて跳ねた車体は、魔法によってふわりと軟着陸する。直後、先頭の金属板が稚樹を粉々に弾き飛ばした。

ノットが意気揚々と双剣を振るって、遥か前方の茂みを炎上させる。

〈どうした、何かいたか？〉

俺が訊くと、ノットはなぜか楽しそうに、

「明るくなったろ」

と大正の成金のようなことを言う。

いつだったか、針の森を焼き払ってやるとノットが豪語していたことを思い出す。ここはイエスマたちが安寧の地を求め走り抜けようとした最後の——そして最大の難関。数多くのイエスマ狩りが潜み、数え切れないほどのイェスマが命を落とした。

その証拠となるのが、光るキノコだ。

後方へと素早く過ぎ去っていく地面のところどころに、ぼんやりと青白い光を放つキノコのコロニーが点在している。土に染み込んだイェスマの血——つまり魔法使いの血を吸収したキノコが、その血がもつ魔力を光として発散しているのだ。

光るコロニーの数だけ——いやそれ以上に、この地で絶たれた少女の命がある。それを見ると、ノットがこの森を焼き払いたくなる気持ちが痛いほどに分かった。

そして、ノットが王朝を憎む気持ちも。

爆走する改造馬車の振動に身を委ねながら、俺は旅の途中で出会ったブレースのことを思い出していた。景気のいい商業都市の外れにある小さな聖堂、その暗い地下牢で監禁されていた、口数の少ないイェスマの少女。助けたときには傷が膿んでいて、針の森へ差し掛かるころにはすでに手遅れとなっていた。それでも最期まで俺たちの無事を祈り、そしてジェスの身代わりとなって命を落とした——。

「あっ」

ジェスが小さく声を上げた。勢いよく進撃する馬車が、避け切れず、光るキノコを轢いてしまったのだ。キラキラとした塵のようなものがその場で舞い上がるのが見える。

〈構うな、とにかく前進だ〉

「はい」

ジェスは真剣なまなざしで前を見続ける。ノットが双剣を構えて予期せぬ敵に備えたが、杞憂だった。それどころか、俺は不可解な力を感じる。馬車が加速を始めたのだ。

〈どうしたジェス、もっと慎重に――〉

「私じゃありません、馬車が勝手に……！」

何が起こっているのかと、身を乗り出して車輪に目を向ける。車輪は、車軸は、青白く発光していた。光るキノコの撒いた塵が、馬車に纏わりついているようだった。

制御の利かなくなった馬車は、さらに光るコロニーの上を通過する。光が細かい粒子となって舞い上がり、静電気で吸いつけられるかのようにして車輪に付着するのが見て取れた。車輪はそれ自体が光を発しながら、起伏だらけ、障害物だらけの森の中をさらに加速しながら進んでいく。

キノコで加速している……？

危うく余計なことを考えそうになったが、改造馬車は現在進行形で爆走を続けている。素早く思考をはたらかせて、現状を解釈しなければならない。

そして、思い至る。

〈深世界に来てから、今まで嫌なことばかり起こっていたが、実は全部が全部そうじゃないのかもしれないな〉

俺の発言に、ノットが大声で訊いてくる。

「どういうことだ」

馬車は激しく揺れ、ノットは片手で手すりにしがみついている。俺は座席と床の間に身体を押し付けて固定する。

〈ここは願望が形になる場所。悪意が形になる世界じゃない。この光は、イェスマの少女たちの祈りなんじゃないか〉

燐光を発しながら爆速で回転する車輪は、ジャイロ効果なのか、むしろ安定し始めていた。進行方向に横たわる木の根など、構わず切り裂くようにして進んでいる。

光るキノコは、王都に辿り着きたくて、それでも叶わなかった、ブレースのような少女たちの痕跡。彼女たちの祈りが、馬車を後押ししてくれているのではないか。

〈他の人にはせめて王都に辿り着いてほしい、そんな願いが俺たちを助けてくれても、別におかしくないだろ？〉

さらにキノコのコロニーを轢いた馬車は、きらめく魔法の粉塵を纏って、全体を青白く光らせながら、もはや恐怖するレベルにまで加速していた。ジェスが座席を脇で挟み、振り落とされないよう摑まる。

「イェスマの方々が、私たちの旅路を応援してくれているということですね！」

神秘的な光景だ。暗い森の中、俺たちの乗る馬車がキラキラと輝きながら進んでいる。

ノットは右手を自分の胸に当てると、息を吐く間だけ目をつぶる。

「じゃあこの現象には、逆らわなくていいってことだな」

〈もちろん、計画的な援助でない限り、事故は起こり得るだろう。推進力は十分だ。ぶつからないよう、進路にある障害物をすべて排除しよう〉

「分かりました！」

馬車はすでに、ジェスの魔法なしでも走っている。ジェスは半身をしっかり座席に固定しながら、右手を前に向けて、行く先を掃除していった。ノットも双剣を振るって木を切り倒す。俺は前方に目を凝らしながら、狙うべき場所を指示していった。

遠くから、叫び声や地鳴りが聞こえてきた気もした。しかしそれらは、飛び去っていく景色とともに後方へ置き去りになった。イェスマたちの最期の祈りに包まれ、馬車は一直線に王都を目指す。不思議と、誰にも、何にも邪魔されない確信があった。

唯一の問題は、どうやって止まるかだ。王都は垂直に切り立った高い崖に囲まれている。俺とジェスが初めて王都に辿り着いたときは、ヘックリポンに呼び掛けることで入口が開いたりしたが、今回そのようなことには期待できないだろう。

切り立った崖の気配を前方に感じたとき、俺たちを支配したのは、安堵ではなく、衝突するのではないかという恐怖だった。

「おい馬鹿、減速しろ！」

ノットが青ざめてジェスに叫んだ。

「いえ、魔法が効かないんです！」

額に汗を浮かべながら訴えるジェス。今や俺たちを乗せた馬車は、暴走機関車のような勢いで岩壁に向かっている。夜ほど暗い森の中、崖までの正確な距離は分からなかったが、月明かりが差し込んでこない前方の空を見るに、もうそろそろ終点のはずだ。

〈馬車を捨てよう！〉

「でも、どうやって……」

不安げなジェスの視線は、爆速で通り過ぎていく木々に向けられている。今無理やりにでも飛び降りれば、暴走機関車の勢いのまま木や地面に叩きつけられるだろう。ポークカツレツの下ごしらえである。

「俺は直前で飛び降りられる。だがお前らを抱える余裕はねえぞ」

ノットが早口に言った。

〈ジェス、魔法で俺たちを飛ばせないか。少し後ろ向きに力を加えて、空中で減速する〉

「やったことはありませんが……試すしかなさそうですね」

相変わらず暗い林床を駆け抜ける、光る改造馬車。そこで俺の脳裏に、一つの疑問がよぎった。今ここはなぜか夜のように暗くなっているが、深世界はまだ日中のはずだ。崖の直前でこの森が途切れたとき、空ははたして――

そしてこの疑念は、杞憂に終わらなかった。

森の終端は予告なしに訪れ、俺たちの網膜を眩しい陽光が焼いた。暗いところから突然明るいところに出てしまった場合、視色素がそれに対応する明順応には多少の時間を要する。

その前に崖にぶつかるだろうな、などと計算していたところ、身体が急に引っ張られて上空へ飛ばされるのを感じた。

かろうじて一瞬だけ、俺の目が世界を捕らえた。

ライムグリーンの陽光の中、見えたのは白い――

絶え間なく、低く轟く滝の音。

崖に衝突するかと覚悟した次の瞬間、俺はなぜか大きな滝のそばにいた。

青い空、緑の茂る木々。幅の広い滝には見覚えがある。

出会いの滝。契約の楔を探してホーティスを追跡した場所だ。

ラメのように輝く細かい水飛沫の冷たさが心地よい、晴れた暑い夏の日だった。

俺は戸惑った。そばにはジェスもノットも見当たらない。まさか、俺は本当に崖に衝突して、死んでしまったのだろうか？　ここは天国なのか？

爽やかな風に吹かれながら、夢見心地で辺りを見る。青々とした水を湛えた滝壺の中に、二つの人影があった。男女が至近距離で向かい合い、頭だけ出して浮かんでいる。

肝臓がきゅっとするような感覚に襲われる。まさか――

滝壺へ飛び込まんばかりに前のめりになってから、思い過ごしだったことを知る。女は金髪だったが、男は黒髪だ。距離があってはっきり見えはしないが、二人とも、ジェスやノットとあまり変わらない年齢のように思えた。

水の落ちる音の奥から、すすり泣くような声が聞こえてくる。どうやらそれは、滝壺に浮かぶ少女のものらしかった。

少年の声が聞こえてくる。しかしそれは、俺の知らない言語だった。メステリアの言葉でも、当然日本語でもない言葉。

だがなぜか、俺には彼の言っていることが分かった。

――大丈夫だ。君はもう一人じゃない
少女の泣き声が大きくなる。少年の腕が優しく彼女の肩に置かれた。

滝の音にかき消されることなく、少年の囁きが俺の脳内に響く。

――僕たちなら世界を変えられる。一緒にこの、暗黒の時代を終わらせよう
次の瞬間、テレビの電源を落としたかのように、世界は急に暗転した。

「またわけの分からねえ場所に来ちまった」

ノットの声が聞こえて、目を開く。

いつの間にか、柔らかい絨毯の上で横になっていた。身体の調子を確かめながら、ゆっくりと立ちあがる。ジェスも隣で身体を起こしているところだった。温かい安堵に包まれる。よかった。誰もぺったんこにはなっていない。

「それはどういう意味でしょうか」

胸に手を当てて不服そうな顔をするジェスに、俺は慌てて補足する。

〈おっぱいの話じゃないぞ。あの馬車から放り出されたスピードで崖にぶつからなくてよかったという話だ〉

あと地の文な。

「あっ……そういう……」

ジェスは頰を染めた。この件については、最近胸の話をしすぎた俺が悪いだろう。

「くだらねえ話は後だ。ここに見覚えは？」

ノットに促され、現状を確認する。

俺たちは豪華絢爛な、だだっ広い部屋の中にいた。レースのカーテン越しの陽光と、金で装飾されたランプの光が、部屋の中を暖かく照らしている。白と金を基調とした高貴な内装に、赤い絨毯。中央には天蓋付きの大きなベッドが置かれている。

そして、俺の知らない部屋だった。

「ここは……」

ジェスがきょろきょろと周囲を見回し、青空を四角く切り取る窓に目をつけた。そして、一目散にそちらへ駆け寄る。

「やっぱり！　ヴィースさんの寝室です！」

ノットがカーテンを開け、窓から外を見る。

「王都の中か」

豚の視点からでは雲一つない空しか見えなかったが、二人にはきっと、王都の景色が見えるのだろう。崖にぶつかったと思ったら、よく分からない光景を見せられ、そしてなぜか王妃(おうひ)の寝室へワープした。

これはどういう状況なのだろう。

〈……なあ、さっきちょっとだけ滝壺(たきつぼ)にいた気がしたんだが、俺の気のせいか？〉

俺の問いに、ジェスとノットが揃(そろ)って振り返ってくる。

「ええ、私も見ました」

「俺も見た」

声が重なり、二人は気まずそうに視線を向け合った。

〈何だったんだろうな、あれ〉

俺が言うと、ノットがジェスを促(うなが)した。ジェスは顎(あご)に指を当てる。

「あの滝、行ったことがありますよね」

〈そうだな、出会いの滝——契約の楔を見つけたところだ〉

腕を組んで、ノットが俺たちを見る。

「滝壺に浮かんでたあの二人、誰だったんだ？　俺らはどうしてあの場面を見せられた？」

金髪の少女と黒髪の少年。ジェスとシュラヴィスと三人で訪れた誓いの岩屋を思い出す。王族の者が結婚の契りを交わしに行く場所で、ヴァティスとその配偶者ルタの出会いと交わりを描く壁画が残されていた。そこでヴァティスは金髪に、ルタは黒髪に、ちょうどさっき見た二人と同じように描かれていたのを憶えている。

地の文を読んだのか、ジェスが俺を見て頷く。

「あのお二人は、ヴァティス様とその夫のルタさんではないでしょうか。出会いの滝というのは、お二人があの場所で出会ったことから、ヴァティス様が名付けた地名だと聞いています」

「つまり俺らは、王朝を創ったクソババアの出会いを見せられたってことか」

眉根を寄せ、嫌悪感を剝き出しにするノット。

ヴァティスは、契約の楔を根こそぎ集めることで絶対的な最強の魔力を手にし、魔法使い同士の戦乱の世に終止符を打った女性。そして、イェスマという残酷な制度を始めた張本人でもある。ノットにいい印象をもってもらおうというのは無理な話だ。それならまだ、マーキスとハグしてもらう方がよっぽど簡単だろう。

〈黒髪の男がルタだとして……自分たちなら世界を変えられる、みたいなことを言ってたよな。あれってどういうことだ？〉

「さあ……お二人は実際、暗黒時代に終止符を打って世界を変えたわけですから、その方法を二人なら実行できる、という意味でしょうか」

〈契約の楔を集めることか……？〉

細かいことが気になり始めた俺たちに、ノットが咳払いする。

「んなこた、今はどうでもいいだろうが。関係ねえなら、さっさと次へ進もうぜ」

ノットはそう言うと、広い部屋を横断する。向かう先には木製の扉があった。豪華な寝室で、それが唯一の出入り口のようだ。

俺たちも謎のシーンの考察をやめて、そちらに注意を向ける。

ノットがドアノブに手をかけ、慎重に開こうとする。ガチャ、ガチャと何度か音がした。

「開かねえな」

「鍵がかかっているんでしょうか……」

ジェスが隣に駆け寄り、取っ手部分を観察する。俺も近づいた。

「ちょっと下がってろ」

ノットは当然のように剣を抜き、赤熱する刃で扉と壁の隙間を斬り抜いた。

再び取っ手をガチャガチャとやるが、それでも扉自体はびくともしない。

嫌な予感がする。

〈なあノット、窓のガラスがあるだろ。あれを割ってみることってできないか〉

「朝飯前だ」

ノットは扉をこじ開けようとした双剣の片割れを、流れるような動作で窓に向けて振った。三日月型の炎が窓に当たり——弾け飛ぶ。

火の粉が散り終えた後、そこには傷一つない窓が残っていた。

〈少なくとも朝飯は食べた方がよかったみたいだな〉

俺が言っている間にも、ジェスは小さな棚の上から金色の獅子の置物を持ち上げていた。腕がプルプル震えているのを見るに、かなり重そうだ。

〈何してるんだ〉

「深世界なら、これくらい許されますよね」

両手で持った金の獅子を、窓に向け、狙いをつけるジェス。巨大な鞭を鳴らしたかと思う冗談のような音とともに射出された置物は、超音速で窓に衝突した。

ガツンという喧しい音。案の定、獅子の置物の方が、煎餅のようにぺったんこになって床に落ちた。窓の格子の跡が見事についている。

俺たちが極めて単純な結論に至るのに、そう時間はかからなかった。

出られない。

王都へ入ったはいいが、王妃の寝室から、俺たちは一歩も出ることができない。まるで、ここで一生寝ていろとでも言われているかのようだ。俺たちの潜り抜けてきた危険とは程遠いゆったりとしたベッドが、部屋の真ん中でどっしりと腰を下ろしている。

〈これはもしかしてあれか……〇〇〇しないと出られない部屋か〉

俺が言うと、隣でジェスが首を傾げる。

「〇〇〇？」

諸事情により、その部分だけ俺の世界の言葉にして発音したのだが、むしろ逆効果だったようだ。ジェスの興味を引いてしまった。

〈何でもない、忘れてくれ〉

「豚さんの世界の言葉なんですね、〇〇〇」

ジェスは、心の声なら何語であっても読み取れるらしいことが分かっている。しかし音声情報に変換されると、メステリアの言葉でない単語の意味は分からないらしかった。変な言葉を反復させてしまって、途端に罪悪感が湧いてくる。

〈大したことじゃないから聞き流して大丈夫だ〉

ノットも怪訝そうな目で俺を見てくる。

「何だ〇〇〇って」

いや本当に何でもないから許してくれ。

「○○○というのをすれば、この部屋から出られるんですか？」

〈いやそうじゃなくて〉

「なら試してみるか、○○○」

そんなお試し感覚でやることではないが？？？

真剣な場面で軽口を叩いてはいけないと、俺は身に染みて実感した。

〈いや、試す価値はない。やめた方がいい〉

「少しでも可能性があるなら、試してみるべきだと思います！」

ごめんて。

「ねえ豚さん、しましょうよ、○○○！」

……………………。

無言の俺に、ノットが軽く舌打ちをする。

「なんだよ、できもしねえことを言うんじゃねえ」

できなくて悪かったな！

〈今のはジョーク、冗談だ。絶対に違うから、ちゃんとした方法を真面目に考えよう〉

「方法？　何を考えろってんだ」

確かに、脱出ゲームのように問題が与えられているわけでもないし、物理的な方法はもう一通り試してしまった。

〈まずは何を考えるべきかを考えるんだ〉

「そうですね……」

深世界を攻略したければ、力ではなく理屈で考えるしかない——最高の魔法使いイーヴィスはそう説明していた。理屈か……。しかし、説明書もなしにルールを押し付けてくるこの世界で、俺たちはどうやって理屈を求めればいいのだろう？

窓の向こうに、行くことのできない外側を見ながら、考える。日はもうすっかり高くなり、青い空はますます——

ん？

〈なあジェス、崖にぶつかる前、針の森から出た瞬間、空は何色だったか見てたか？〉

訊くと、ジェスは額に指を当てて考える。

「えっと……そうですね……確か、緑だったような……あ！」

ジェスの言葉に、俺は確信する。おぱんつに気を取られていたが、確かに、あのときの空は緑色だった。しかし今、窓の外には青い空が広がっている。

アールの牙城に入ったとき、異常だった星の数が正常に戻ったのと、ちょうど同じように。

この説ならば、さっきの滝壺のシーンにも説明がつきそうだ。しかしそうすると、大変困ったことになる。俺たちはまだ、王都にはいないことになるのだから。

「そう、君たちは間違った場所にいるんだよ」

後ろから突然声がして、俺たちは揃って勢いよく振り返る。

「ここは王都ではない。王朝の始祖、女王ヴァティスの牙城の中だ」

自信に満ち溢れた、ダンディな、聞き慣れた声。

カールする金髪を肩まで伸ばした中年の男が、歩いて近づいてくる。

そして、そいつは全裸だった。

様々な街を訪れてきましたが、針の森の手前で通った村は、頭一つ抜けてひどい有様でした。闇躍の術師が王朝を奪取してからというもの、王政の横暴に加えて、いわゆるならず者たちの悪行も野放しとなっています。

何が起こったのか、昼時のその村に、もう住民の姿はありませんでした。

破壊、強盗、殺人——あらゆる理不尽の痕跡が、壊れた村に残っています。現状を放っておけば、メステリア全土がこうなってしまいかねません。それは何としてでも避けなければならないでしょう。

私はもう死体には慣れましたが、セレたんはそうでもないようです。道に転がった腐りかけの亡骸が、白骨をむき出しにした顔でこちらを見ているのに気付いたとき、「ひゃっ」と可愛らしい悲鳴をあげて私に縋りついてきました。こういう妹が、私には必要だったと思います。

「南の村は平和で、死体もなかったんだろなあ」

やんちゃ小僧のバットくんが、セレたんに声を掛けました。皮肉めいた内容ですが、悪気はないはずです。むしろ純粋に羨んでいるような響きでした。

バットくんは北部の出身だと聞きました。北部は闇躍の術師の影響が強く、一時期はその支配下にあった地域です。バットくんは、姉妹や母親を人質に取られ、闘技場で強制労働させられていたところを、ノッくんに助け出されました。そしてノッくんを師匠と慕いながら、ここまでついてきたのです。

「セレスは死体が怖いのか」

バットくんに訊かれて、セレたんはこくりと頷きました。その肩に、バットくんの手が気安く置かれます。

「それは違うな。セレスは人が死ぬのが怖いんだ。死体なんて落ち葉と同じ。いつか土になるだけのもんだ。それが怖いってのは、人が死ぬってことを知りたくねえからだ」

バットくんの目が、セレたんの視線を捉えました。

「だから、死体が怖いときは、生きてる人の目を見るといい」

セレたんはふっと、力を抜いたように微笑みます。

「……ありがとうです。気が楽になりました」

「だろ」

少年は満足げに言うと、人差し指で鼻の下を擦りました。

ときたま、この子が年の近いセレたんに好意を抱いているのではないかと思うことがあります。まったくもってけしからんことです。到底許せることではありません。

「おいらは小さいころからずっと、死体埋める仕事をしてたんだ。でも、絶対一人じゃやんねえ。兄弟とか、イェスマの姉ちゃんとかと組んで、いっつも二人でやってたわけさ。一人で死と向き合ってると、死に呑み込まれちまうからな」

初耳でした。死体を埋める仕事というのは、葬儀屋のことでしょうか？　それとももっと後ろ暗い仕事でしょうか？

そんなことを考えていたら、セレたんがぐすっとしゃくり上げるのが聞こえてきました。

「おいセレス、どうしたんだよ」

「……ごめんなさいです、何でも……ないです」

セレたんはくしゃくしゃと、袖で涙を拭いました。何がこの子にそうさせるのか、私には分かります。ノッくんです。ノッくんがずっと独りで死と向き合ってきたことを、セレたんは知っているのですから。

バットくんも察したのか、気まずそうに笑います。

「師匠はまだ、星の向こうに行っちまったわけじゃねえ。きっとまた会えるさ」

セレたんが頑張って笑うと、バットくんは頷いて、ヨシュくんたちの歩く前方へ去っていきました。何か用事があったのでしょうか。バットくんに追い抜かれたことで、私たちが最後尾となりました。豚の広い視野を活かして、後方やセレたんの脚に気を配ります。

太陽は、まだ高いところにあります。

一昨日の晩、ニアベルの近くからひっそり上陸した私たちは、海岸洞窟で夜を明かし、道や危険に応じて馬車と船と徒歩を切り替えながら、最速で王都を目指しました。途中の洞窟でキャンプしてさらに一夜明かし、今は昼下がり。ロリポさんやジェスさんと約束した「四日の朝」までには、まだ半日と一晩あります。

私たちの方は、後は針の森を通過するだけなので、よほどのことがない限り間に合う計算です。もちろん、王都周辺の守りが一番固いことには注意しなければなりませんが。

………………？

誰かに見られている気がして、ふと後ろを振り返ります。

とうに置き去りにしてきた死体の辺りで、何かが動いています。大きな動物です。長い首を曲げて死体をあらためた後、何も食べるところがなかったのか、ぬくっと首を起こしてこちらを見てきました。

気付いたときには、もう手遅れでした。

動物は身体を振り子のように揺らし始めます。しかし、その禿げ頭だけは、空中に鋲で留めたかのごとく動きません。ヘックリポンです。

「ドプフォｗ」

私は急いで声をあげました。すると、前を歩いていたツネたんが背負っていた大斧を瞬く間に抜き、特殊部隊の俊敏さでヘックリポンへと向かいます。

ヘックリポンは、王朝の監視役です。見ている景色を魔法で送り、王都へと伝えることができます。王子の命を狙っている最凶の王が潜む王都へ。

私たちの横を通過するとき、ツネたんの生脚が黒い鱗状の皮膚へと変化するのが見えました。筋肉質の、龍の脚です。大斧を構えた女戦士は、常人ではあり得ない高さへ跳び上がり、同時に斧を振るって回転しながらヘックリポンへと向かいます。斧のみならず彼女自身もが電撃を纏い、雷の速さでヘックリポンを狩り取りました。

初めて見たときは度肝を抜かれたものですが、もうこの姉弟の超人的な能力については、私もケントくんも驚くことはありません。

「あっちゃあ、見られちゃったんじゃない？」

ヨシュくんが、豆腐のように真っ二つにされたヘックリポンを見ながら言いました。

先頭を歩いていた王子がこちらへ駆け寄ってきます。深刻な表情です。

「まずいな、進路を変えよう」

私たちは小走りに移動を始めました。王子によると、あのヘックリポンの見た情報が王都に

伝わっているかどうかは、確かには分からないそうです。運が良ければ殺すのが間に合ってい
て、運が悪ければ、最凶の王に私たちの居場所がバレてしまっているということです。

二方向から私たちを挟み撃ちにするように聞こえてきた鎧の音で、その賭けに負けたことを知りました。上空から、龍の咆哮が聞こえてきます。

逃げ道は二つ。針の森へ入るか、針の森から離れるか。

今は三日の午後ですので、針の森から離れれば、目標である四日の朝に間に合う可能性は低くなります。解放軍としては、確実に王を仕留めたいところです。

少し考えてから、私は王子に告げます。

〈時間がありません。予定より早いですが、針の森へ入ってしまいましょう。暗い針葉樹の森の中なら、逃げることも、大軍相手にゲリラのように戦うこともできます〉

王子は額に汗を垂らしながら頷きます。

「こっちだ！」

魔法を使って周囲に煙幕を張りながら、王子は私たちに呼びかけました。

ヨシュくんが私たちのそばに来て、一緒に走ってくれます。

「サノン、セレス、絶対にはぐれないでね」

私たちは、暗く冷たい針の森へと足を踏み入れました。煙幕の辺りで何かの爆発する音が聞こえてきます。追手は着実に、こちらへ向かっているようです。

しかし、諦めるわけにはいきません。

王を殺すまで、我々は王子という切り札を失うわけにはいかないのですから。


「ホーティス……?」

ノットが思わずといった感じで声を出した。全裸の変態男は俺たちに微笑みを向ける。

「ご主人様がお困りのようだから、ちょっと手伝いにきたんだ。一刻も早く、この牙城を抜け出そう。兄上への接触が早くなれば、我が甥っ子が危険に晒される時間も短くなるんだろう」

あんなにカッコいい死に様を晒しておきながら、挨拶もなしに全裸で現れるこの男はどういう神経をしているのだろう。おかげで感傷も何もなくなってしまった。

「ところでジェス、君はなぜ顔を隠しているんだい。可愛い顔を見せてくれ」

隣を振り向く。ジェスは両手で顔を覆っていた。

〈あなたが全裸だからじゃないですか……?〉

俺の指摘に、ホーティスは視線を落とし、自分自身をしばらく見つめた。

「そうか、ここでは服を着なければならないのか」

ホーティスがさっと両手を広げると、白い布が流れるように出現して、その引き締まった肉体にゆったりと巻き付いた。

ジェスがようやく顔を出したときには、ホーティスはすでにこちらに背中を向けていた。そして、さっさとベッドの方へ歩いていく。

「この部屋は、歴代の王妃（おうひ）の寝室でありながら、最初の主は男だった。理由は分かるね。初代の王は女王ヴァティスであり、女性側が、今の王の寝室を使っていたからだ」

ガイドに案内される観光客のようについていく。ホーティスは腕を組んで、ベッド脇の何もない場所を見下ろした。

「王都を出る前、たまに義姉上（あねうえ）の寝室に遊びに来ていたんだが——いやもちろん、不倫などではないけどね——ちょうどこの場所に化粧台があったはずだ。しかし、ここにはそれがない」

ちょっと一言余計なんだよな。

〈つまりどういうことですか〉

俺が促（うなが）すと、ホーティスはこちらにウインクを投げる。

「端的に言えば、ここは今現在の王宮ではないということだ。一〇〇年以上前の王配の寝室——ヴァティスの記憶の中の寝室。先ほども言った通り、君たちはうっかり、ヴァティスの牙城（ラビラ）に迷い込んでしまったんだよ」

「牙城（ラビラ）ってのはあれか、心の中ってことか」

「よく知っているね」

頷くホーティスに、ノットは不可解そうに眉を上げる。

「だが目ん玉の付いたものに触んなけりゃ、牙城には入らねえんじゃなかったか。偉そうなジジイがそう言ってたぜ」

「父上は、判断を誤ることはあれど、知識においては常に正しい」

ホーティスは金の装飾が緻密に施された白い壁を触る。

「ご主人はいわゆる霊器のことを言っているのだろう。確かに、誰かが霊器に触れなければ、牙城へ入ってしまうことはない。だが、君たちが実際に、霊器に触れていたとしたら？」

ジェスが、閃いたように言う。

「私たちは、王都を囲む崖に打ちつけられるはずでした……でもそうなっていないですよね。つまり、王都の外壁そのものが、ヴァティス様の霊器になっていたということですか？」

ポン、と手を叩くホーティス。

「その通り！　だから君たちが崖にぶつかったとき、ぺったんこにはならず、夢の世界を通り、この部屋へ迷い込んでしまったというわけだ」

なるほど……？　それなら納得がいくが、霊器は心を象徴するものではなかったか。

首を傾げる俺を横目に、ホーティスは続ける。

「君たちが深世界における本当の王都へ入り、闇躍の術師の霊器を探すには、まずこの牙城を出なければならない。暗黒時代を終わらせた慈悲なき絶対の女王の心から抜け出すんだ」

「あの、出る方法を……教えてくださるんですか？」

慎重に訊くジェスを見て、ホーティスは何ともいえない顔をする。ジェスから他人行儀に扱われることのつらさは俺も知っている。

「いや、私にできるのは手伝いだけだ。戦う方法は自分で見つけるものだよ」

淡々と言ってから、ふっと顔を緩めて笑う。

「君たちなら、十分にできるはずだ。牙城の攻略方法は知っているね。必要なのは理屈だ」

〈ヴァティスの物語の終わりを探す……〉

俺が呟く傍らで、ノットは不機嫌そうに腕を組む。

「物語も何も、ただの出られねえ寝室じゃねえか」

「きちんとすべて探索したかい？　本当に何も手掛かりがないと言い切れるか？」

言われて、ジェスは部屋を見回す。それほど調度品の多い部屋ではない。何かめぼしいものがあれば、すぐに気付いたはずだが……。

………？

ベッドに近づいたことで、どこからか鉄のようなにおいが漂ってくるのに気付いた。

〈そういえば、ベッドを改めてなかったな〉

ジェスが来て、布団をめくる。その手が途中で急に布団から離れて、ジェスの口を覆った。

「っ……！」

鉄のにおいが濃くなった。いや、その生臭さから、鉄ではないことがはっきりと分かった。

これは血のにおいだ。

俺はベッドによじ登り、ジェスの視線の先を見る。

見事なまでに真っ赤な鮮血が、大きな白い枕に散らばっていた。うっかり鼻血を垂らしたというレベルではない相当な量の血だったが、枕以外を汚すことはなく、小規模に収まっている。遺体などはない。ただ新鮮な血痕だけが枕の一部を染めていた。

ホーティスは血を見てニヤニヤ笑っている。

「童貞くんはこういうのが好きだろう。誰がどうした結果、こんなことになってしまったのか。それを推理すれば、おのずと物語の終わりが見えてくるんじゃないのか」

いや、ミステリは好きだが……。物語って、そういうことなのか？

「豚さん、考えてみましょう！」

ジェスが言うなら仕方ない。

〈桃色の脳細胞を使うときが、遂に来たみたいだな〉

ベッドをじっくりと観察しながら、思い付いたことをとりあえず言ってみる。

〈この血痕は枕の上に集中している。相当おかしな体勢で出血したのでもない限り、頭部周辺からのものだと考えられるな。鼻血の量ではないし、吐血にも見えないから、外傷による出血だろう。だが致死量ではない。傷ついたのは首ではなさそうだ〉

ジェスが顎に手を当てる。

「とすると、顔か頭……」

なんだかもう、答えが見えてきた気がした。ホーティスは相変わらずニヤニヤしながら黙って俺たちを見つめている。もう答えを知っているのだろうか？　かわいそうなノットは一人蚊帳の外に置かれ、腰に手を当て様子を見守っている。

〈まずは血の主が誰かだな。ここは王配――すなわちヴァティスの夫ルタの寝室ということだった。順当に考えればルタの血だろうが……〉

少し気が引けたが、枕に近づいてにおいを嗅いでみる。

豚の鼻は嗅ぎ分けにも長けている。男性らしきにおいと女性らしきにおいが、それぞれ一つずつ。男のにおいの方がかなり濃い。枕の主は男のようだ。

「においはどうだ？　嗅げば犯人は一発だろ」

横からノットに訊かれて、ベッドを降りる。ジェスの脚を嗅ぐと、やはり安心するような、いつもの美少女特有のよい香りがした。

「私の脚じゃなくてですね……」

そうだったのか、勘違いしてしまった。

〈血はこのベッドの主、ルタのもので間違いないだろう。もう一つあるにおいは、ここに入るのが許される女性、おそらくヴァティスのものだ〉

ベッドから検出された二人のにおいには、ジェスの脚のにおいと、どことなく似た成分があった。遠くはあっても、やはり祖先なのだ。

「え、でも待ってください。するとヴァティス様が、夫のルタさんを殺したということになりませんか……？」

先ほどの、滝壺(たきつぼ)の場面を思い出す。ヴァティスに向かって、君はもう一人じゃないと励ますルタ――二人はやがて、子にも恵まれる。殺人に至ったとすれば悲しい話だ。しかし。

心配そうなジェスに、俺は首を振る。

〈そうと決まったわけじゃない。むしろ、これだけの血しか流さずに人を殺すのは至難の技だろう。頭部の外傷だけなら、心臓が即座に止まるとは思えない。傷口が小さくても、死ぬまでにかなりの量の血が流れ出てしまうはずだ。途中で遺体を移動したなら枕の他にも血がつくはずだが、それもない〉

ホーティスはうんうんと頷(うなず)きながら聞いている。

〈つまり、これは殺人事件の現場ではない〉

名探偵のようなことを言ってしまった。

ジェスの頭上に疑問符が浮かぶ。

「どういうことでしょうか……？」

〈ベッドに不自然な量の血が染(し)み込んでたら、そりゃ殺人が思い浮かんでも仕方がない。だが殺人だとすると不可解な点が多い。なぜ血はこれだけなのか。なぜ魔法でもっとスマートに殺さなかったのか。そもそもなぜ、女王が夫を殺すのか〉

「血は出たけれども、殺されたわけではない……どういうことでしょう。ここでお怪我をされたんでしょうか？」

〈この何もないベッドの上で、これほどの量の血が出る怪我をか？　枕にしか血がついていないということは、血が出たまま寝ていたということだ。そして大人しく寝たまま止血したことになる。それはちょっと難しい状況だ〉

そして何より、物語性がない。ここはヴァティスの印象に残る一場面なのだ。

〈もっと簡単に……例えば、ルタがもともと死んでいたとしたらどうだ〉

寝室を支配する、静寂。

〈死んでいたとすれば、この出血量にも説明がつく。血を送り出す心臓は止まってるからな〉

「……でも、おかしいです！　亡くなっているルタさんのお身体を、ヴァティス様がわざわざ傷つけるなんて……」

ジェスは信じたくない様子だった。愛を誓った者にそんな仕打ちをするなんて、あまりにも残酷だ。しかし。

〈遺体から必要なものを取り出したとしたら？〉

俺の言葉で、ジェスの表情に衝撃が走った。

「まさか……」

取り出したのは、ルタの眼。金の装飾が施されたガラス球の中に、人間の目玉が一つだけ浮かんでいる。

ホーティスがぱちぱちと手を叩く。

「お見事。一瞬で答えに辿り着いてしまうとは、さすが童貞くんだね」

そして、腰を曲げて枕の血に顔を近づける。

「ヴァティスがなぜ、契約の楔を根こそぎ集め、最強の魔力を手に入れることができたか知っているかい」

視線がジェスに向けられた。

「えっと……このルタの眼を使ったからだと……」

確かにジェスと一緒に史書を読み解いたとき、そう書いてあったのを憶えている。しかしホーティスは人差し指を立てて振った。

「それは史書の誤読じゃないか。考えてみてくれ。君に夫ができたとして、その眼球をくり抜いて使うかい？　そもそもくり抜かれることで初めて発揮される力とは？」

ジェスはハッと息を呑む。

「ルタさんの眼に、もともとその能力があったということですね」

「そう。契約の楔探しにルタの眼を使ったというのは、君が今持っているその道具を使ったという意味ではないだろう。ヴァティスの夫となるルタという青年が、契約の楔の在処を視る能力をもっていたということだ」

やはり。前々から気になってはいたのだ。なぜ至宝を示す道具に、ヴァティスの夫の名前がついているのか。

ヴァティズの牙城に偶然入ることでそれを知ることになるとは、思ってもみなかった。

「そんな能力が……」

呟いてから、ジェスは顔を上げる。

「でも、ルタさんにその能力があったとしたら、さっきの滝壺の場面にも説明がつきますね。『僕たちなら世界を変えられる』——ルタさんの能力を使って契約の楔を集めれば、ヴァティス様は最強の魔法使いになって、暗黒時代を終わらせることができるわけですから」

ジェスの考察に、ノットが嘲笑に近い笑みを浮かべる。

「王家が受け継ぐヴァティスの神の力ってのは、結局はそんだけのものだったってことか。太古のお宝を視る男とたまたま出会って、お宝を掻き集めた結果でしかねえんだ」

その声からは、そんな力によって理不尽を強いられていたのか、という怒りが感じられた。

「ご主人の言う通りだ。たったそれだけのもののために、兄上は……」

ホーティスは言いかけて、いったん口をつぐんだ。

「いや……この話はよしておこう」

咳払いをして、仕切り直す。

「特殊な力をもったルタとともに契約の楔を集めることで、ヴァティスは力を蓄え、魔法使いたちが跳梁跋扈する暗黒時代を勝ち抜いてきた。途中で私の曽祖父となる息子も生まれた。順調に思えた人生の半ばで彼女を襲った悲劇が、これだったわけだ」

「愛するルタさんの死……でも、どうして」

呟くジェスを見て、ホーティスは腕を組む。

「ルタの死因は、この現状から、ある程度なら推測ができるだろうね」

そうだろうか。考えてみる。

〈ヴァティスの魔力があれば、ルタの治療はできたはずだ。ルタは突然死だったか、あるいはヴァティスの不在時に命を落としたか……〉

「枕の他に血はついていませんから、お怪我の線は薄そうですね」

考えながら、ジェスと顔を見合わせる。

〈すると……〉

「……まさか、どなたかに魔法で……？」

おそるおそる言うジェスを、ホーティスは真剣な目で見つめる。

「これは私の分析だが、様々な記録を読んでみると、偶然とは言えない一致がある。ヴァティスは最初、同盟の魔法使いたちをあくまで友として扱っていた。しかしあるときを境に方針を急転換し、首輪や血の輪で支配するようになった。これがイェスマという制度の始まりだ」

「ひょっとすると……そのあるときというのは……」

言い淀むジェスに、ノットが脇から口を出す。

「ルタって野郎が殺されたときか？　同盟の魔法使いに裏切られて男を殺され、誰も信じられなくなって、それで仲間たちに首輪をつけたとでも？」

その口調には怒りが滲んでいた。ホーティスは甘んじて受け止めるように目を閉じる。

「その通り。ルタの急死の時期と、ヴァティスが首輪を開発した時期。これらはきれいに一致しているんだ。彼の死因についてはどこにも書かれていないが、死をきっかけに他の魔法使いを無力化し始めたと考えれば、かなりすんなりと理解ができる」

穏やかな口調だが、恐ろしいことを言っている。

「じゃあなんだ、イェスマってのは、男を殺された腹いせで生まれた存在ってことかよ？」

目を見開くノット。ホーティスはゆっくりと息を吐く。

「腹いせと言うよりは、人間不信だろうね。ヴァティスはルタを殺され、誰も信じることができなくなった。犯人と疑われた者たちは一族郎党ことごとく処刑されたはずだ。記録には残っていないが、痕跡は今も確かに残っている。時間があったら探してみるといい。処刑されたらしき魔法使いたちの遺骸は、いまだに王都で晒し者になっているからね」

言葉がなかった。一〇〇年以上続くイェスマという理不尽は、たった一つの殺人をきっかけに始まったというのか。

それではあまりに、苦しんで死んでいった少女たちが浮かばれない。

衝撃を受けた様子のジェスは静かに歩いて、血塗れの枕に視線を落とす。

「愛する人の眼をくり抜くとは、有用な能力を保存するためだったとはいえ、あまりに乱暴な行為だと思っていましたが……」

〈夫を殺されてこんなことをするに至った心境を思うと、悲しくなるな〉

ルタの眼という魔法の道具を生んだ悲劇。

この部屋の物語は、その眼の摘出の場面を切り取ったものだった。

そこでふと、自分たちが何をしていたかを思い出す。俺たちは、その物語の終わりを探して、この部屋から脱出しようとしていたのだ。

〈ここは、ヴァティスが夫のルタを殺され、ご乱心し、その眼球をくり抜いた場面だったわけだ。じゃあその物語を、俺たちはどうやって終わらせればいい？〉

ジェスがふと、手に持っていたルタの眼を見る。

「あっ……」

ジェスは何かに気付いたようで、ルタの眼を俺たちに見せてくれる。黒目はまっすぐ、枕の方を向いている。ジェスが移動すると、黒目は常に枕を向くようにして動いた。

まるでルタの眼が、取り出された場所へと戻りたがっているかのように。

ジェスがルタの眼を枕に置いてみると、寝室の景色が渦を巻くようにして消え、暗い空間へと変化した。今度こそ見覚えのある場所。俺とジェスが史書を探した、王宮図書館だ。密林のように並ぶ棚。寝室とは一転して外の光はなく、ただ天井に浮かぶ赤色の光が不気味に書物を照らしている。ジェスの手を離れたルタの眼は、もうどこにも見当たらなかった。

「暗えな」

ノットが無遠慮に双剣を抜こうとするが、ジェスがその手をそっと押さえて、魔法で光の玉を出現させた。図書館で炎を出すのは、深世界とはいえ、やはり抵抗があるのだろうか。

「さてさて」

ホーティスはまだ俺たちの後ろにいた。

「出られない寝室という難題は、無事解決できたわけだ。問題は、ここが深世界の王都か、まだヴァティスの牙城の中か、ということだろうね」

ホーティスの言葉を受けて考える。

〈棚を調べれば分かるんじゃないか。ヴァティスの死後に刊行された本が置かれていれば、ここはヴァティスの記憶の中ではないと証明できる〉

「そうですね……」

　ジェスが手近な棚を見て、途端に頬を染める。

〈どうした〉

「えっと……その……」

　ホーティスがやたらニヤニヤ笑っている。嫌な予感がして、棚を見た。すぐ近くにある背表紙の文字を読んでみる。


　――隣の家の美人姉妹が交互に俺を誘惑してくる

　メステリアの官能小説には独特のタイトルセンスがあるようだ。これが格式高い革表紙に金の箔押しで書かれているのだから面白い。

　俺たちは偶然か必然か、官能小説の棚の前にいた。

　ぬっ、とホーティスの手が目の前に伸びてくる。

「美人姉妹。童貞くんもいい古典に目をつけたものだ。終盤の展開が秀逸でね。恋仲になっていた姉の方と引き裂かれてしまった主人公が、その面影を妹に見出して――」

「しばき回すぞ」

　ノットが不快そうに遮った。しばき回すほどでもないと思うが、娘の前で嬉々として官能小説を語りだすエロ親父には、このくらい言ってやらないとダメだろう。

笑顔のまま口をつぐむ変態野郎を横目に、俺は提案する。

〈ジェス、妹まちを探したらどうだ〉

「え、ええ、そうですね……！」

『妹に恋をするのは間違っているだろうか』――およそ五〇年前に書かれた大ヒット小説だ。ヴァティスの死後に書かれたもので間違いなく、また、現在の図書館にならあるはずだ。

数分後。俺たちは数々の説明調タイトルを見た挙句、妹まちはこの棚にないという結論に至った。ジェスによると、他にも最近の本は一つも見当たらなかったらしい。なぜジェスが最近の官能小説に詳しいかはさておき、どうやら俺たちはまだ、ヴァティスの牙城の中にいるようだということが分かった。

「また物語の終わりとやらを探しゃいいんだろ。任せたぜ」

ノットが肩をすくめた。

「先ほどの寝室のことを考えると……ここも何かが起こった瞬間の図書館なんでしょうか」

〈そうだろうな。付け加えるなら、その瞬間はヴァティスにとって何か印象的な――象徴的なワンシーンだったはずだ〉

さっき手掛かりに使ったルタの眼は、もう失われてしまった。また、一から理屈を探すしかないようだ。

〈何か事件の起こった痕跡を探せばいいんだ。この図書館を探索しよう……万が一のために分

散はしない方がいいだろうな〉

俺たちは暗い図書館の中を歩く。念のため試してみたが、やはり出口となる扉から外に出ることは叶わなかった。物語は、この図書館の中で起こったということだ。

狭い通路に、背の高い棚が幾列にも並んでいる。ぎっしりと詰まった書物からは紙とインクの落ち着いた香りが漂ってくる。俺たちはジェスを先頭にして一列になって歩き、何か変わったものがないか探して回った。

「豚さん、あれ！」

静かな図書館の中、ジェスが息を殺して俺に言ってきた。

その手は前方、細い通路の先にある古い机を指差している。クッション張りの椅子で囲まれた、閲覧用の広い机だ。中央には魔法のランタンが置かれており、天板の上だけを暖かく照らしている。

その机の端に、透明なガラス瓶が置かれているのが見えた。

〈行ってみよう〉

俺たちは机を囲んだ。豚視点では机の上が見えないが、ジェスが状況を教えてくれる。

「インク壺のようです……蓋が開けっ放しで、インクはすっかり乾いてしまっています。近くにペンが置かれていますね」

〈手がかりはそれだけか。インクに何か特徴は〉

「この壺、触っても大丈夫でしょうか……？」

現場保存を考える辺りがさすがだ。

〈インク壺の置き場所がそこまで重要だとは思えない。いいんじゃないか〉

俺の言葉で、ジェスは壺を持ち上げた。透明な厚いガラス瓶の底に、乾いてしまったインクがこびりついている。ジェスは指先を白く光らせ、底面を透かして見た。

「赤い……インクのようですね」

そう言って、俺にも見せてくれる。乾いたインクはまるで血のように赤い。少し嗅いでみると、ツンとしたインクのにおいに混ざって、本当に血のにおいがした。

〈枕に染みていた血と同じにおい――ルタの血だ〉

俺の言葉に、ジェスは息を呑む。

「インクに血を使っているんですか？」

〈そうみたいだな……理由は分からないが……〉

言いながら、とりあえず椅子の座面を嗅いでみる。

〈椅子からはヴァティスのにおいがする。ヴァティス本人がここに座って、ルタの血を使ったこのインクで何かを書いていたんだ。蓋が開けっ放しで乾いているということは……途中で書くのをやめたか、もう書き終えているか……〉

ハッとして、ジェスはローブの懐から本を取り出した。赤い表紙の本。

『霊術開発記』だ。

「これ、そういえば赤いインクで書いてありましたね」

四次元ポケットのようになった懐から、二冊の開発記が出てくる。前編と後編だ。

なんだか都合がよすぎるというか、何か見透かされているというか、操られているような気さえするが……もしかすると、と思う。

〈さっき寝室を出るのに使ったのは、寝室内のアイテムじゃなくて、俺たちが持ち込んだルタの眼だったよな。もしかすると、ここでもそうなのか……？〉

「『霊術開発記』が、この図書館を出る鍵だということでしょうか？」

訝しむ俺たちに、ノットが横から口を挟んでくる。

「どっちもたまたま持ち合わせててよかったじゃねえか。持ってきてなけりゃ、俺たちはこの変態野郎と、一生牙城の中で暮らす羽目になってたんだろ」

「はて、変態とは誰かな？　他にも誰かいるのかい？」

とぼけてきょろきょろするホーティス。しらばっくれるな。

それはともかく、参加者が偶然持ち込んでいたものを鍵にする脱出ゲームなど、アンフェアがすぎないだろうか？　手掛かりは強烈に『霊術開発記』を示唆しているが、はたして本当に、それが鍵なのだろうか？

俺たちは何かを間違えている？　それとも……

〈まあいい、とりあえず、ちょっと嗅がせてくれないか〉

開発記のページを豚の鼻で嗅いでみる。なるほど、インク壺と同じにおいだ。

〈『霊術開発記』を書いたのは、ここにあるインクで間違いなさそうだ。ひとまずこの本から、手掛かりを探してみよう〉

「この本の、何を手掛かりにすればいいでしょうか？」

考えるジェスに、思い付きで言ってみる。

〈後編の最後のページだ。インクが放置されてすっかり乾いてるんだから、書き途中というよりは書き終わりのタイミングの可能性が高い。最後のページには何が書かれてる？〉

ジェスが床に座って、俺の目の前で本を開いてくれる。胸元からゆるやかな谷——最後のページには、ただ一行だけが書かれていた。血のインクで、かなり拙い筆跡で。

——お別れだ。やはり私は、ここに来るべきではなかった

「気になっていたんですが……どういう意味でしょうね」

〈これ、筆跡が他のページと違わないか？〉

ジェスがページをめくる。他の部分は、同じインクで、手書きで、内容も書き散らしではあったが、筆跡はかなり整っていた。最後のページだけ、利き手とは反対側で書いたかのような

ひどい字になっている。

「そうですね、別の方が書いた文字みたいです」

〈誰だろうな……〉

ジェスは少し目を逸らした。

「これは、ルタさんの言葉かもしれません」

〈……どうしてそう思う？〉

「いえ、根拠はないのですが……この開発記には、ヴァティス様が亡くなってしまったルタさんを取り戻すまでの経緯が書かれています。我が身に憑いた霊魂を分離するまでが前編に、深世界へ潜って霊魂に形を取り戻すまでが後編に――ちょうど、私が今なぞっている通りです」

つまり、この二冊が書き上げられたのは、ルタが生還した後のこと。その本の最後に、別れの言葉が記されているのだ。不安げな目が、拙い筆跡に向けられる。

「ヴァティス様は、確かにルタさんを取り戻すことに成功したはずなんですが、それ以降に書かれた書物に、ルタさんは全く登場してこないんです」

考える。「お別れだ。やはり私は、ここに来るべきではなかった」――そう書いたのがルタだったとしたら。ルタはせっかく生還して、深世界から帰還した後、「ここ」から自分の意志で去ったともとれる。

〈ここってどこだろうな。王家の記録からなくなっているなら、王朝ってことか？〉

「そうかもしれませんが、はっきりしたことは……そもそも史書もこの『霊術開発記』も、肝心なところの記述が抜けていたり、謎かけのようになっていてはっきりしなかったり、特にルタさんの話に関係する部分はかなりぼかして書いてあるんです」

〈不親切だな〉

俺の後ろで、ホーティスが小さく笑う。

「そりゃそうだ。ルタは肝心要の人物である以前に、ヴァティスの恋人であり夫。長く後世に残るかもしれない書物なんだから、きわめて個人的な恋愛の話など、書くわけがないだろう。ヴァティスにとってルタの件は、他人に詳しく知られたくない話だったんじゃないか」

それを聞いて、ふと自作小説のことを思い出す。まあ例のあれは、ネットでは非公開にしたから大丈夫だろう。供養のつもりで新人賞に投稿しはしたが、うっかり編集部の目に留まってしまうようなことがなければ、後世に残ることはないはずだ。

〈謎かけっていうのは大抵、本当の目的を悟らせないためのものだからな〉

そう言ってホーティスを見ると、奴はうんうんと他人事のように頷いてきた。

ジェスがどこか納得したように、真っ赤な表紙を眺める。

「なるほど……当のルタさんの個人的なことはあまり書きたくないけれど、霊術のことは書きたかったから、このように不思議な書物ができあがったというわけですね」

ノットが咳払いをする。

「おい、話が逸れてねえか。さっさと物語の終わりを探すんだろ？」

確かに。

〈このインクが『霊術開発記』を書くのに使われたものだというのは正しそうだ。すると問題は、この開発記をどうすれば物語が終わるかだな〉

考えてみるが、それらしい解決策は思い浮かばない。ジェスも同様のようだ。

「ジェス、君はその本をどこから手に入れたんだい」

ホーティスに訊かれ、ジェスは顔を上げる。

「上巻はこの図書館からです。下巻はシュラヴィスさんからいただきました。シュラヴィスさんは、マーキス様から本を受け取ったそうです」

「あの本を読まない兄上から？」

これまで余裕綽々だったホーティスが、ここで初めて驚きの表情を見せた。

「ええ。マーキス様は、あなた――ホーティスさんを取り戻せないかと、『霊術開発記』をずっと研究されていたそうで……結局、断念してしまったそうですが」

なるほど、マーキスが下巻を図書館から持ち出していたから、ジェスは上巻しか手に入れることができなかったというわけか。

「そうか、兄上は私のことを……」

何を考えているのか、ホーティスは呟いたきり、しばらく無表情のまま沈黙してしまった。

しかし、気を切り替えたように、大きな手をパチンと叩く。

「つまり。『霊術開発記』は最終的に、この図書館の蔵書となったわけだ。ということなら、書き上げられた本の行方は決まってくるんじゃないか」

そうか。

〈ジェス、『霊術開発記』が置かれていた棚は〉

「ええ、こちらです」

小走りのジェスに続いて、暗い図書館の奥へと進む。しばらく行くと、鉄格子で仕切られた区画に辿り着く。同じく鉄格子の扉が唯一の出入口のようだった。

ジェスが手を当てると、ギイイと重苦しい音を立てて扉が開く。「王族以外は入ることが禁じられているんですよ」、と説明してくれた。

鉄格子から離れたところに、頑丈そうなガラス扉の付いた書棚が並んでいる。かなり埃を被っているが、どれも金の装飾が施されているようだ。ジェスは迷わずそのうちの一つを開けた。

「やはり、ないですね……」

指先を光らせて、ジェスが棚の中を照らす。びっちりと本が並んでいるが、そこにはちょうど、『霊術開発記』二冊分くらいの隙間があった。

上手くできすぎているが、要するに、そういうことなのだろう。

俺たちはルタの眼と同様、この本もここに返さなければならない。

〈その本にもう未練はないか〉

俺の問いに、ジェスはしっかり頷いた。

「ええ。内容はおよそ頭に入っています」

さすがジェスだ。

〈そしたらやることは一つだな〉

ジェスは俺に微笑んで、まず前編を隙間に差し込んだ。何も起こらない。

後編が残りの隙間にぴたりと収まった瞬間——足元の床がすっと消えてなくなった。


鬱蒼とした森を、文字通り、猪突猛進する。

オレたち二人は、集団から少し遅れてしまっていた。イノシシの身体は藪の間を駆け抜けるのに好都合だったが、問題はヌリスだった。ヌリスはどちらかと言えば——いや、控えめに言って運動音痴だ。腕を小枝に引っ掻かれ、膝に擦り傷をつくりながら、必死に走っている。オレは常にその後ろに陣取って、後方を警戒する。

ヌリスが転びそうになるたびに肝を冷やし、無防備なスカートから覗く下着を見てしまわないようそっと目を逸らす。

〈まだ走れるか〉

――はい！　お薬のおかげで、力がどんどん湧(わ)いてくるんですよ！

元気に伝えてきながら、その足はまた転びかける。

シュラヴィスさんはヌリスに魔剤（こう訳すしかない言葉なのだが、なんだか既視感があるのは気のせいだろうか？）という怪しい水薬を飲ませた。簡単に言えば一定時間体力を補強(ブースト)する薬らしく、おかげでヌリスも長距離を走り続けている。

ただ、イツネさんやヨシュさんのように身体能力そのものが向上するわけではないので、シュラヴィスさんたちとの距離は開いていく一方だ。ヌリスの心の力でやりとりができるとはいえ、暗い森の中を二人だけで走るのは不安でしかない。

ふと、後方から金属音(ものおと)が聞こえた気がして、イノシシの耳を立てる。気のせいだろうか。追手はまいたはずだが、森の中とはいえ、馬に乗ればオレたちの足よりは速いはずだ。

警戒心を高めたまま走っていると、今度は確実に、馬の嘶(いなな)きが聞こえた。

〈見つかるかもしれない！　援護を要請します！〉

ヌリスを通じて皆に伝えると、

――すぐ行く

とヨシュさんの声が脳内に送り返された。

馬の足音が着実に近づいてくる。暗い森だからまだこちらの姿は見えていないはずだが、もしかすると、猟犬などで追跡しているのかもしれない。だとしたら、捕まるのも時間の問題だ。馬は少なくとも三頭いるように聞こえる。カチャカチャと鳴る鎧の音が聞き分けられるほどに奴らは迫ってくるが、振り返っている暇はない。

ヨシュさんが来るまで、逃げ続けなければならない。

——見つけた

脳内で声が聞こえて、黒い影がオレたちとすれ違った。

——走り続けていいよ、大丈夫だから

バシュ、バシュ、バシュ、と続けざまに弩が三回鳴り、ドサ、ドサ、ドサ、と騎士の落馬する音が三回聞こえてきた。

大きな弩を担いだヨシュさんが、走ってオレたちに追いつく。

——尖兵だね。全員気絶させた。本隊は、すぐには来ないと思う

そう伝えてくるヨシュさんの瞳は金色で、瞳孔が縦長に切れ込んでいたが、やがて黒い普通の瞳に戻っていった。長い前髪の下から、三白眼で前方を睨む。

——でも多分、結構厳しいんじゃないかな

その後もヨシュさんは、オレやヌリスと一緒にいてくれた。尖兵が現れるたび、冷静にすべてを撃墜していく。

王朝軍の鎧を着た兵は、かつて共闘した善き人々である可能性が高いため、ヨシュさんはあ

えて急所を外している。矢に仕込んだ魔法で気絶させながら肩や膝などを射抜いて戦闘不能にするという高難度の芸当。ヨシュさんはそれでも、一発も外すことがなかった。

いつか「本数に限りがあるから、節約しなきゃね」などと言っていたのを憶えているが、それでもこの的中率は度を越していると思う。

ただ、的中率が一〇〇パーセントでも、矢の数が増えるわけではない。現れる兵の数があまりにも増えてきて、オレたちは増援を要請した。

来たのはシュラヴィスさんだった。

「失礼する」

と言うなりヌリスを負ぶってから、ヨシュさんに近づいてその矢筒を触る。カラカラカラ、と、矢筒の中で矢の転がる音がした。どうやら魔法で矢を補給したようだ。ヨシュさんが、お礼の意味かシュラヴィスさんに軽く頷いた。

シュラヴィスさんがヌリスを負ぶったことで、オレたちの足はだいぶ速くなった。シュラヴィスさんがオレの方を見てくる。

――包囲網が狭まっている。居場所がバレるのは時間の問題のようだ。王都も近い。察知されるのを覚悟で反撃して、前と合流しつつ一気に王都を目指そうと思うが、それでいいか

ニアベルから上陸した後、オレたちは最低限の睡眠をとりつつ、全速前進で針の森までやってきた。針の森手前で時間を合わせようとしていたのだが、ヘックリポンによって居場所がバ

レ、やむなく王都に向かって走っている。だから調整していない分、予定はかなり前倒しだ。

〈もう王都に入ってしまうんですか？　まだ一晩あるはずです〉

シュラヴィスさんはしばらく答えなかった。額に玉の汗が浮いている。ヌリスを背負いながらオレたちと同じ速さで走っているのだから、体力が確実に奪われているに違いない。

「この戦いには、絶対に勝たなくてはならない」

口に出して、シュラヴィスさんは言った。

「逃げるという選択肢はないのだ。ここで王都に入らずしていつ入る！」

語気が強まり、その気迫に圧されて身体がすくんだ。

シュラヴィスさんはハッとした様子でヨシュさんとオレを見て、心の声で言い直す。

――すまない……ここはジェスや豚を信じて、賭けに出ないか。王都は危険だが、俺は王都の勝手を父上よりもよく知っている。秘密の通路がたくさんあるから、身を隠すことも不可能ではない。王都の外で逃げ回っているうちに好機を逸するのは、何としてでも避けたいのだ

しかし、針の森で姿を消せば、オレたちが王都に入っただろうことが闇躍の術師に伝わってしまうのではないだろうか？　それではたして、オレたちは逃げ切れるだろうか？

オレの懸念をよそに、ヨシュさんが「うん」と言ってシュラヴィスさんを肯定する。

――他に道はないんでしょ。いいよ。あっちにはノットもいるんだ。ノットが俺たちの期待を裏切ったことは、ただの一度もないからね。一晩だけなら、何とか乗り切れる

ちょうどそのタイミングで、龍の咆哮が近くに聞こえた。木々に遮られて見えないが、死の危険はそう遠くないところまで来ているらしい。

迷っている時間はないようだ。オレにはヌリスを守る義務がある。

〈分かりました、急ぎましょう〉

オレの言葉に頷いて、シュラヴィスさんは後方に手を向ける。

木々の間で土が次々に盛り上がり、無数の防壁を形成し始めた。強力な防御策である代わりに、こちらに王家の魔法使いがいることは、相手に伝わってしまうだろう。

はるか後方から、敵兵の騒ぐ声が聞こえてきた。

――煙幕を張る。ここからが勝負だ

後方に黒い霧が広がるのを脇目に、オレたちは一直線に王都を目指した。

豚足が硬い大理石の床に触れた。ホーティスが魔法を使ったのか、軟着陸だった。

「ここはさすがに、みんな知っている場所だね」

なんだか楽しそうに言いながら、ホーティスは空席の玉座に向かって歩く。

俺たちは金の聖堂にいた。馬鹿げたほど高いドーム天井。様々な色の大理石が組み合わされた床。色鮮やかなステンドグラス。正面奥に配置された白い石棺。

　忘れるはずもない。王都に辿り着いた俺とジェスがイーヴィスによって引き裂かれた場所。イーヴィスの葬儀を行った場所。マーキスとホーティスが五年の時を経て再会した場所。ノットたちがマーキスを殺し損ねた場所。

　ホーティスは「一度座ってみたくてね」などと呑気に言って玉座に腰かけた。壁際に並んでいるはずの歴代の王の棺がないのを見るに、ここもまだ、ヴァティスの牙城の中なのだろう。

　リラックスした様子で脚を組み、よく通る声でホーティスが言う。

「ここまで見てきたのは、愛するルタの死に続く出来事と、ヴァティスが彼を霊術によって引き戻した後の出来事だった」

　そしてそれぞれに、ルタの眼と『霊術開発記』が関係していた。

「物語の終わりが近づいてきたようだ」

　それだけ言って、ホーティスは金の玉座の肘掛を指でなぞる。

「夫を失い、執念で彼を復活させたヴァティスは、その物語をどこで終わらせたのか」

〈教えてはくれないんですね〉

「当然だ。死人に服なしと言うだろう」

　服じゃなくて口では……？

「豚さん、あちらに行きましょう！」

小走りに駆けだすジェスについていく。

ジェスは大理石の床をカツカツと走り、聖堂の正面奥にある祭壇へ辿り着いた。贅の限りを尽くした祭壇の上には、ヴァティスの像が建っている。左手を胸に当て、右手をまっすぐ上に掲げる、凛とした女王の姿。そのすぐ下に、石の棺が置かれている。

〈ヴァティスの棺だな〉

忘れるはずもない。俺たちはこの蓋から破滅の槍を取り出したのだから。

棺の蓋には、見覚えのある矢印のようなマークが彫られていた。破滅の槍があるという印。

「ヴァティス様の棺があるんですね」

〈死ぬ前に作っておいたんだろう。蓋に破滅の槍を仕込む必要があったはずだからな〉

「ええ……中に何か入っているんでしょうか」

ジェスは言いながら、棺の蓋を横向きに押した。重い石材のはずだが、魔法を使ったのか、ギリギリという音を立てながらずれていく。

「うんしょ」

と可愛らしい声をあげながら、ジェスは蓋をずらしきった。石の板がバランスを崩して大理石の床に落下する。ジェスは深世界だと大胆になる傾向があるようだ。

などと思いながら、ジェスを見る。固まって、絶句していた。

こちらへ来て、ノットが棺を覗き込んだ。ノットも凍り付いたように動かなくなる。

〈どうした〉

前脚を棺の縁にかけて中を覗くと――すぐ目の前に、美しい女性の顔があった。

驚いて首を引っ込めたら、バランスを崩して転倒してしまった。

「どうしたみんな、幽霊でも見たような顔をして」

楽しそうに歩いてくるホーティス。どの口が言ってるんだ？

「ヴァティスの棺を開けたんだから、彼女の存在くらい予想してしかるべきだろう」

「でもここは、ヴァティス様ご本人の心の中では……？」

ジェスがまっとうな疑問を返した。

その通りだ。自分の心の中に自分の死体があったらホラーではないか。

しかしそこで、一つの根本的な疑問が浮かぶ。そもそもヴァティスが死んでいるのなら、ど、うし、い、て俺たちはヴァティスの心の中にいるんだ？

――小さいころに一度だけ、儀式でヴァティス様の遺骸を見たことがあるが……乾くことも朽ちることもなく、恐ろしいほど鮮明に、生前のお姿を留めていたのを憶えている
シュラヴィスの言葉を思い出す。まさかヴァティスは、まだ生きているのか？

チッチッと軽く舌打ちをして、ホーティスが指を振る。

「童貞くんはいいところに目を付けたが、結論が間違っているよ」

勝手に心を読んで否定してきた。

「ジェス、君はヴァティスの没年を知っているかい」

「ヴァティス様は……確か、四三のとき永遠の眠りに就いたとされています。史書の終わりに、そう書かれていました」

「それは誰が書き上げた史書だ」

「ヴァティス様ですが……」

そう言って、ジェスは固まる。おかしいのは明白だ。

「なんで死んだ奴が自分の死を記録できたんだよ」

とノットがツッコんだ。

可能性を考えて、挙げてみる。

〈自分が死んだらその数字が入るようにしていたか、あるいは――〉

「ご自身でご自身の没年を決めた……？」

そう言って、ジェスが胸に手を当てる。

自分で自分の死ぬタイミングを選んだ。あらゆる命を救う救済の盃を創った最強の魔法使いでありながら、死を予期していたとすれば……それは自殺を意味する。

「メステリアにおける王都の強固な守りは、ヴァティスの魔法によって成立している」

　ホーティスが意味もなく歩きながら語った。

「しかし魔法というのは、実行者の心——つまり霊魂がなければ風化していってしまうものだ。ではなぜ王都は今も守られているのか」

　ジェスがごくりと唾を飲む。

「ヴァティス様の霊魂が、まだ王都のどこかに残っているということですか？」

「そうだ。だとすると、霊魂の居場所にはどんな場所がふさわしいかな」

　ホーティスに言われ、ジェスは棺の中を見る。

「ご自身の身体を魔法で保存して、そこに霊魂を封印した……？」

「その通り。ヴァティスの身体は霊魂の依り代として、そしてヴァティスの霊魂は魔法の主体として——それ以外のすべての役割を放棄してはいるが、彼女だったものはまだ、王都を守り続けているのだ。棺の中に隠れて、一〇〇年近く、ひっそりとね」

　突飛な話にも聞こえたが、これで一つ、解決する疑問があった。

〈深世界の王都の崖が霊器になっていたのも、そういうことだったんだな。ヴァティスは自分を死に損ないみたいな形にしてまで、王都を護ろうと決意した——王都を囲む防壁そのものが、ヴァティスの心を象徴するものだったってわけだ〉

　ノットが一人、置いていかれた顔をしてホーティスを見る。

「何を納得してるのか知らねえが、要するに、そのババアは生きるのを自分からやめちまったってことか？　それが分かったとして、こっから出れんのか？」

「ヴァティスの牙城が我々に見せてきた細切れな場面は、いったい何の物語なのか。それさえ理解できれば、物語の終わりを意味する行為が何なのか、自然と分かってくるはずだ」

　ホーティスの言葉を受けて、考える。

〈ルタの亡骸から眼を取り出した場面、『霊術開発記』を図書館にしまった場面、そしてこの、棺に収まっているヴァティスの場面……何か意味がありそうだが、このままだとどうもバラバラだな……〉

　ジェスが棺の中を覗き込む。

「どういうつもりなのか、ヴァティス様が教えてくだされればいいのに……」

　困っていると、ホーティスがこちらへ歩いてくる。

「ヴァティスは、人間としては死んでいるが、その霊魂は、心は、まだ装置として残っているじゃないか。そして君たちは今、まさにその中にいる。ヴァティスの心が君たちにどう作用したか、思い出してみてごらん」

　そこで、不可解だった点を思い出す。

〈脱出の道具として、俺たちはルタの眼や『霊術開発記』を没収されたよな……なんだか都合がよすぎる気がしてたんだ。外から持ち込んだものが、脱出の鍵になっているなんて〉

「そうですね……でも、それらが鍵になっていたのは事実です。どう解釈すれば、その事実を理解できるんでしょう」

一つだけ、説明できる考え方がある。

〈持ち込んだものがたまたま鍵になったと考えるから不可解なんだ。持ち込んだものを、後出しで鍵にされたと考えたらどうだ？〉

「後出し……つまり、ヴァティス様の牙城が、後から鍵を設定したということでしょうか？」

〈そうだ。ルタの眼と『霊術開発記』の共通点は、どちらもルタの身体を使っているということだ。眼球と、血液だな。ヴァティスは、それを回収したかったんじゃないか？〉

ホーティスが頷く。

「ヴァティスの心がルタの身体を欲しがるのは、何もおかしいことではない。自らを封印した後も、夫を求め続けているのだ。ヴァティスの心はまだ、ルタを切望している」

考える。なぜそんなことになっているのか。

〈ヴァティスは若くして、自分で生きるのをやめた……ルタを求めながら……〉

口に出して考えをまとめていると、ジェスが横から言う。

「開発記の最後のページ……他とは違う筆跡で書かれていた、あの言葉」

――お別れだ。やはり私は、ここに来るべきではなかった

「ヴァティスさんの尽力によって深世界の旅から帰還し、霊魂の状態から元に戻ったルタさんが、あの書き置きを残して、またどこかへ行ってしまった……ヴァティス様はそれに絶望して、ここで命を絶たれたのではありませんか？」

〈どこかへ行ってしまったなら、後を追おうとは思わなかったのか〉

俺の指摘に、ジェスは生きているかのようなヴァティスの亡骸へと視線を落とした。

「後を追えるなら、ここにご自身を封印したりはしないはずです」

〈……なるほどな。最初に俺たちが入った寝室は、ルタが死んだ場面だった。次の図書館は、ルタが再び別れを告げた場面だった。そして最後の金の聖堂は、ヴァティスがルタを諦めて命を絶った場面だった……全部、ルタとの別れの場面ともいえる〉

アールの物語を思い出す。ここでも、愛に死ぬのが物語の終わりだというのか。

ジェスは神妙に頷いた。

「暗黒時代のことや、霊術のことや、王都のことなど、色々なお話がありましたが……結局ここで私たちが見てきた物語はどれも、ヴァティス様とルタさんの、愛の物語だったということでしょうか。それならすべて、説明がつきますね」

ホーティスがパチパチと手を叩く。

「いかにも。神の力があろうが、一国を独裁する王であろうが、所詮は人間ということだね」

楽しそうな様子は消え、さすがのホーティスも悲しげな表情をしている。

「……言い訳をするわけじゃないが、兄上だってそうだったんだ」

ぼそりと漏れた呟きに、黙っていたノットが反応する。

「どういうことだ？」

ホーティスは寂しそうに微笑む。

「兄上も、昔はシュラヴィスのように、実直でいい奴だったんだ。本は読まなかったがね」

ヴァティスの顔を見下ろすホーティス。

「だが、あまりにも強大な力と、王子としての責任感が、兄上を変えてしまった。この国の王であるためには、政治の実行者としての頭脳と、支配者としての圧倒的な力が、どちらも必要だった。激務のせいで家族と関わることも減り、兄上は孤立していった……唯一、シュラヴィスを王として教育するための稽古は欠かさなかったようだが」

ホーティスは思考を振り払うかのように首を振った。

「……すまない、話が逸れてしまったね。最後になるが、興味深い事実を教えてあげよう」

そう言って三本の指を立てる。

「このメステリアには三つの至宝があると言われていたね。セレスくんを救った契約の楔、現在シュラヴィスが運んでいる救済の盃、そして私を貫いた破滅の槍。これらがどこに置かれていたか、憶えているかい」

ジェスが顎に手を当てる。

「契約の楔は出会いの滝に、救済の盃は最果て島に、そして破滅の槍はこの金の聖堂に――」

何かに気付いたのか、ジェスはハッと口を開ける。

同時に俺も気付いた。

〈出会いの滝はヴァティスとルタが出会った場所だ。最果て島はヴァティスがルタを復活させに行くための入口。この棺は、ヴァティスがルタを諦めた場所……〉

「全部、ヴァティスさんの、ルタさんへの想いが詰まった場所ですね」

うんうん、と満足げに頷くホーティス。

「ちなみにルタの眼は、ヴァティスとルタが初めて○○した場所にあった」

あの会話聞いてたのか……。

ジェスはそこでようやく○○の意味に気付いたようで、さっと顔を赤くする。まあいいだろう。過ぎたことだ。

〈大切なことは書物に残さず、宝の在処で示したんだな〉

「で、結局」

ノットが口を開いた。

「そのババアの物語ってのは、男を追い続けてきた話だったわけだ。それなら物語の終わりは、追うのを諦めてこの棺に入ることでいいんじゃねえのか」

俺たちは頷いた。

ノットはスタスタと歩いてきて、早速棺に片足を突っ込もうとする。もう行ってしまうのかと思ったが、ノットはふと足を引っ込めてホーティスを見た。

「そういや、あんたはついてくるのか」

ノットの問いに、ホーティスはゆるゆると首を振る。

「名残惜しいが、私の出る幕はここまでのようだ。父上のようにフェイントをかけたりする予定もないよ。ここで、きっぱりお別れだ」

何を考えたのか、ノットは棺に入れようとしていた足を一旦戻す。

「少し気になったんだが」

「何だい」

「あんたは死んだのにここにいる。豚と同じだ。仮定の話だが、あんたが俺たちと一緒に来たら……あんたはメステリアへ帰れんのか？」

んー、と唸ってから、ホーティスは親切に説明してくれる。

「まず言っておくと、童貞くんや兄上と、父上や私とでは、根本的に存在が違う。童貞くんと兄上は言わば死に損ないだ。霊魂が現世の者によって引き留められている。だが父上と私は完全に死んだ。人の霊魂は、その死とともに消え失せてしまう」

「でも、あんたは今、ここにいるだろ」

納得いかない様子のノット。ホーティスは軽く頷く。

「この深世界という場所はね、ご主人、霊魂だって死者だって実体を得るし、焼死した者の願いで炎が水に変わることがあれば、えっちな願望で因果律が変わってしまったりもする不思議の国ではあるんだが、死者を蘇らせることができる便利な場所ではないんだよ」

「……蘇ってねえんだとしたら、あんたは誰だ？」

いい質問だ、と微笑むホーティス。

「ここにいるのは、私の想いの残り香と、君たちの眼差しが交差してできた、いわば虚像だ」

「生憎、俺は学がねえもんで、難しい言い方をされると分からねえんだ」

「じゃあ言い方を変えよう。私は、存在していないことにさえ目をつぶれば生きている者と全く変わらない、いわば死者の概念そのものだ」

禅問答のような言い方をする。

「じゃあなんだ、あんたは俺たちの妄想ってことか？」

「そうは言っていないだろう。強い想いは死してなおその爪痕を残す。この深世界は、願い、祈り、執着、切望、後悔、そういった強い想いがごちゃ混ぜになって現れる世界だ。ご主人たちを助けたかったという私の想いと、助けが必要だという君たちの要求がたまたま嚙み合って、私がここに生まれたんだよ」

一気に言ってから、悲しげに付け加える。

「要するに、私は一緒に帰れない」

「そうかよ」

ノットは少し顎を上げた。

「悪いが、別にあんたが恋しかったわけじゃねえ。ロッシは可愛かったがな」

「悲しいことを言うね」

おどけるホーティスに、ノットは苦笑いした。

「……じゃあな」

「──おっと、待ってくれ。最後に一つだけ」

ホーティスが一歩だけノットの方へ寄る。

「ヴァティスの物語はここで終わる。しかし、君たちの物語はまだ終わりではない。作戦を成功させて、無事お家に帰るまでが物語だ」

遠足みたいな言い方をする。

「ちゃんと、無事に帰るんだよ」

俺たちはしばらく待ったが、ホーティスの最後の言葉は、それだけのようだった。

悔しいが、相手が虚像であれ何であれ、俺は別れを名残惜しく感じた。

〈ここで別れたら、もう会えないんですね〉

するとホーティスは、ゆるゆると首を振る。

「何を言っている童貞くん。私は別に、ここで待っていたわけじゃない。ずっと、君たちと、と、ともにいたんだ。これからだって、それは変わらない」

全く名残惜しい様子を見せずに、笑顔で手を振るホーティス。俺も不思議と、じゃあ行くかという気分になった。

ノットが小さく頷いて、今度は迷わず棺に片足を入れる。その瞬間、ノットの姿は消えた。

俺たちの答えは正解だった。この棺に入ることこそが、物語の終わりだったのだ。

ジェスがホーティスのもとに歩み寄って、その髭面を見上げる。

「あの……ありがとうございました」

「気にすることはない。懐かしいにおいを嗅がせてくれたお礼だ」

そう言って、ホーティスは自分から一歩下がった。ジェスはお辞儀をして、ノットに続く。

棺に近づき、ヴァティスをうっかり踏まないよう、足側に移動する。

ジェスの姿も消えた。最後は俺だ。

「娘を頼んだよ」

二人きりになったところで、後ろから声を掛けられた。初めて父親らしいことを言ったな、と思った。

〈本当に大丈夫ですか……俺なんかで〉

ホーティスが、らしくない爽やかな笑みを浮かべる。

「『俺なんか』なんて言うものじゃない。娘の選んだ男だ。異論はない」

頷いて、棺の中を覗き込む。ジェスが待っている。行かなくては。

最後に振り返る。

〈ありがとうございます。では〉

視線を戻して、棺の底に豚足をつける。世界が音もなくグルグルと回って、俺は感覚のない渦の中へと呑み込まれていく。

俺を追いかけるように、ホーティスの最後の言葉が聞こえてきた。

「もしジェスを幸せにしなかったら、憶えておきなさい。君は一生、大切な瞬間に全裸の中年男が闖入してくる恐怖と戦う羽目になるだろう」

第四章

孤独な花は暗闇で散る

the story of a man turned into a pig.

夕方の空は、色調補正を間違えたかのような、明るい黄緑色だった。

どうやら無事、牙城（ラビラ）を脱出したらしい。俺たち三人は、見覚えのある広場に立っていた。

花（はな）の広場（ひろば）。

王都の中腹から夕日を眺められる西向きの広場で、大理石でできた萎（しお）れない花々に囲まれた場所――のはずだが、ここでは本物の赤いバラがこれでもかというほどに咲き乱れている。

以前ジェスと来たときのことを思い出す。肉の焼けるにおいや食器の当たる音が心地よかったが、今この広場は香水を撒（ま）き散（ち）らしたかような濃い花の芳香に包まれ、耳には吹き抜ける風の音しか聞こえない。相変わらず、他の人間の気配はない、異様な空間だった。

ノットが広場の際まで行き、眼下に広がるメステリア西部を眺める。

「なかなかの景色じゃねえか。王都の奴（やつ）らは、こうやって下々を見下ろしてたわけだな」

〈気に入らないか〉

俺が訊（き）くと、ノットは口だけ笑わせる。

「馬鹿言え。ちょっと羨（うらや）んだだけだ」

そして、柵から離れ、広場の中央に向かって歩き始める。

「で、俺たちは老いぼれ野郎の霊器とやらを探さなきゃいけないわけだ。どこにあるか、見当くらいはついてんだろうな？」

「もちろん！　……ですよね、豚さん？」

〈どうだろうな。この辺りなんだろうが……はっきりと分かる手掛かりはない〉

「えええ……」

目的地の王都まで来たはいいが、肝心の入口が分からない。懐かしい話だ。

今は三日の夕方。あと一晩で約束の「四日の朝」が来てしまう。シュラヴィスたちはそこをめがけて王都を目指しているはずだ。俺たちは、何としてでも、明日の朝が来るまでにマーキスを脱獄させなければならない。

〈まあ確証はないが、想像はできる。マーキスの身体を奪い、王政を乗っ取ったなら、心の在処は王の行動範囲内のはずだ。とすると寝室か、王の執務室か、謁見の場所か〉

「王の謁見の場所なら、先ほどの金の聖堂ですね」

王族の霊を讃え、王家の威信を示す場所だ。もちろん、王の顔を見ることができるのは、王都民を除けば、ノットなどごくわずかの例外だけではあるが。

「あの老人の狙いは王家への復讐だ。単純に考えりゃ、何か王を象徴するもんにご執心なんじゃねえか。例えば金の聖堂にある、あのでっけえ金ぴかの玉座だ」

確かに、執務室や寝室に執着があるとは思えない。
〈こればっかりは探すしかないな。まずは金の聖堂に行ってみよう〉

王都は断崖に囲まれた天空の要塞だ。筍のような形をした急峻な独立峰の斜面を削って街が造られているため、建物は段々に並んでいて、その間を石畳の道が水平方向に巡っている。垂直方向の移動は、大抵が狭く急な階段である。広場や道の分岐点など、街のところどころに写実的な彫像が置かれているのだが、深世界では、それが彫像ではなかった。

写実的どころではない。本物だったのだ――少なくとも、見た目は。

俺たちが最初に目にしたのは、いつかホーティスが謎解きに使った等身大の裸婦像だった。腰布を巻いただけの、豊満な体つきの女性。前回見たときは大理石でできていたのに、ここでは四角い台座の上に本物の人が立っているようにしか見えない。髪や布は、夕方の風に吹かれて微かになびいている。

「どうして……」

ジェスがそう言って、女性に近づいていく。俺たちが近寄っても、女性は瞼一つぴくりとも動かさない。

ノットは少し頬を赤らめて目を逸らしていた。童貞か？　――などと考えていたところ、

「ひゃっ」

とジェスが腕を引っ込めた。どうやら、俺がノットに気を取られている間に、ためらうことなく女性の脚に触れたらしい。ジェスには、気になるものはとにかく自分の感覚で確かめてみるマッドサイエンティストの素質があるようだ。

〈どうした、大丈夫か〉

「ええ、大変冷たかったので、ちょっとびっくりして……」

ジェスは興味津々の様子で、視線の高さにある女性のふくらはぎをぺちぺちと叩いた。深世界では他人の目がないからか、節度よりも好奇心が勝ってしまうらしい。

〈あんまり触らない方がいいんじゃないか。なんだか気味が悪いぞ〉

「いえ、大丈夫ですよ。とても冷たいですが、触り心地は普通の肌です。ほら、豚さんも触ってみますか？」

ジェスの手が、生脚の脛をさすさすと触る。

〈いや、ジェスの脚以外は触らないでいいかな……〉

ジェスはじっとこちらを見てきたが、結局何も言わなかった。

自己紹介が遅れました、見境のある豚さんです。

〈花の広場のバラと同じで、こっちは本物志向らしいな〉

俺は道の反対側にある彫像の方へ歩いた。こちらは素っ裸の男性だ。ジェスはその下半身辺りをしばらくまじまじと見つめてから、頷く。

「花の広場のバラの花は、おそらく本物のバラを石化させたんだと思います。何もないところから精巧な彫刻を創り出すより、ずっと簡単な魔法で済みますから」

そこまでしゃべってから、ジェスの口の動きが止まった。女性の脚を触った手の平を見る。

おそらく俺と同じことを考えているのだろう。

先ほど聞いた、ホーティスの言葉。

——ヴァティスはルタを殺され、誰も信じることができなくなった。犯人と疑われた者たちは一族郎党ことごとく処刑されたはずだ。記録には残っていないが、痕跡は今も確かに残っている。時間があったら探してみるといい。処刑されたらしき魔法使いたちの遺骸は、いまだに王都で晒し者になっているからね

晒し者——ルタを殺した者や、犯行を疑われた者たち、そしてその一族の末路。

まさか、人の暮らす街に死体をそのままぶら下げておくわけにもいかないだろう。ではどうしたか。ぱっと見では清潔で、遺体でも街に馴染んでしまうような方法があったのだ。

バラの彫刻が、石化によって創られたのだとすれば。

人間の彫刻が、どうしてそうではないと言えようか。

王都のいたるところに置かれた等身大の、写実的な彫像は、おそらく——

「なに彫刻ばっかり見てんだお前ら。さっさと先行くぞ」

無関心なノットの発言には救われた。

日はすぐに落ち、金の聖堂に着くころには空もすっかり黒くなっていた。黒いだけで、暗くはない。相変わらず、嫌がらせのような数の星と供給過多な流星が空を埋め尽くしている。

王都にあるほとんどの建物は白い岩から造られているが、金の聖堂の建材は黒々とした岩だ。そこに派手ではないが繊細な金の装飾が施され、誰もが見ただけで特別な建築物であると察する雰囲気を纏っている。

西向きの正面には、ステンドグラスと大きな青銅の扉がある。激怒したマーキスがかつて一瞬にして吹き飛ばしてしまった壁だが、今ここでは傷一つなく泰然と構えている。

ノットが迷わず扉を押し開けた。窓から差し込む青白い星明りによって、薄暗く広大な空間がその全体像を見せている。ヴァティスの心に守られているのか、王都の中はあまり大きく改変されていない。金の聖堂の内部も、俺の記憶にある通りだった。先ほどの牙城の中と違って、歴代の王の棺が壁際に並んでいる。

愛する人はいただろうが、ヴァティスに倣って、みなここでは一人で眠っている。いずれマーキスや、そしてシュラヴィスも、ここに加わるのだろうか。論理的ではないかもしれないが、寂しくないだろうかと心配になってしまう。

幾何学模様の床を歩き、金の玉座に歩み寄る。この世界に貴賤の区別はない。ノットは土のついたブーツで玉座への段差を上がった。

「来い」

言われてすぐ、俺とジェスも追いつく。

誰も座っていない金の玉座の中心、背もたれのちょうど真ん中に、一つだけ、人間の目があった。血走った白目に、眩しいほどの金の瞳。

「見られてるみてえで気味が悪いな……奴の目で間違いねえ」

〈目指すべきは、ここで間違いなかったな。玉座が、闇躍の術師の霊器だったわけだ〉

「……入りますか？」

考える。まだ日が暮れたばかりだ。マーキスを脱獄させるのは明日の朝。少し早い気もする。

〈中がどんな世界になっているのか、俺たちを排除しようとする力がどれだけ強いかは未知数だ。相手が相手なだけに、最悪の想定はしておいた方がいい。長くいれば長くいるほど、俺たちが危険に晒される時間も増える〉

「危険なのは当たり前だろ。最悪なのは、遅れることだ。とっとと入って、あのクソ親父の居場所を見つけ出してから、隠れて頃合いを見計らうのがいいんじゃねえか」

ノットの言うことはもっともだ。結局、俺たちが危険な状態で待つ可能性を取るか、シュラヴィスたちが危険な状態で待つ可能性を取るか、という問題にすぎない。

最凶の魔法使いが待ち構えるあちらより、こちらの方がまだやりようはありそうだ。

〈よし、ノットの方針で行こう〉

俺が言うと、ジェスも頷く。

「そうですね……準備ができたら、入りましょうか」

「何だ、ここまで来て、何の準備がある」

覚悟の準備……？

俺もジェスも、どちらかといえば慎重派だ。ノットのようなある種の蛮勇はもち合わせていない。最凶の王の牙城に踏み込むには、どうしてもためらいの気持ちがあった。しかしよく考えてみれば、今の俺たちがここに留まってできることはほとんどない。向かう先がどんな世界かすらも、分からないのだから。

〈ジェス、行けそうか〉

訊くと、星明りに照らされたきれいな瞳がこちらを向いた。ゆっくりと瞬く。

「ええ、豚さんと一緒なら」

俺はどうしたとは言わずに、ノットが軽く頷く。

「こっちに寄れ。はぐれないように」

ノットがジェスの手首を摑んだ。ジェスが俺の背中に手を置く。

暗い聖堂の中、歴代の王たちの棺に見守られながら、俺たちは単眼の玉座と向き合う。

「行くぞ」

何のためらいもなくノットが背もたれに触り、俺たちは最後の牙城へと吸い込まれた。

灼熱の風と不吉な轟音に包まれる。ジェスが咄嗟に水のベールを展開してくれて、俺はかろうじてローストポークになるのを回避した。

細かく波打つ透明な水のベールの向こう側に、黒煙を上げて燃え上がる炎が見えた。三六〇度、あらゆる方向が燃えている。目を凝らすと、眩しい炎の隙間から、家の壁らしき石材が覗いているのが分かる。足下は石畳。どうやらここは街の中のようだ。

「クソ、退路を探すぞ」

袖で鼻と口を覆いながら、ノットが言った。ジェスが黙って一方向を指差す。炎を映す黒煙に覆われた空も、そちらだけ煙が薄くなっているようだ。チラチラと星空が見える。

ジェスの魔法で上空から新鮮な空気を送り込みつつ、俺たちは炎のない場所を目指して走った。何が燃料になっているのか、炎は石造りの家々に纏わりつくようにして燃え続け、強風に煽られても消えることがなかった。

円形の広場に辿り着いて、立ち止まる。ここなら建物を包む炎からは距離があり、大通りを通して街の外から空気が流れ込んでくる。平らに整えられた石畳の上、どこから飛んできたのか、ところどころで石の破片が燃えている。中央に置かれた彫刻付きの大きな噴水は、大破したまま残り火にチラチラと炙られている。

「街全体が炎上しているようです」

ジェスの視線の先、大通りをずっと行ったところでは、巨大な聖堂らしき建物の残骸が天高く炎を躍らせている。

俺の目の前で、ノットのブーツが燃える小石を踏みつける。ゴリゴリと石畳を擦っても、小石の炎は消える気配を見せなかった。

「油じゃねえな。バップサスで修道院を焼いたのと同じ、魔法の炎だ。人間を骨まで焼き尽くして灰にする」

ジェスが心配そうにノットのブーツを見た。

「安心しろ、これは耐火性だ。だが、焼かれねえように用心しねえとな」

炎に視界を遮られていては、どこを目指せばいいかも分からない。俺たちは大通りを駆け抜けて、いったん街を出た。小高い丘に登り、街の全貌を眺める。

とても大きな街だ。小山ほどの巨大な奇岩を中心として、同心円状の立派な街並みが広がっている。そしてそのすべてが、ことごとく炎に覆われていた。星の煌めく夜空を、街から立ち上る煙と煤が黒く染めようとしている。街は計画的に作られたようで、燃える前は美しい景観だっただろうと容易に想像できるのが悲しかった。

「こんなにでけえ街、あったっけな」

「これほどの街なら……暗黒時代のものかもしれませんね」

ジェスに史書の内容を説明されたときのことを思い出す。メステリアの人口は、王朝設立時には数十万だったが、暗黒時代に「最後の戦い」が起こる前には、一千万はいたという。

そしてその大半が、魔法使い同士の争いによって失われた。

目の前で燃えている街は、もしかすると――

〈これは闇躍(あんやく)の術師の遠い記憶じゃないか。これが奴(やつ)にとって重要な場面だったとしたら、燃やされているのは――〉

「故郷でしょうか」

ジェスが胸にそっと手を当てた。

魔法によってこれだけの街が燃やされたとしたら、どれだけの人が焼け死んだのだろう。

「で、俺たちはどこに向かえばいい」

ノットに急(せ)かされ、考える。

〈霊魂が囚(とら)われてるのは最奥(さいおう)――一番守りが堅いところだ。暗黒時代の都市なら、城みたいなものがあるかもしれない。行政の中心になるところが〉

三人で見渡してみるが、それらしき建築物は見当たらない。地下にあるのだろうか？　魔法使いの建てた城なら、あり得なくはない話だ。

「お城を建てるとすれば、中心にあるあの岩の上は、位置取りとしてよさそうですが……」

ジェスが指差すのは、燃え盛る街の中心に位置する巨大な岩塊。大聖堂のような巨大建造物よりも数倍大きく、中心部にあることからも、何か象徴的な場所であることは想像できる。

「なんだ、変な形の岩だな」

ノットの言う通り、岩塊は上下に分かれていて、積み木を積んだようにアンバランスな印象を受ける。上に建物が建っているわけでもない。なぜあんなものが、街の中心部にあるのか。

よく見てみると、岩の上半分と下半分では色が違った。上は黒っぽい岩だが、下は明るい灰色だ。まるで、巨大な岩塊が降ってきて、小山の上に落ちたかのように……。

〈あの岩の周りには、何か見当たらないか？　建物の残骸とか〉

俺の指摘に、ジェスが目を凝らす。

「そうですね……崩れた塔のようなものがいくつか……」

「ん？　あの辺に、塔のありそうな建物はねえけどな」

ノットの言葉に、俺は頷く。

〈……元々、あの巨大な岩の上にあったとしたらどうだ？〉

「上？　上には何も建ってねえだろ」

〈建ってないんじゃなくて、見えなくなっただけかもしれない。大きな岩に押し潰されて〉

ノットが唇を濡らす。

「城を潰すほどのでっけえ岩を、誰かが落としたってことか？」

ジェスが胸に手を当てながら、ゆっくり頷く。

「ヴァティス様は、島を沈めるほどのお方だったと聞きます……不可能ではないはずです」

「なるほどな。じゃあ話は早い。大通りを抜けて、あの岩を目指そう」

俺たちは丘を駆け下りて燃え盛る街に再び身を投じ、走って奇妙な岩塊を目指した。


結論から言うと、例の岩が俺たちの目指すべきところでほぼ間違いないようだった。

理由は単純。化け物が守っていたからだ。

見ただけで失禁してしまいそうな、恐ろしい姿。業火を纏った、巨大な骸骨だ。一〇メートルはくだらない背丈。柱のように太い骨の一本一本は古木のようにねじれている。よく見ると、それぞれの骨が、融けて固まった人骨の集合体だった。大勢の亡骸が灼熱の中で融け合い、白と赤の混じった灼熱の炎を絶え間なく燃やしている。

奇岩に接近する俺たちを、それは燃え盛る街から不意討ちのようにして襲ってきた。ノットの声に応じて咄嗟に転がり避けると、そう遠くないところに、俺を握り潰すほど大きい骸骨の拳があった。もし直撃を受ければ、一瞬でハンバーグになってしまうだろう。

「豚さん、お怪我は？」

ジェスが駆け寄ってきて、俺の心配をしてくれた。

〈避けた、大丈夫だ〉

骨と炎の化け物は目のない眼窩でこちらを見て、巨軀にしては俊敏な動作で身体を起こす。

「下がってろ」

ノットが言って、双剣を抜きざまに、炎の衝撃波を化け物へと当てた。案の定、ほとんど効いていない。抜いた剣を振り下ろして、反動で身体を化け物の方へ飛ばす。空高く描かれた放物線が向かう先は、化け物の脳点だ。

ガリッ、と嫌な音がして、一抱えもある頭蓋骨の一部をノットの剣先が抉った。ハエを叩き落とすかのように振り上げられた巨大な腕をかろうじて回避し、ノットは化け物の背後に回る。

巨大骸骨はバーナーのような燃焼音を上げながら、ノットの方を振り向いた。化け物が足を上げると、その下から溶岩のように赤熱する石畳が覗く。

〈ジェス、後ろから援護してやろう〉

「ええ、あそこのお宅をお借りします」

どういうことかと思っていると、ジェスは近くで炎を上げている三角屋根の一戸建てに両手を向けた。バキバキッと音がして、家全体がふらふらと浮遊を始める。

お借りするってそういうことか。

ふんっっ、と力みながら、ジェスは腕を化け物に向かって振る。もはや家の形をした砲弾とも言えるものが、豪速で巨大な頭蓋骨の後頭部に衝突した。化け物はバランスを崩して片手をついたが、特にダメージはなかったと見え、素早くこちらを振り向いた。

炎に包まれた頭蓋骨の中で、一対の真っ黒な眼窩がこちらを見据える。突然、思っていたよりもずっと素早い動きで両手を上げると、怯んでいる俺たちに向かってその手を鞭のように振り下ろしてきた。

まずい。

アンクレットから水を放出しながら、ジェスに覆い被さるようにして倒れ込む。一瞬にして視界が焼き尽くされ、続いて全身に恐ろしい痛みを感じる。生皮を剝がれたかのような激痛は、骨にまで侵食してきた。

地獄の苦痛に地面を転がり続ける。何も見えない。目は瞼ごと焦がされたらしい。豚の身体は隈なく丸焼きにされたかのように、ただ俺という主体に痛みを送り続けるだけの存在となっていた。甲高い耳鳴りで音も聞こえない。どうすればいい。ジェスは。無事なのだろうか。

ぼんやりと、視界が戻ってきた。耳鳴りが収まる。ジェスらしき人影が俺のすぐ近くで身体を起こしている。その手が触れた頭から、痛みがすーっと引いていくのが分かった。

すぐに視界が正常になり、ジェスを見る。顔は煤けて、濡れた髪の先は焦げ、手には痛々しい熱傷があったが、イーヴィスのローブのおかげか、身体の大部分は無事のようだった。化け物はノットに気を取られ、俺たちに背を向けている。

〈大丈夫か〉

「ええ、豚さんのおかげで、丸焼きは免れました」

俺は自分の身体に目を向ける。焼けただれて見るも無残な状態になっていた豚革が、時を戻しているかのように回復していくのが見えた。

〈すごい、ジェスが治してくれてるのか〉

ジェスは当然のように微笑むだけだった。化け物を横目に確認しつつ、ジェスに礼を言う。

〈死んだかと思った。ありがとな〉

「そう簡単に、死なせるわけないじゃありませんか」

煤に汚れた顔の中で、ジェスの茶色い瞳はまっすぐにこちらを見て、潤んでいた。

〈悪役みたいな発言だな……〉

などと無駄口を叩いている間に、ノットの双剣が宙に閃くのが見えた。曲芸師のように身体を回転させ、こちらに着地してくる。

「生きてたか」

ノットが言っている間にも、化け物が俺たち三人の方に顔を向ける。

「時間がねえ。いつものやり方で行こう」

ノットの金髪は一部が焼けて縮れ、白いシャツにもところどころ焦げ穴が開いている。赤々と燃える街の中で、その姿はまさしく英雄に見えた。

〈いつものやり方？〉

ノットが答える余裕はなく、俺たちは散り散りになって化け物の一撃を回避した。地面を殴打した巨大な拳の周囲に、白熱した炎が燃え広がる。

俺は先ほど、この炎に焼かれたのだろう。反則級の範囲攻撃だ。

――ノットさん、いつものやり方というのは

ジェスの声が脳内で響く。ジェスは俺のすぐ近くにいたが、ノットは双剣で跳躍し、化け物の向こう側に回り込んでいた。挟み撃ちにされた化け物が、標的を決めかねて少しだけ逡巡の隙を見せる。

――先に行け

それだけが聞こえた後、ノットが化け物の右脚に攻撃を仕掛けるのが見えた。今まさに踏み出されようとしていた巨大な脚は、炎によって加速された双剣のわずかな横槍によってバランスを崩し、対応のためにあらぬ方向へ着地する。ダメージはほぼない。ノットによるこの攻撃は、俺たちが逃げるための隙を作る目的でなされたものに違いなかった。

先に行け――アールの牙城で白い龍に襲われたときも、そしてずっと前、王都に行く途中で大男たちに襲われたときも、ノットはそう言って、すべての危険を引き受けてくれた。そのおかげで俺たちは王都に辿り着けたし、フェリンとの接触を成功させることもできた。

あいつがその役割に徹するつもりなら、俺たちも自分の役割に命を賭けねばならない。

〈行こう〉
と、それだけジェスに言い、ジェスも頷いて、俺たち二人は走り出す。
——死ぬなよ
ジェスを介して伝えると、いつも通りに素っ気ないノットの返事が脳内に響く。
——お前らもな
炎を切り裂く双剣の音は、すでに遠く離れていた。

ビルほどの高さがある岩塊の下半分には螺旋状に上へと登る道が整備されていた。いくつかの頑強な門があったが、すべてが見事なまでに破壊されている。様々な難関を覚悟していたものの、俺たちはただ、急な坂道を駆け上るだけでよかった。

だが、ジェスの足取りはだんだんと重くなってくる。

〈どうした、いったん休むか〉

俺が訊いても、ジェスは首を振って、

「大丈夫です、頑張ります」

と前だけを見ている。眉間に皺を寄せて、ひたすらに歩みを進める。

その様子を見て、俺は違和感を覚えた。ジェスは可憐な少女に見えて、案外脚力があり、徒歩の長旅を続けられる体力もある。顔には疲れの色が見えているわけではない。

おかしいのは、歩き方だ。少しだけガニ股になっていて、坂道を登っているにしては膝の曲げ伸ばしが控えめに見える。

〈待て、止まってくれ〉

俺は先行してジェスの前に立ち塞がり、身体を使って強制的にその歩みを止めた。

ジェスはそれでようやく進むのをやめると——そのままバランスを崩して、石畳の道に膝をついてしまった。

〈おい……大丈夫じゃないだろ、どこか怪我をしてるのか〉

ジェスはきゅっと唇を結ぶと、膝を閉じ、脚をローブの裾で覆う。

「少し……でも、大丈夫です」

見つめ合う。俺には、ジェスの心の声を聞くことはできない。本当に大丈夫なのだろうか。

自分の直感が、大丈夫ではないと言っていた。

〈見せてくれ。このまま歩いていいかどうか、俺が判断する〉

俺が強い口調で言うと、ジェスは頷いて、こちらに脚を向けた。イーヴィスのローブを払いのけてから、ゆっくりと膝を開く。

ひどい熱傷だった。

膝の内側からふとももにかけて、肌が真っ赤に焼けただれている。血に濡れたニーハイソックスが傷口に癒着し、白い生地に鮮やかな赤色が滲んでいた。

絶句する。俺が危うく丸焼きになりかけたときの火傷だろう。閉じきっていなかったローブの前から炎が侵入し、脚が焼けてしまったのだ。こんな傷を負いながら、平気なふりをして、ここまで歩いてきたのか。とてつもない精神力だ。

〈全然大丈夫じゃないじゃないか。早く治療しよう〉

ジェスは痛みからか、ようやく年相応に目を潤ませる。

「でも私……豚さんを癒すことはできても、自分を癒すことはできません」

諦めたような声色に、俺はハッとする。

そうだった。治癒の魔法というのは、原理からすればとても高度な技術。この人を癒したいという強い想いがなければ、魔法使いだとしても実行は難しいのだった。

〈じゃあどうすれば……〉

言いながら、パニックになりそうな頭で考える。応急措置だが、ジェスに包帯を生成してもらうのがいいだろうか。しかしこの傷の深さだったら、包帯が貼り付いて逆効果になってしまうかもしれない。まずは流水で傷を流して、傷口は軟膏で——でも、軟膏の成分って何だ？

どうにかして、この傷を塞げないものか。どうすればジェスを助けられる。

「……豚さん」

息混じりのジェスの声に、俺は顔を上げる。

「あの…………差し出がましいお願いなんですが……」

ジェスは開いていた膝を、さらに大きく、俺に向けて開いた。

「触って、いただけませんか」

聞き間違えたかと思って、固まる。

〈え……？〉

ジェスは頬を染めて、小さく咳払いをする。

「いえ、あの、そういう意味ではなくて、傷を……」

もちろんそういう誤解をしていたわけではないが、俺はこのとき、ようやくジェスの意図に気付いた。

ここは深世界。願望が形になる不思議の国だ。

開かれた脚の間に進む。俺は前脚を上げて、ジェスの膝にそっと触れた。

驚くべきことが起こった。俺の触れた場所から、熱傷が嘘のように消えていく。波紋が広がるようにして、傷口を白く柔らかい皮膚が覆い始める。

反対の脚に触れると、そちらも瞬く間に回復していった。これが願望の力。

〈……魔法みたいだ〉

呟く俺の頭に、ジェスはそっと手をのせてくる。

「魔法ですよ。豚さんが、私のことを大切に思ってくださっている証です」

きれいな茶色い瞳が、まっすぐに俺を見てきた。

「……ありがとうございます」

ジェスは嬉しそうに笑いながら、覆い被さるようにして俺を抱き締めてきた。

美少女の四肢に抱き締められながら、俺は言う。

〈大切に思ってるなんて、そんなの、当たり前じゃないか。心の声、聞こえてるんだろ〉

ジェスが首を振る振動が、ジェスの胴体越しに伝わってきた。

「心の声が聞こえていたって、それが本当かどうかは……分かりませんから」

昨晩は俺の面倒なところを指摘していたが、ジェスも大概、面倒じゃないかと思った。

「さあ、行きましょう」

ジェスが立ち上がる。ソックスに血はついたままだが、もう傷は完全に治り、脚もしっかり動かせるようになったようだ。もう一度お互いの目を見てから、坂道の先に顔を向ける。

〈行こう。早くマーキスを見つけ出すんだ〉

進めるところまで進むと、細かい正方形の石畳で整備された広場に至る。広場には、山ほどに巨大な岩の塊が鎮座していた。それ以外には、粉々になった石材などが散らばっているばかりだ。

「やはり、ここには何か建造物があったようですね」

あったとしても、岩でぺったんこになっているわけだが。

〈壊されていたが、道中の守りは堅かった。城があったんだろう〉

「どこか地下牢など、まだ残っている構造があるんでしょうか」

〈その可能性は十分にありそうだな〉

問題は、地下に構造があったとして、どこからどうやって入るかだ。

俺たちは、城ほどに巨大な岩の周囲を歩いて探索した。ジェスが地面を派手に爆破してはどうかと提案してきたが、一応人様の心の中なので、あまり目立つようなことは避けた方がいいと制止した。

石畳の広場をしばらく行くと、陥没して地面に大きな穴が開いた場所へ突き当たる。

〈これは怪しいな……岩山の上だ、地盤は普通なら陥没したりしないはずだ〉

「下に何か、人為的に掘られた構造があるということでしょうか。中を見てみましょう」

ジェスが光球を出現させて漆黒の穴の中へと飛ばし、その奥を照らした。どうやら、狭い通路のような構造があるらしい。

「行ってみましょう!」

〈どうやって?〉

「任せてください、落ちる速度を緩めるくらいなら私にもできます」

ジェスはしゃがむと、おいで、と俺に向かって腕を広げる。

バブみ。俺は引き寄せられるようにしてジェスに近づいた。

ジェスの両腕が俺を包んだ瞬間、後ろから魔力に押され、俺はジェスもろともに穴の中へ落ちていた。負の加速度が働いているかのように、俺たちは徐々に減速。最終的にはゆっくりと着地した。頬に押し付けられた胸の柔らかさを十分に堪能する余裕があるくらいだった。

「堪能されていたんですね……私が魔法を頑張っている間に……」

ジェスが光球を灯すと、少し不満げな横顔が、暗闇の中で白く照らし出された。

〈すごくよかったぞ〉

地の文を読まれてしまったが、むしろ開き直る。ジェスは恥ずかしそうに目を逸らして、

「……ありがとうございます」

と呟いた。許してくれてしまった。

天井が崩落していて、進める方向は一つしかなかった。陥没していた場所から離れて、岩を掘っただけの狭い地下通路を進む。頼れる光といえば、ジェスが周囲に浮かばせたいくつかの光球だけだった。

しっとりとした静寂に包まれた地下。下り坂になっている一本道を進むと、突然広い空間に出た。広いといっても相対的な話で、天井はジェスが手を伸ばせば届くくらいの高さだ。道幅は三人並んで歩ける程度。道の両脇には狭い部屋が並んでおり、その入口は金メッキされた頑丈そうな格子で塞がれている。

そしてそこには、濃密な腐臭——死のにおいが充満していた。

袖で鼻を塞ぎ、息を殺してジェスが訊いてくる。

「地下牢でしょうか」

手近な檻に近づき、中を覗く。こちらを見つめ返すものに気付いて、咄嗟に身を引いた。

死体だった。ミイラ化し、ところどころから白骨の覗く遺体が、狭い岩窟の床に丸まっている。その手足には、金メッキのはげかけた枷がはまったままだ。

〈みたいだな〉

広くなった道の先は見えない。ジェスは光球をさらに明るくして、ゆっくりと先へ進む。暮らすにはあまりにも小さい独房のすべてに、各々の体勢で息絶えた遺体が収まっている。俺たちの歩みとともに光球が進むと、無数に並ぶ格子がぬらりと金色に光る。

「特殊な魔法で鍛えられた金には、一定の魔法耐性があります。ここは魔法使い用の牢獄かもしれません」

死屍累々に囲まれながら、冷静に分析するジェス。強くなったな、と思う。

先に何かが見えているわけではないが、緊張感のようなものが張り詰めてくる気がした。俺とジェスは顔を見合わせ、頷く。

俺たちは、確実に何かへと近づいている。

鼻を突くような悪臭が漂い、死者の静寂に包まれた地下牢。光さえ呑み込むような暗闇の中を、俺たちは強い意志で進んだ。

何十という檻の前を過ぎ、ようやく突き当たりにも金の格子が見えてくる。こちらは格別に頑丈そうな柵で、牢の内側に向けて鋭い棘が突出している。格子にこびりついた血が、ジェスの発する光を反射して赤黒く輝いた。

あそこに何かある。ジェスもそう直感したのか、自然と揃って足が早まった。

檻の目の前で立ち止まり、おそるおそる中を覗く。格別な独房に入っていたのは、ミイラではなかった。まだ血色の残る長身の男が、力なく床に倒れている。紫色の高貴な服を着てはいるが、その金髪は乱れて顔を覆っている。袖から覗く手首はかなり痩せていた。

「あの……」

ジェスが小さく声を掛けると、男の肩がぴくりと動いた。

ゆっくりと上半身を起こし、落ち窪んだ目でこちらを見てくる。灰色の瞳がぎらりと攻撃的な光をたたえた。

見違えるほどやつれた姿。

しかしそこにいた男は紛れもなく、かつての最強の王、マーキスだった。

切り立った崖には、王家の人間にしか開けられない入口が隠されていました。私たちは王朝

軍の追跡を振り切り、無事王都に入ることができました。予定よりかなり早い王都入りとなりましたが、これは悪いことではありません。

王都の地下は迷宮のように入り組んでいます。坑道よろしく狭い道を、私たちは一列になって歩きました。セレたんは、何を気にしているのか、スカートのお尻を片手でしっかりと押さえていて、隙がありません。私はふくらはぎを見ながらその後ろを歩きます。

セレたんの前を行くのはヌリスちゃんとケントくん、そのさらに向こうにバットくん、ツネたんがいて、王子が先頭で列を率いています。私の後ろで、弩を構えたヨシュくんがしんがりを務めます。狭い通路では大斧が威力を発揮できませんから、王子を除けば、最も戦力になるのはヨシュくんというわけです。

結果的に、ヨシュくんを最後尾にしたのは正解でした。

ヨシュくんの耳が、追跡してくる何人かの足音をいち早く聞き取りました。

「王都民が来ちゃったらしい。セレス、ちょっと後退させることはできる？」

ヨシュくんに言われて、私は素早くアイデアを出します。

〈相手も魔法を使えます。目と足を同時に奪って撹乱しましょう〉

セレたんは真剣に頷いて、素早く床に手をつきました。小さな手の下から、透明な水がこんこんと湧き出てきます。その水からは、ドライアイスを浸したときのような白い煙が発生しています。流れる水は階段の表面をなめらかに覆い、また同時に、濃い霧が通路を満たしていきました。セレたんが目にきゅっと力を入れると、足元の水が連鎖反応的に凍り始めます。霧に注意を奪わせ、足元をおろそかにする作戦です。

走って近づいてきていた足音の一つが遠くで滑り、転倒するのが聞こえました。狭い通路で響いてくる音から、仲間を巻き添えにして落ちていくのが分かりました。

セレたんは、以前はノッくんの治療要員でしたが、首輪が外れてからは、簡単な援護もできるようになりました。こんなにか弱い身体でも、訓練された兵士二人分の戦力です。

ヨシュくんは頷くと、私たちを誘導して階段を少し登り、後方に向けて冷静に一本の矢を放ちました。王子の魔法によって、強力な爆発力を付与された矢です。矢は天井の岩に突き刺さるなり、眩しい閃光を放って炸裂。崩れた岩によって、狭い通路は完全に塞がれました。

「おい！　一本道だぞ！　退路を断ってどうすんだよ！」

前の方から、ツネたんがヨシュくんに抗議する声が聞こえてきました。

「いちいち文句言わないでよ。来たのは王都民だ。罪のある人たちじゃないから、戦いたくなかったんだ」

「いつもみたいに気絶させりゃよかったのに」

「相手は魔法使いかもしれないんだ。もし戦うなら、ちゃんと殺さなきゃいけない」

姉のツネたんは戦闘狂ですが、弟のヨシュくんは理性派です。二人とも王朝には強い恨みを抱いていますが、ヨシュくんは殺す相手をきちんと選んでいます。狙った相手を適切な方法で確実に仕留めるという戦闘スタイルの影響もあるのでしょうか。

ただ、手放しに誉められたものでもありません。自分たちの命が危うい今、敵の倒し方にまでこだわっている余裕はないのです。ここは追手を全員殺して、退路を確保すべきでした。

というのも、一本道の先の開けた地下空間で、武装した王都民たちが待ち構えていたからです。王子は通路で立ち止まり、音を立てないよう私たちに合図しました。

魔法で光を曲げて先を見ていたおかげで、気付かれる前に止まることができたようです。

——どうすればいい
先頭から、王子が緑色の瞳でこちらを見つめてきました。そこには強い不安の色が滲んでいました。最も土地勘のある指揮官でありながら私に相談してくるのですから、よっぽどなのでしょう。彼もまた、戦闘や殺生を極力避けたがるタイプです。

〈塞いだ道を掘りながら戻るか、この空間を突っ切るか、二つに一つでしょうねえ。いずれにせよ、戦闘は避けられません〉

——そうか
冷静に振る舞っていた王子の目の動きが、途端に怪しくなり始めました。ヨシュくんたちが、じっと王子のことを見つめています。王子は決断を下しません。これはいけないと思いました。

〈戦って勝てない相手ではありません。正面突破がいいでしょう。暗い場所です。魔法で敵の注意を逸らしてから、まずはシュラヴィスさんとヨシュくんに出てもらいます。遠距離の攻撃

でできる限りの対処をしてください〉

王子は緊張した面持ちで頷きました。後ろでヨシュくんがＯＫのサインを出します。私の念が共有されているようなので、続きを手短に告げます。

〈近接戦闘への移行が見え始めたら、ツネたんに出てもらいます。シュラヴィスさんは援護をしながら戦ってください。私とセレたんも、この道に隠れながらできる限りの援護をします。攻撃を受けてしまった場合は、ヌリスちゃんが治癒しますので、ここに戻ってきてください〉

――承知した

王子はそう伝えてきながらも、まだ動こうとしません。ヨシュくんとツネたんが、音を立てずに王子の方へ移動していきました。

ここは道の限られた地下であり、敵の根城であり、もはや退路はありません。そのためか、王子はかなり動揺している様子でした。

私にできることはそう多くありません。近づいて、励まします。

〈勝てる戦いです。確実に勝ちましょう〉

王子は頷きながらも、縋るような目でこちらを見てきました。

――もし負けたら……俺はここで、独りで死ぬのか

なんということでしょう。そこにいるのは、最強の血を引く魔法使いではなく、運命に怯える一人の少年でした。

〈何を言っているんですか。負けたら私たちも巻き添えです。しゃんとしてください〉

――そうだな……

開けた空間にいる一人の足音が、こちらへ近づいてきました。もう猶予はありません。地下空間の向こう側にそびえる壁に向かってヨシュくんが炸裂する矢を放ち、戦闘が始まりました。すぐに私たちの居場所が割れて、第二フェーズへと移行します。

敵兵の数は思ったよりも多かったようです。次々と湧き出てくる兵たちを、主戦力となる三人が倒していきます。怒号、閃光、爆発音。岩をくり抜いて造られた地下空間は、あっという間に血腥い戦場となりました。

私たちは狭い通路に身を潜め、戦況を窺うしかありません。

ヨシュくんが、私たちのいる通路まで押し戻されてきました。

「まずいな、数が多い」

ヨシュくんは金色の蛇目で土埃の中を見ながら、弩に矢をつがえました。

混戦の中、ガチン、と大きな音が響きます。

「――っ！」

ヨシュくんが声にならない声をあげました。ツネたんの大斧が、硬い岩の地面に落ちる音でした。土埃が薄くなり、意識を失い王子に支えられる彼女の姿が見えました。

「貴様ら！」

王子の叫び声が聞こえました。戦場が一瞬、静まり返ります。

ツネたんの胸から、大きな赤い花が咲くように血が広がっていくのが見えました。王子は彼女を片腕で抱きながら、目を爛々と輝かせています。

「畏れ多くも、神の血を引く俺に歯向かうか！」

次に起こったのは、本当に一瞬の出来事でした。武器を構えていた敵兵たちの頭が、一気に破裂したのです。暗い空間でしたが、白い岩に大量の鮮血が飛び散るのが見えました。強力なマイクロ波か何かを照射したのでしょうか。見える範囲のすべての兵が、頭部を失い、噴水のように血を噴き上げながらバタバタと倒れていきました。

王子の頭にはすっかり血が上り、こちらも破裂してしまうのではないかという形相です。

魔法使いという存在の恐ろしさを改めて思い知ると同時に、私は、少年に残忍な王の片鱗を見て取りました。

戦闘は、始まったのと同じくらい突然に収まりました。安全確認が先かと思いましたが、ヌリスちゃんが慌てて通路から飛び出し、ツネたんに駆け寄っていきました。

あの出血量であれば治癒が最優先なのは間違いありませんが、あれほど絶え間なくここへつぎ込まれていた兵の供給が途端に止まったところに違和感があります。

〈危険はまだ去っていません。警戒しながら、一緒に様子を見ましょう〉

ヨシュくんに伝えて、二人で通路から出ました。

小さな体育館ほどある地下空間は、凄惨な現場となっていました。今のところ、地面に倒れている敵兵たちは明確に息絶えています。首がなかったり、胴体を真っ二つにされたりして、原形を留めていないのです。

さて、向こう側の壁にいくつか広めの通路が続いており、敵兵はそこからやってきたものと思われます。塞がっているわけでもないのに、なぜ兵は来なくなったのでしょう？

やはり、油断は禁物でした。

視線を上にやった瞬間、そこから一人の残党が落ちてくるのが見えました。向かう先はまっすぐに王子のいる場所です。その素早いこと。落ちているのではなく、狙って跳びかかっているのだと気付きましたが、そのときにはもう手遅れでした。

王子の頭に、ガツンと強い打撃が加えられます。倒れかかるその身体を、落ちてきた男ががっちりと締め上げました。ヌリスちゃんが驚いて転倒します。

白い岩に溶け込む迷彩のマントを羽織っているところから想像するに、ずっと天井にしがみついていたのでしょう。そこから飛び降りてきて体勢を崩すこともなく立っているのは、全く尋常ではありません。黒髪を短く切りそろえた、厳格で誠実そうな顔をした中年の男でした。

その両腕は黒い鱗に覆われています。

隣でヨシュくんが息を呑みました。

龍族です。瞬間的に龍のような身体能力を発揮できる、大変稀な血統。狭義の魔法使いほどではありませんが、このメステリアにはほとんど残っていないと聞いていました。

ツネたんとヨシュくんの他に、龍族（ラチエルテ）を見たのは初めてです。

「親父（おやじ）……？」

魂（たましい）を抜かれたように、ヨシュくんが声を漏らしました。

親父（おやじ）――つまり、この姉弟の父親ということでしょうか？　かつて王朝軍にいたとは聞いていましたが、まさか、こんなところで。

ツネたんと王子を奪（うば）われ、私たちになす術（すべ）はありません。

向かいの通路から兵がなだれ込んでくるなか、龍族（ラチエルテ）の男は金の枷（かせ）で王子の手足を封じ、その身体（からだ）を軽々と担（かつ）ぎ上（あ）げました。地面に倒れているツネたんには目もくれません。本当に父親なのでしょうか。

男は低い声で、周囲の兵に短く指示を出します。

「撤収する。雑魚（ざこ）は放っておけ。我々の標的は王子だけだ」

去っていくとき、龍族（ラチエルテ）の男は、腰から何かを落としていきました。

＊＊＊

「なぜお前らがここにいる」

俺たちに向けられたのは、何ヶ月も水を飲んでいないのでは、とすら思える掠れ声だった。歓迎のお言葉ありがとうございます。

〈まず確認させてください。ここは闇躍の術師に見られていませんね？〉

マーキスは俺のことをしばらく怪訝そうに見ていた。それからゆっくりと床に座り直し、やつれた身体を精一杯尊大に広げて壁に寄り掛かる。ウォール街の敏腕トレーダーのような「できる男」感はすっかり身を潜め、高慢さと威圧感だけがその痩身に残っている。

「お前らは、そんな初歩的なことすら知らずにここまで来たのか」

一応、妖精の沢で確認しようとはしたのだが。非協力的な態度にイラっとさせられながらも、俺は冷静に質問を重ねる。

〈あくまで万全を期すための確認なので、素直に答えてください。僕たちがここへ来たことを奴に知られる可能性はありますか？　知られれば、メステリアにいるシュラヴィスにも危険が及ぶかもしれないんです〉

嘲るように笑ってから、マーキスは質問に答える。

「あの老いぼれがお前らに気付くことはない。ここは奴の心の中だ。お前には、自分の心の中で何が起こっているのかが見えるのか？」

そのことはもう、フェリンから教わっていた。イーヴィスが牙城と呼ぶこの場所を、心の主はメステリアから覗き見ることはできない。

しかし、あのとき訊き損ねたこともある。

〈闇躍の術師は、ここを直接見ることができなくても、あなたと接触することはできるはずでしょう？〉

うんざりした表情になりながらも、マーキスは顎を小さく引いて頷いた。

「しかしそれは、奴が私をあちら側に呼び出したときのみだ。霊魂を現実に召喚するのには、それ相応の願望が必要となる。奴は普段、私の権力と魔力さえあれば満ち足りている。私との交流を望むことはほとんどない」


――パイが焼けると、主人に呼び出されるんです。私は食べられませんのに……


フェリンの言葉を思い出す。俺には、「呼び出される」という表現の意味が分からなかった。メステリアにいる間、自分にはその感覚がなかったからだ。

しかし、マーキスに訊いてはっきりしたことがある。霊魂は普通、心の中から呼び出されて初めてメステリア側に現れ、心の主と交流できるようになるのだ。そして、そこには心の主の願望が必要となる。

〈つまり、あなたは基本的にずっとこの牢獄にいて、闇躍の術師からは見えても聞こえてもいない、ということですね？〉

「左様。あの老いぼれが望んで、私をあちら側へ呼び出さぬ限りな」

なるほど。

欠けていたピースの嵌まる音がした。

俺は霊魂になってからも、ジェスが霊術の行使に成功してから、ずっとメステリアで、ジェスとともにいた。だから、それが当たり前だとすら思っていた。

だが、そうではなかったのだ。

フェリンの話を聞いたときの謎が解けた。

なぜ俺は、ジェスの心に憑りついた霊魂であったにもかかわらず、深世界を――ジェスの牙城の中の景色を見たことがなかったのか。

単純明快な答えだった。

ジェスが俺を、片時も放さず、ずっとそばに置いていたからだ。俺にずっと一緒にいてほしいと、そうジェスが望んでいたからなのだ。

「いえ、私は、その………」

地の文を読んだのかもごもごと呟いてから、ジェスは咳払いをして話を変える。

「マーキス様。私たちは、シュラヴィスさんと示し合わせて、深世界までマーキス様を助けに来ました。明日の朝を目標に、シュラヴィスさんはメステリア側から王都を目指しています」

計画を告げても、マーキスはほぼ無反応だった。ジェスは続ける。

「私たちがマーキス様をこの牙城から脱獄させた後、魔法の弱体化した闇躍の術師さんの隙を突いて、シュラヴィスさんがとどめを刺す算段です」

しばらく無表情で俺たちを観察した後、マーキスはカサカサに乾燥した唇を開く。

「小娘と豚に助けられるようでは、もはや王とは言えんな」

あまりに場違いな発言に腹が立つ。

〈何を言ってるんですか、あなたがここを脱獄しなければ、シュラヴィスは勝てず、メステリアは終わりです。不要なプライドは捨てて、協力してください〉

「そうか」

長い間牢獄で放置されていたせいか、マーキスの返事は老人のように遅い。

「私だけでは、できることはもうないのが現状。王朝を取り戻すためならば協力しよう」

そして自嘲気味に笑う。

「もしこの牢から、出る方法があればな」

そう言われて、ジェスは俺を見る。

「金で守られたこの鉄格子……私に壊せるでしょうか」

〈やってみるしかない〉

ジェスは両手を金属棒の一点に向け、むんっと力んだ。何も起こらない。

「……無駄だ。ここは闇躍の術師の心の中。牢獄が牢獄として使われている限り、その檻を力で壊すことは不可能だろう」

「そんな……」

おろおろと、ジェスがまた俺を見てくる。

「どうしましょう」

〈考えよう、いくつか方法を試す猶予はあるはずだ〉

しかし、考えようにも、背後に横たわるずっしりとした暗闇や、方々から漂ってくる死体の腐臭に、思考がかき乱されてしまう。集中できない。

俺たちは、金属塊をぶつけてみたり、冷やしてみたり、加熱してみたり、思い付く限りの方法を試してみた。しかしダメだった。魔法を使いすぎたのか、ジェスの横顔に汗が垂れてくる。

「一つ方法がある」

座ったままのマーキスが、緩慢な動作で身体をこちらに傾けた。突然すっと腕を上げて、格子から内側に突き出した鋭い棘へと、手のひらを一気に突き刺した。

「──っ！」

隣でジェスが息を呑むのが分かった。俺も咄嗟に目をつぶってしまった。

「愚か者が。見てみろ」

うんざりしたような声に促されて、マーキスの手を見る。その手は確かに棘に貫かれているべきなのに、無傷なまま、棘の脇へと逸れていた。

〈刺さってない……？〉

「私は魔力を封じられているうえに、自ら（みずか）を傷つけることすらできない。しかし、今ここにいるお前らにならば、私を傷つけることもできよう」

檻（おり）の中で、マーキスが片手をこちらに差し出す。肉が落ち、骨ばって、白い肌はカサカサに乾燥していた。目で合図されて、ジェスがおそるおそる格子（こうし）の隙間（すきま）に手を差し入れ、その手に触れる。

互いに触れられることを確認してから、マーキスは無感情に手を引っ込める。

「簡単な話だ。ここで私を殺せ。私が死ねば、闇躍（あんやく）の術師は私の分の魔力を失う。そうすればもはや、あいつはシュラヴィスの敵ではない」

なるほど、と思っていると、ジェスが隣でブンブンと首を振る。

「そんな、できません！　私たちは、マーキス様を助けに来たんです！」

「では助けろ」

灰色の瞳が意地悪く光った。

「助けられるものならな」

なんでいちいち上から目線なんだお前は。

〈あなたの身体（からだ）を分解して、格子（こうし）の隙間（すきま）から部分ごとに取り出すというのはどうでしょう。魔法を使って、こちらで組み立て直します〉

提案してみると、マーキスは薄ら寒い笑みを浮かべる。

「面白い。やれるものならやってみろ」

ジェスを見るが、顔をしかめて首を振られる。ジェスの感情からして、ジェスの魔法ではマーキスの身体に刃を入れることはできないだろう。豚の顎に、マーキスの身体を寸断するほどの力があるだろうか？　ノットではどうする？　豚の顎に、マーキスの身体を寸断するほどの力があるだろうか？　ノットを呼んで、斬ってもらうのはどうか。

……いやしかし、はたしてジェスに、この男の組み立てができるのだろうか？　切断した部位を繋ぐのも、ある種の治療行為だ。治癒は高度な魔法で、魔法の行使者の望みが強くなければできない。下手すると、ここでマーキスを殺してしまうことになる。

「できない提案をするな。大人しく私の命令に従え」

檻の中でも、尊大な態度は変わらない。

〈少し黙っててください。もうちょっと考えます〉

王に向かって失言をしてしまったが、マーキスは不敵な笑みを浮かべるだけだった。

「私にはいくらでも時間がある。待ってやろう」

そう言って、痩せた王は背中を壁へ戻した。

「豚さん、私たちに時間があると言っても、ノットさんは戦っていますし、シュラヴィスさんはどこかで危険に晒されながら待っているはずです。急ぎましょう」

〈そうだな、あいつらの命が懸かってるんだ〉

マーキスの眉がピクリと動く。

「あの愚かな剣士も、こちらに来ているのか」

確かにノットは頭がいい方ではないが、この男に愚かと言われるとカチンとくる。

〈愚かではありませんが、来ていますよ〉

「そうか、なら奴を呼べばいい」

薄々気付いていたが、今のマーキスには心を読む能力が備わっていないらしい。でなければ、俺がノットのことを考えているときに、ノットがいることは察知できたはずだ。

ばーかばーか！　なに偉そうにしてやがんだ、ここじゃ何もできないくせによ！　メステリアに帰ったらお前の奥さんのおぱんつガン見してやるからな！

マーキスは地の文に全く気付いていない。しかし、俺の隣にはジェスがいた。最後の一文がよくなかったようで、ジト目で俺を見下ろしてくる。

〈ノットに来てもらえば選択肢は広がるだろうが、例の化け物を遠ざけてくれてるあいつがこっちにきたらまずいよな。化け物に襲われて肝臓まで焼かれちゃいそうだ〉

気を逸らすように言うと、ジェスは頷いてくる。

「そうですね、お仕置きにしては火力が高すぎます……」

お仕置きするつもりだったのか……。

それはさておき、打つ手がない。時間だけが過ぎていく。目標は明日の朝。日の出までには脱出方法を確立したい。ノットの体力は減っていくだろうし、シュラヴィスも待っているはずだ。どうすればいい。

頭を悩ませている、そのとき。

突然瞳孔から強い光が差し込んできて、反射的に目を閉じ身を伏せる。衣擦れの音で、ジェスも隣でしゃがんだのが分かった。

何が起こった。とにかく状況を把握しようと、薄目を開ける。俺たちは突然、見慣れた場所に移動していた。

金の聖堂だ。

眩しいように感じたが、高い天井からいくつも下がっているシャンデリアに光が灯っているだけで、ステンドグラスの外は夜のようだった。地下牢が暗すぎたので、その差で目が眩んだのだろう。俺は幾何学模様の大理石の床に伏せていた。

豚の視界が、後方に下がるジェスを捉える。慌てて後ずさりし、ジェスと一緒に石棺の陰に隠れた。

そこはちょうど、イーヴィスの棺だった。

陰から顔だけ出して、金の玉座を見る。そこには血色のよいマーキスが座っていた。その足元に、やつれたマーキスが転がっている。

俺は試しに、床にうっすらと積もった土埃を蹄で擦ってみる。床には何の跡も残らない。ジェスが指で床を触っても、同様だった。俺たちは、この世界と干渉していない。

現状を理解した。ここは牙城の中ではない。どうやら俺たちは、マーキスに引きずられ、メステリアに霊魂の状態で召喚されてしまったらしい。

闇躍の術師は、自身の牙城の内部状況を知ることができない。マーキスを呼び出そうとして、俺たちまでこちらに引っ張り出してしまったのだろう。幸運にも、奴がこちらに気付く様子はない。まさか心の中に、外部から侵入されているとは思わないはずだ。

「顔を上げろ若造。いいものを見せてやる」

玉座のマーキスが言った。

いや、これはマーキスではない。マーキスの身体を奪った闇躍の術師――俺たちが倒さなければならない最凶の王だ。

床のマーキスが顔を上げる。それと同時に、俺は闇躍の術師がマーキスに見せようとしているものを目撃した。まさか――

「シュラヴィス！」

狼狽したマーキスの声を、俺は初めて聞いた。

玉座から数段下がった床に、手足に金の枷をつけられたシュラヴィスが横たわっている。大きな傷はないが、顔や手足は細かい傷で汚れていて、その目には諦めの色が見えている。

なぜだ。合図を待たなかったのか——それとも、俺たちが遅すぎたのか。

「悲しいなあ。お前がいくら叫ぼうとも、この小僧には届かない。だがこの小僧の叫びをお前に届けることはできるぞ」

最凶の王が右手を前に出すと、シュラヴィスの身体が激しく痙攣を始める。苦痛に耐えているのか、くぐもった唸り声がその喉から漏れた。

「やめてください！　どうか！　シュラヴィスだけは！　どうか！」

天井から、女性の声が響いた。マーキスと同時に、俺とジェスも顔を上げてそちらを見る。ヴィースだった。手足を縛られ、高い天井からてるてる坊主よろしく一本の紐で吊るされている。横方向のひねりを固定するものはなく、ショーケースの飾り物のようにゆっくりと回転を続けていた。

ニチャア、と音がしそうなほど、術師の口が満足げに笑う。王を足元に、王妃を頭上に、そして王子を前方に置いて、復讐は我にありと言わんばかりだ。

「王家の生き残りはこれで全員か。最後の家族団欒だ、せいぜい楽しむがいい」

闇躍の術師はすくっと玉座から立ち上がり、シュラヴィスのもとまで歩く。悲痛な叫び声をあげるヴィースを一度振り返ってから、その息子の腹を思い切り蹴り飛ばした。

声も出さずに転がるシュラヴィス。霊魂のマーキスはなす術もなく、床に手をついたまま肩で息をしていた。俺がジェスに触れられなかったのと同じように、マーキスも闇躍の術師に触れることができないのだ。

ヴィースがひっきりなしに、掠れた声で懇願している。

ジェスの手が俺の背中に置かれた。ブルブルと震えている。可愛らしい顔はすっかり青ざめ、恐怖と絶望で魂を抜かれたようになっている。

――大丈夫だ。なんとかなる。なんとかする。

心の中でそう伝えておきながら、俺の思考は凍り付いたように動かない。シュラヴィスが捕らえられているのなら、他のみんなはどこに？　マーキスですらなす術がないのに、俺たちにいったい何ができるというのか？

闇躍の術師はシュラヴィスが血を吐くまで父の足で腹を蹴り続け、最後に唾を吐きかけた。シュラヴィスは抵抗する様子もなくぐったりとして、たまにぴくりと震えるばかりだ。

「王家の者に絶望の色を見るのは愉しい。しかし、復讐という悲願を早く成し遂げたいという思いもある。命を狙ってはいたものの、この若造に直接の恨みがあるわけではない」

シュラヴィスの頭を踏みつけ、回転させて顔を上に向ける。

「最後に昔話をしよう。わしがまだ若造だったときのことだ」

静かな聖堂には、喉を絞められているかのようなシュラヴィスの不吉な呼吸音と、ヴィースの口から漏れる悲痛な声だけが響く。霊魂となり果てたマーキスは何もできずに、床から自分自身の姿を睨んでいる。

「わしの故郷は、ポズピムという美しい街だった。石造りの家々がきれいな円をなして並び、その中心にある聖なる岩山の上には、メステリア北部で他に例がないと謳われた、立派な城がそびえ立っていた」

俺たちがさっき通ってきた街を思い出す。消えない魔法の炎によって焼き尽くされた街。巨大な岩を落とされ跡形もなくなった城。

「暗黒時代にありながら、ポズピムは優しく偉大な王に統治され、きわめて平和な都市であった。そう、王は代々強力な魔法を操りながらも、戦を好まず、民を慈しんでくださったのだ。そばに仕えていたわしが言うのだから間違いない」

足で踏みつけている王子の顔に向かって、おとぎ話を読み聞かせるように、いたって穏やかな口調で術師は話す。

「平和を好むが強大な魔力を秘める王。あのお方に護られたポズピムを攻めようとする者など、誰一人としていなかった――ヴァティスという若い女が現れるまではな」

闇躍の術師は、そのヴァティスの子孫の瞳で祭壇を振り返る。ヴァティスが祀られた祭壇。

「無名だったあの女は、どういうわけか力をつけて、台頭してきた。魔法使いがいる限り戦はなくならぬという呪われた思想に憑りつかれ、自分に与しない魔法使いを、服についたダニでも潰すように、片っ端から殺していったのだ」

ゆっくり息を吐いてから、闇躍の術師はシュラヴィスに目を戻す。

「我が主は、ヴァティスの思想に共鳴せず、一方で盾突くこともせず、中立を保とうとした。しかしある夜、山ほどもある岩の塊が天から降ってきて、守護の魔法を突き破り、ポズピムの城を一瞬にして壊滅させた」

闇躍の術師の語気が段々と強くなる。

「街は揉み消せぬ炎に包まれ、ほぼすべての民が焼け死んだ。友の家に呼ばれていたわしは、その一家をなけなしの魔法で庇いながら、命からがらポズピムを脱出した。わしは雑魚ながら、隠遁の魔法だけは主に勝るほどの腕前であった。結果、そのときは、ヴァティスの殲滅の網から逃げおおせた」

俺は話を聞きながら戦慄していた。どう考えても、この男は、この男の主は悪くなかった。中立を守って、平和に暮らそうとしていただけではないか。なぜヴァティスがポズピムの街を壊滅させなければならなかったのか、俺にはちっとも分からなかった。

「ヴァティスは魔法の痕跡を辿って、執拗にわしらを追い続けてきた。自分以外の魔法使いを一人残らず始末する使命に駆られていたのだろう。しかしわしは、友が身代わりになったおかげで、ヴァティスに死んだものと思わせることに成功した。隠遁の魔法の才にも助けられ、ヴァティスが他の魔法使いを始末し、王朝をつくっていく様子をひそかに見ておった。わしは、あの女の追跡を逃れた唯一の魔法使いとなったのだ。そして陰で力を蓄え、不死の道を求めながら、王朝を破壊するのにふさわしい日を待った」

思い返すようにしばらく間を置いてから、またしゃべり始める。

「憐れむべきかな、お前たちがその憂き目に遭ったのは単なる不運だ。わしの代わりに散っていった友の血を引く唯一の男を——わしが誰よりも目をかけて育ててきた男を、ノットとやらが斬り殺しおったことがきっかけなのだからな」

針の森を必死の思いで駆け抜けたことを思い出す。ノットがイェスマ狩りの大男と戦い、俺たち二人を逃がしてくれたことを。ノットは最終的に、その男との戦いに勝利した。

セレスによれば、その大男——イースを惨殺してノットの恨みを買った「八つ裂きのエン」という男こそが、闇社会の元締めだった。

そして、闇躍の術師の愛弟子だった。

秘密のプリンセスの帰還が、王朝崩壊の嚆矢となったのだ。

「わしの憎しみは語るまでもなかろうが、配下の者たちもそれで団結し、加熱していった。この機を逃す手はないと思ったわしは、アロガンという哀れな宝石職人を担いで北部勢力を立ち上げ、王朝との真っ向勝負に出ることにした。その結果が、この現状というわけだ」

踏まれる王子。霊魂となり何もできずに床に転がっている王。天井から吊るされた王妃。

「長い戦いであったが、それも今日で終わりだ。ここにいる王子を殺し、わしがこの身体を葬り去れば、憎きヴァティスの血は途絶え、王朝は終わる。わしの故郷を焼き、優しき主と竹馬の友を殺して築き上げられた偽りの平和は、ここにすべて崩壊するのだ」

闇躍の術師はマーキスの顔で微笑み、シュラヴィスの顔を踏んでいた足をどける。

「……畢竟、わしが恨むのはヴァティス一人であった。末裔の若造を蹴ったところで、心はちっとも満たされなかった」

恐ろしいほどの沈黙ののち、最凶の王は冷ややかに言う。

「わしなりの情けだ。いたぶるのはやめにして、ひと思いに殺してやろう」

天井に響く言葉にならない叫び。愛する息子の死を目前にして、ヴィースが恥も外聞もなく泣き叫んでいた。

一方マーキスはというと、床に四つん這いになって、無様な姿で術師の方へ近づいていた。もう一人のマーキスが、ゴキブリでも見るような目で哀れな父を見下ろす。

「息子の死くらい近くで見届けたいか」

自身の身体に見下ろされながら、霊魂になり果てたかつての最強の王は顔を上げた。聞いたこともないほど弱々しい声が、マーキスの喉を震わせる。

「話は……話は分かった。いかなる……いかなる形であろうと、必ず、必ず償いはする。恨みがないのであれば、せめて、せめて妻と息子だけは——」

「王子にその母よ。直接聞かせてやれぬのが残念だが、父は勝手にしろと嗤っておるぞ」

再現しているつもりなのか、最凶の王はマーキスの姿でふんぞり返り、高笑いする。あまりにも様になっていて、あまりにも本物に見えるのが、恐ろしく悲しかった。

ヴィースやシュラヴィスに、本当の父の姿を見せる術はない。

「最後くらい、痛みのないようにしてやろう」

闇躍の術師はさっと身を翻し、シュラヴィスから少し距離をとって立った。ヴィースの絶叫が響く。動かぬ的に、狙いを定めるように術師の右手が向けられて——

動くしかない、と思った。

〈やめろ！　今殺せば後悔するぞ！〉

俺はイーヴィスの棺の陰から飛び出し、シュラヴィスの方へと一直線に走った。

「豚………？」

最凶の王の恐ろしい目がこちらに向いた。よかった、見えていた。聞こえていた。

俺の周囲が一瞬にして炎に包まれる。足下の大理石が熱で弾け飛び、空気からは灼熱の痛みが伝わってくる。だが俺は——豚の身体は、無傷のままだった。

炎が消え、不可解そうな目が俺を見る。

「焼けていないだと……？　なぜ」

どうやら闇躍の術師は、俺の心を読めないらしい。しばらくは攪乱できそうだ。

途端に、背筋を悪寒が走り抜ける。視界が暗い。見上げると、俺の頭上を金属の塊が覆っていた。コンテナのように巨大で、数百トンはあろうかという塊が、逃げる間もなく落ちてくる。

俺は跡形もなくぺしゃんこになるはずだった。しかし、重低音を轟かせて塊が床にめり込んだ瞬間、俺は床とも金属塊とも干渉せずに、するりとその場から吐き出された。

よろけながらも、すぐに姿勢を立て直す。

〈しばらく無敵なんだ。遊んでもらってもいいか？〉

猪突猛進!!

最凶の王に向かって、俺は一直線に突進した。

網膜を焼き尽くすような閃光と信じられないような爆音が轟いて、周囲に瓦礫が舞う。俺に向けられた攻撃が、聖堂の壁に直撃したのだ。だがこの目には、埃一つ入らない。

〈当たってないぞ〉

足元にまで迫った俺は、術師に尻を向け、くるりと丸まった尻尾をチロチロ振った。

「豚さん、伏せてください！」

土埃の舞う中、ジェスの声が後ろから響いた。

俺の意図を理解してくれたのか、ジェスが無数の光球を術師に向かって放つ。眩い光球は次々に炸裂し、ただでさえ埃が舞う視界を確実に奪った。

俺たちは、心の中の存在が可視化されたに過ぎない。闇躍の術師に物理的な干渉をすることはできないが、向こうからこちらの姿は見えている。それを使った、最大限の撹乱である。

「雑魚が紛れ込んでおったか」

ミサイルでも打ち込んだかのように、ジェスのいた場所が爆発する。一瞬だけ背筋が寒くなるが、俺が大丈夫だったのだから、ジェスも大丈夫なはずだ。

――豚さん、こっちです！

土煙の中、手を振るように白い光が揺れた。駆け寄ると、ジェスの輪郭が見えてくる。

――外に出よう。金の聖堂の中にいるだけでは状況を打開する可能性が低すぎる

あいつはいつ気付くだろうか。俺たちが無敵である理由に。

崩れた壁を乗り越えると、墓石が整然と並ぶ墓地に出た。冷たい月光が墓石の裏に暗い影を落としている。俺たち二人は足並みそろえて墓地へと駆け込んだ。

振り返れば、黒い岩を積んで造られた聖堂の立派な壁には、建物を全壊に至らせかねないほどの大穴が開いている。聖堂内部の光を含んだ土埃の中から、背の高い男のシルエットが歩いてくる。最凶の王。恐れる必要はないと分かっていても、ハツがすくむような気分になる。

「最強の魔力に追われる気分はどうだ。足下が割れ、死の縁に覗かれる気分は」

低い声に脅されながら、次の一手を考える。

豚の口から、できる限りの煽りを投げかけた。

〈あんたの経験談か〉

「左様だ」

煙の中から、最凶の王がぬっと姿を現した。同時に、俺たちの足元で黒いものが蠢く。飛び退きながら目を向けると、芝の中から無数の黒い手が伸びて、俺の豚足やジェスの美脚を摑も

うとしていた。しかしどれも、俺たちの身体をすり抜ける。

「なぜ魔法が効かぬ。お前らは――」

まずい、気付かれる。

そう思った瞬間、ひゅうと低い音が聞こえて、闇躍の術師が足を止めた。月光の中、王の眼前で、一本の矢が青白く光っている。その先端は確実に右の眼球を捉えていたが、あと数センチメートルというところで、完全に動きを止めていた。

素早く、しかし正確に、矢はその向きを反転する。金属の軸が不吉に赤く光った。あっという間もなく、矢は空気を切り裂いて帰路に就く。狙撃地点らしき建物の屋根が爆発し、そのままあっけなく全壊に至った。

希望が見えた。まだ少なくとも、ヨシュが残っている。あれほどの使い手なら、反撃を予測し、矢を放った瞬間に場所を移動しているに違いない。

舌打ちが聞こえた。術師は苛立っている。このままヨシュと共闘して――

予兆もなく、墓場が暗闇に包まれた。

強烈な腐臭が鼻を突く。何が起こったか分からず、何も見えない世界の中で身構える。隣でジェスが光球を浮かべると、目の前に金の格子があった。

なるほど、地下牢に戻されてしまったようだ。マーキスは檻の中に横たわっている。

「え、あれ、どうして……」

ジェスが動揺した声を漏らした。

〈時間の問題だったんだ。おそらく、俺たちがマーキスと同様の存在だとバレてしまった。ヨシュたちとの戦闘に邪魔だったから、ここへ戻されたんじゃないか〉

「………せ」

檻(おり)の中から、小さな掠(かす)れ声が聞こえた。

「……殺せ。早く、私を」

どこからか、不吉な地鳴りが響いてくる。檻(おり)がガタガタと不快な音を立てた。

「私を殺せ。あいつの魔力が元に戻れば、シュラヴィスたちにもまだ戦いようはあるはずだ」

「そんな、いけません！　他に方法が……」

「見ただろう。私を殺すのが遅れれば遅れるほど、シュラヴィスや、ヴィースや、お前らの仲間の命が危険に晒(さら)される」

〈しかし……〉

言葉が見つからない。どうしていいのか分からない。

地面の高さから、冷徹なはずの灰色の瞳が俺を見てくる。

「王は誰よりも賢く、誰よりも強く、そして絶対でなければならない」

〈何を言って――〉

「私は絶対であることができなかった。ゆえに王である資格はない。王でなければ、もはや私は何者でもない。無価値な人間だ。殺せ」

床に伏せたまま、顔だけをこちらに向けて、かつての王が早口に言った。

「でもマーキス様、ここから脱獄すれば、死なずに済みます。私たちと一緒に深世界へ行って、メステリアに――」

「戻れぬのだ」

暗い地下牢に、真っ黒な沈黙が置かれた。

〈……戻れない？〉

マーキスは苦々しい表情で、這いつくばったまま、格子の隙間から俺たちの方に手を伸ばす。格子を抜けた手は……どういうわけか、見えなくなっていた。

檻を境に、マーキスの腕がすっかり消えている。

「ここまで来たのなら、『霊術開発記』を読んだのであろう。深世界は『こうあってほしい』という切実な願望によって創られた世界。誰からも求められぬ者は、端から存在できぬのだ」

頭が真っ白になる。どういうことだ？　マーキスを助けられないということか？

マーキスは自嘲するような笑みを浮かべる。

「私の霊魂は、メステリア最強の力を我が物にしたいというあの老人の願望によって生かされているにすぎぬ。シュラヴィスやヴィースでさえ、私の存在を願ってはいないのだ。したがって、私はこの檻を出れば即座に消滅する。方法はないのだ。何度も言わせるな。殺せ」

誰からも求められない者は存在できない――そんな。

深世界は、願望が実現する世界ではなく、願望によって構成された世界なのだ。この世界において、存在するということはすなわち、誰かが存在を願ってくれているということ。誰の願望にも含まれなければ、存在はあり得ない。

自分が誰からも――妻や子からすらも求められていないという現実をこんな形で突きつけられるほど、残酷なことがあるだろうか？

「殺せ！　何を迷っている！　二の足を踏んで、勝てる戦いを負けにするのか！」

血走った目を見開いて、マーキスが顔を格子に押し付けてきた。その高い鼻先が残酷な現実に削がれて、骸骨のようにぽっかり開いた穴になる。乾いた頬に一筋の涙が落ちる。命令よりも恐ろしい、それは懇願だった。

「でもマーキス様、私たちにはマーキス様のお力が必要です。シュラヴィスさんもそう言っていました。イェスマの首輪だって、マーキス様がいなければ外すことはできません！」

涙をポロポロと垂らしながら、求められぬ男は唇を歪めて声を出す。

「私が必要なのではないのだろう。私の力が必要なのだろう。とうに知っている。私は王として、そういう生き方を選んだのだ。ホーティスは私のせいで死んでしまった。私を愛してくれた者は、もう一人たりとも残っていない」

悲痛な叫びに、俺たちは何もできない。

「イェスマの首輪を外す方法は他にもある。今すぐここで私を殺せ。今すぐ」

不吉な地鳴りがすぐ近くで聞こえた。続いて誰かの駆けてくる音。

刃の形をした炎が地下牢を照らす。ノットだった。焦げ跡だらけ、火傷だらけだったが、少なくとも五体満足のようだ。

俺たちを見つけると、ノットは全速力で走ってくる。

「すまねえ、化け物が急に矛先を変えて——もうすぐここに来ちまう。逃げるぞ」

闇躍の術師が、異物である俺たちの存在に気付き、排除しようとしているのだろう。アールの牙城で起こった現象と同じだ。化け物が迫っている。シュラヴィスたちだけでなく、こちらにも時間がない。すぐにでも決断をしなければならない。

〈ノット……実は……〉

俺たちが対面する檻に気付き、ノットは燃え盛る双剣でその地面を照らす。

「見つけたんだな」

ノットは息を切らしながらも、冷静だった。

マーキスの双眸が、炎を反射してメラメラと光る。

「奇遇だな。最初に会ったとき、檻の中で這いつくばっていたのはお前の方だった」

こんなときに、何の話をしているんだ？

ノットは檻に歩み寄って、マーキスを足元に見下ろした。

「立場が逆になったな。俺の脚から水でも飲むか」

「かような情けは無用だ。イェスマの庇護者に助けは請わぬ」

「なんだてめぇ」

ノットの歯がギリッと鳴った。双剣に宿る炎が大きく燃え上がる。

「憎む男も殺せぬ弱者よ。何もせんなら、尻尾を巻いて帰るがいい——愛するイースとやらのところにな」

マーキスの意図が見えず、困惑する。この切迫した状況で、なぜ無駄口を叩いている。

ノットの顔に刻まれた憎悪の皺を見て、気付く。これは無駄口ではない。ノットを挑発して、自分を殺させようとしているのだ。

〈ノット、落ち着け——〉

「知ってるさ。こいつは本気じゃねぇ」

地鳴りが近づいてくる。巨大な生き物が、この岩山を殴って破壊している音のように聞こえた。時間がない。心底軽蔑した目つきで、炎の剣士はマーキスを見下ろす。

「何が望みだ。包み隠さずに言え」

マーキスの口が処置なしと笑う。

「では言おう。今メステリアで、お前の仲間が闇躍の術師から攻撃を受けている。待っていれば確実に死ぬだろう。闇躍の術師から私の魔力を取り上げる方法はただ一つ。今すぐに、ここで、お前が私を殺すことだ」

「なるほど、本当に殺していいんだな」

ノットはそう言って、膝立ちになってマーキスに顔を近づけた。

「早く斬れ。お前の剣は、私を殺すために燃えているのだろう。バップサスの修道院を燃やし、お前の愛する者を奪ったこの私を」

マーキスの返答を聞き、ジェスがノットの肩に手をかける。

「ノットさん、待ってください――」

ジェスの言葉は、ノットの耳に届いていないようだった。

「最期の言葉を遺して逝け」

〈ノット、やめろ――〉

俺の言葉も届かない。マーキスは笑みを湛えながら言う。

「ではお前の言葉に甘えよう。いいか、私の死に様は一切口外するな。この牙城の崩壊とともに、誇り高く消えたことにしろ」

「それだけか」

マーキスの口が、どこか名残惜しそうに、さらに言葉を紡ぐ。

「私は――最強の王は、お前らのためでもなく、妻のためでもなく、息子のためでもなく、あくまで自分のために、絶対の王として死ぬ。私を愛する者がいなかったように、私を憐れむ者

もあってはならない」

マーキスの声は、微笑む唇とは裏腹に、至って切実だった。

「承知したならば、お前のやるべきことをやれ」

ノットは小さく頷き、冷徹に剣を振りかぶった。

〈待て、ダメだ〉

言葉が俺の口をついて出た。

ノットは知らない。息子を愛する父の叫びを。悪のまま散ろうとする男の涙を。

赤々と燃える炎が、マーキスの目をギラリと光らせる。

〈やめろ！　ノット！　やめろ！！！〉

どんなときも、希望を捨てるべきではない。そう思った。

混乱に乗じ、ヌリスを連れて聖堂へ入ると、シュラヴィスさんの呻き声が聞こえてくる。まだ生きているのだ。シュラヴィスさんを捕らえた男がうっかり落としていった鍵は、金の枷の鍵穴にぴたりと一致した。

シュラヴィスさんを解放した後、ヌリスは黒のリスタを両手で包んで、懸命に祈禱をした。

完全に、とまではいかないが、白い肌に浮いた傷が少しずつ薄くなっていくのが分かる。

意識を取り戻すと、シュラヴィスさんは跳ねるようにして起き上がった。オレを見るなり、急き込んで訊いてくる。

「奴は？」

〈奴は外で応戦しています。突然聖堂を壊して――〉

口に血が残っていたのか、口角からたらりと赤い涎が垂れた。

「シュラヴィス！」

上の方から女性の声が聞こえた。シュラヴィスさんの母だ。シュラヴィスさんが手を向けると、彼女を縛り天井から吊り下げていた縄がはらりとほどけた。

シュラヴィスさんの母はひび割れた床にふわりと軟着陸し、こちらへ歩いてくる。彼女が手を触れると、シュラヴィスさんの残りの傷がたちまち癒えていった。

「あの男は、豚がどうとか言っていました。何か作戦があるのですか？」

考える。この人は聖堂の中にいたのだから、最凶の王は聖堂の中で豚に言及したのだろう。

しかしオレもサノンさんも、聖堂の外で待機していた。つまり。

〈ロリポさんたちが、深世界からの接触に成功したんです。きっと、危機的な状況をなんとかしようと、咄嗟に攪乱してくれたんでしょう〉

「となると、今が攻め時か」

〈こちらの状況を知っているなら、すぐにでも奴を無力化してくれるはずです〉

「そうだな」

シュラヴィスさんはせかせかと歩いて、壁に開いた大穴から聖堂を出た。外は闇夜だ。バットがこちらへ駆けてきて、計画通り、シュラヴィスさんに小包を手渡す。

「奴は下の広場にいるぜ。ついさっきから様子が変だ」

オレとシュラヴィスさんは顔を見合わせた。

「よし」

シュラヴィスさんが小包を開いた。そこには宝石で飾られた盃——救済の盃が入っていた。

聖堂も崩れかけだったが、その外も目を覆いたくなるような惨状だ。立体的に造られていた街はそこらじゅうが破壊され、土砂崩れ跡のようにゴロゴロと岩が転がっている。

バットと一緒に、下の広場までシュラヴィスさんを案内する。

最凶の王が、その中心で胸を押さえて立っていた。確かに様子がおかしい。肩で息をして、立ち尽くしている。深世界からの攻略が完了したに違いない。

シュラヴィスさんが両手を広げると、広場を囲むようにして、赤い炎が勢いよく燃え始めた。その明かりによって、皺だらけになった王の顔が照らされる。

「さっきまでの威勢はどうした、父上」

一定の距離をとったまま冷たく言い放ち、シュラヴィスさんは王に向かって右手を突き出した。首を絞めるように指を曲げ、ゆっくりと手を持ち上げる。それに応じて、弱った王の身体が宙に浮き上がった。手足がだらりと垂れ下がる。

返事はない。

シュラヴィスさんの目は、炎に照らされて暴力的に輝いていた。

「老人よ。こざかしい技で、神の力に抗えると思ったか」

王が右手をシュラヴィスさんに向けようとすると、その手が不自然な方向に折れ曲がった。骨を寸断されたかのように、腕が関節を無視して小さく丸められる。

「もはや貴様に、神の力はないようだな」

「……何をした」

首を絞められた老人の嗄れ声が聞こえてきた。

「説明する義理もなかろう」

低い声で返すシュラヴィスさんに、王はニヤリと不敵な笑みを向けた。

「わしには不死の魔法がある。お前らが何をしようと、また立て直して殺しに行くまでよ」

「甘い」

シュラヴィスさんが左手で盃を掲げる。

「俺が対処の術を持たずに来たと思ったか」

掲げた盃を、シュラヴィスさんは石畳に向かって乱暴に叩きつけた。飛び散る宝石の中から、透き通るような、三角錐の結晶が浮かび上がってくる。

契約の楔。すべての魔法を――必殺の呪いや不死の魔法ですら解除する楔。

王の血走った目玉がぎょろりと剝かれる。

「楔……まだ残っていたのか……！」

王の言葉に反応すらせず、シュラヴィスさんは手をサッと振り下ろす。契約の楔が鋭く飛んで、まっすぐ王の胸へと突き刺さった。

一瞬。

真っ白な光が閃いて、何も見えない瞬間があった。

目を開く。炎に照らされた石畳の上で、王は大の字に横たわっていた。時間を早送りしているかのように、その身体は急速にミイラ化していく。

「終わりだ」

シュラヴィスさんがゆっくりと両手を向ける。たちまち灼熱の白い炎が燃え上がり、最凶の王の身体を焼き尽くしていく。

炎が消えると、そこには灰一つ残らなかった。

地下牢の天井が崩壊するのと、俺たちのいる牙城が崩壊するのとは、面白いほどにぴたりと同時だった。瓦礫に押し潰される覚悟をして目を閉じた後、花のような芳香に気付いて目を開けると、ボロボロのジェスと、もっとボロボロのノットが、聖堂の中に立っている。

深世界の、金の聖堂だ。薄暗い堂内は、傷一つなく完璧な静謐さと代々の王の威厳を保っていた。ぽつんと置かれた金の玉座に、金の瞳の眼はもうついていない。

「あいつらがやってくれたみたいだな」

ノットが疲れ果てた様子で言い、玉座にどさりと腰を下ろす。

「作戦成功だ」

俺とジェスは、無言で顔を見合わせる。玉座がもはや霊器ではないということは、闇躍の術師の死を意味する。世界を跨いだ壮大な挟み撃ち作戦は、これをもって成功に終わった。

だが俺の心は晴れなかった。本当にこれでよかったのかという疑念が渦巻いたままだ。本当に他の方法はなかったのか。マーキスを救い出すことはできなかったのか。

ジェスがふっと微笑みを浮かべる。

「無事、ここまでやり遂げましたね。数々の危険がありましたが、豚さんやノットさんのおかげで、なんとか切り抜けて来られました」

〈そうだな、みんな無事でよかった〉

よいしょ、とジェスが床に腰を下ろす。俺もすぐ隣に行ってお座りした。

ジェスの手が、ゆっくりと俺の頭を撫でてくる。よきかなよきかな。

気が付けば、ノットが俺の方を見ていた。俺と目が合い、ノットは咄嗟に目を逸らして大きなため息をつく。

「もう急ぐ理由はねえ。あとは見送り島に行くだけだろ。少しここでゆっくりさせてくれ」

頷く。同感だった。せっかくだから、ジェスと一緒にひと風呂浴びたいところだ。

「お風呂は帰ってからにしましょうね……」

そう言って俺を撫で続けるジェスから、ノットはわざとらしく目を背けた。

外はまだ暗いのだろう。高い位置に設けられた窓から覗く高密度の星々が、聖堂の広い空間に冷たい光を注ぎ込んでいる。西向きのステンドグラスは暗闇の中で黒っぽく沈んでいる。

俺はマーキスのことを考えずにはいられなかった。気が短く、力に溺れ、息子の首さえ絞めてしまう最悪の人間だと思っていた。いや、最悪の人間であることに変わりはないのだ。

しかし、だからといって、シュラヴィスの命を救うように懇願したあの必死な姿が嘘だったことにはならない。あれはマーキスの、誰からも愛されなかった王の見せた、最後の良心であり、紛れもない愛だった。

「シュラヴィスさんに、伝えていいのでしょうか」

ジェスが言ってきたので、俺は首を傾げる。

〈何をだ〉

「マーキス様の、最期です。マーキス様は、あくまでシュラヴィスさんたちを救うために、自らの命を差し出されました。しかし死の間際に、死に様は一切口外するなとおっしゃいました。牙城とともに誇り高く消えたことにしろ、と」

〈本人が望んでいたなら、伝えるべきではないだろ〉

「でも……」

ジェスの目には涙が浮かんでいた。

「このままでは、シュラヴィスさんはマーキス様の愛を知らないままになってしまいます。きっと、一生マーキス様を軽蔑したまま生きていくことになります。これではマーキス様が報われません！」

〈確かに、真実を伝えるべきだという考え方もあるな〉

たった一つの真実はいつだって正しい。だが、真実の扱い方となれば、話はもっとややこしくなってくる。本当の真実が常に人を救うとは、限らないのだから。

ノットが組んでいた足をほどき、こちらに身体を傾けた。

「マーキスっていう人間はもういねえんだ。奴が報われるか報われねえかを、なぜ俺たちが考える？　最期の言葉を守ってやるのが弔いなんじゃねえのか」

――私は、最強の王は、お前らのためでもなく、妻のためでもなく、息子のためでもなく、あ

くまで自分のために、絶対の王として死ぬ。私を愛する者がいなかったように、私を憐れむ者もあってはならない

マーキスの宣言を思い出す。なぜこんなことを言ったのか。それはマーキスが、俺たちのために、妻のために、そして息子のために命を捧げたことを、絶対に認めたくなかったからではないのか。

どうせ死ぬのなら、中途半端に優しさを見せて、それを妻や息子に知られたくはなかったのではないか。それこそが、マーキスの愛情の形なのではないか。

〈……ノットの言う通りだ。もし本当に知るべきときが来たと思ったら、シュラヴィスに教えてやればいい。とりあえずは、マーキスの望みを叶えてやろう〉

少し迷ってから、ジェスは頷く。

「そうですね」

聖堂の中に、静寂が戻った。ジェスの手がひっきりなしに俺の背中を撫でてくる。ノットが玉座で肘をつき、ウトウトしている。このままジェスのそばで眠りに就けたら――

ぎいい。

音がして、俺たちは文字通り跳び上がる。

ノットは素早く立ち上がって双剣の片割れを抜いていた。俺とジェスも音のした方を向く。

聖堂の正面の大きな扉が、少しだけ開かれていた。

暗い西の空を埋め尽くす眩(まぶ)しいほどの星々を背負って、一人の少女のシルエットが浮かび上がる。目が慣れず、誰かは分からない。長い髪。豊満な胸。昨日、霧に包まれた墓地で俺たちを導いてくれた姿と同じように見えた。

少女の影は、さっと身を翻(ひるがえ)して、扉の向こうへ消えてしまった。

「おい！　待て！」

ノットが鋭く叫び、間髪(かんぱつ)を入れずに後を追う。俺たちも急いで続いた。

聖堂の外に出て、景色がおかしいことに気付く。

――空が割れている。

星々は相変わらずぎっしりと身を寄せ合っているが、その星空は海上を漂う流氷のように割れ、間から真っ黒な――普通の星空が覗(のぞ)いているのだ。

少女の後ろ姿を追い、ノットは俺たちのことなど一切(いっさい)振り返らずに走っていく。はぐれないよう、ノットの後についていく。

王都の彫刻は、相変わらず生身の人間のように見えたが、ところどころがじわじわと白い大理石に戻っていた。まるで、深世界(しんせかい)が、現実と溶けあおうとしているかのようにも見える。

脇目も振らずに走るノットに続き、坂を上って、王都の東側に出る。

東の空を見ると、地平線が水色に輝いていた。色はおかしいが、朝の光だ。この明るさなら、あと一時間もしないうちに日の出だろう。

「豚さん、空が……」

走りながら、ジェスが上を見た。

〈どうした〉

言いながら空に目を向けて、ハッとする。東の高い空は、まだ深世界特有の高密度な星空のままだ。しかし頭上を経て、西に行くにつれ、流氷が割れて融けつつあるかのごとく、濃い星空はひび割れ、多角形に分割され、散らばっていく。西の果てでは、もう完全に普通の夜空と言える。

「星空が……融けています」

天頂付近では、現在進行形で星空が割れ、夜空に融け出していく。割れる音こそしないが、俺たちの向かう東の空にも、ぴきぴきと亀裂が入っていく。

〈何が起こってるんだ〉

「さあ……あっ」

ジェスが東の空を指差す。水色に輝き始めた地平線で、ひびの隙間から真っ赤な光が漏れてくる。常識的な色の朝焼けだ。純粋な願いの世界が均衡を失っていく。プラネタリウムが壊され、外の青空が見えてしまったような気分になった。

〈深世界が……明らかに様子がおかしいな〉

東に向いた広場で、ノットはあちこちに視線を飛ばしながら小走りに駆け回っていた。

「ノットさん！　どうしましたか！」

ジェスが叫ぶと、ようやくノットは足を止めた。

「見失っちまった」

ノットのこめかみには汗が浮かび、頰は紅潮して、必死の様子だった。なぜそこまで、あの誰かも分からない少女に固執するのか。

「あっ、あちらの扉！　開いています！」

ジェスの言葉で、俺とノットは広場の端にある石造りの倉庫に目を向けた。頑丈そうな金属の扉が、大きく開け放たれている。まるで、「ここです」と言わんばかりに。

ノットが何も言わずに駆け出し、倉庫の中を覗く。

「おい！」

中に向かって叫ぶも、返事はない様子だ。

俺とジェスも、ノットの後に続いて倉庫を覗き込む。

「これは……何でしょう？」

奇妙な物体。一見すると龍のようだ。それぞれ一〇メートルはあろうかというコウモリのような黒い翼が、左右に広がっている。中央となるその付け根からは、流線形の丸木舟のようなものがぶら下がっていた。

〈なんだかあの少女は、ここまで俺たちを案内してくれたみたいじゃないか？　ケシの咲く墓場でもそうだっただろ〉

　ノットは心ここにあらずという感じで、今度は扉の外をチラチラと見やっている。

　顎に手を当て、ジェスが考える。

「これ、空を飛べるように見えませんか？　少なくとも、私の魔法を上手く使えば、この高さからなら滑空ができるはずです。東の海に浮かぶ見送り島へと向かうなら、もってこいの乗り物かもしれません」

　なるほど。

〈針の森はもう通りたくないしな。空路で行けるなら、それに越したことはない〉

　ノットを見る。

〈どうだ、異論がないならこれに乗ってみないか〉

　しばらくしてから、ノットはこちらを振り返る。

「いや、お前らは先に行ってくれ。俺はもう少しここに残る」

　予想もしていなかった返答に、一瞬呼吸を忘れる。ジェスもぽかんとしていた。

〈なして？？？〉

　俺の問いに、ノットは答えなかった。

　巨乳か……？　巨乳を追いかけたいのか？

「ノットさん、空を見てください」

歩み寄り、ジェスが優しく声をかけた。ジェスは倉庫を出ると、東の空を指差した。

美しい水色の朝焼けと、ひび割れの隙間から差す赤色の暁光が、まだらになって毒々しいほどの鮮やかさを見せている。世界の終わりという言葉がこれほど似合う風景を見たことがない。

「明らかに、この世界の様子はおかしいです。私たちが金の聖堂を出てからも、この変化はどんどん進行しています。残るのは危険ですよ」

正面きって向かい合い、両肩にジェスの両手が置かれて、初めてノットはジェスのことを直視した。

「………」

〈無事お家に帰るまでが物語だ、そうホーティスも言ってただろ。気を抜くな〉

しばらく迷ってから、ノットはようやく頷いた。

龍の翼を備えた船は、生き物のようにゆったりと羽ばたき、心地よい速度で空を滑った。

黒々とした不吉な針の森が、ゆったりと広がる丘陵地帯が、眼下を後ろへ流れていく。龍の船はやがて砦の整備されたニアベルの上空を通り過ぎて、メステリアの東の海に出た。少しずつ降下しながら滑空して、思い出したように翼を羽ばたかせては落ちた分だけ上昇する。最初からこれがあれば苦労もなかっただろうにと思えるほど、快適な旅だった。

しかし、と思う。苦労がなければ、イーヴィスやホーティスに会うこともなかっただろう。ヴァティスの物語を俺たちが知ることもなかっただろう。

そして、彼らを通じて王家の事情を知らなければ、マーキスの孤独な最期にこれほど心を痛めることもなかったかもしれない。

日が昇り、空が明るくなってくる。水色に輝く空を赤いひび割れが縦横に走り、細かく波立つ紺色の海面はそれを映して幻想的な縞模様をつくる。

やがて、水平線に一つの火山島が頭を出した。シルエットには見覚えがある。

「豚さん、もうすぐですね！」

ウキウキと言うジェスに、俺は頷く。

〈ああ。もうすぐ帰れるな〉

メステリアへ「帰る」というのは、自分で口にしておきながら奇妙な表現に思えた。あの国は、俺の故郷ではないし、家でもない。しかし「帰る」という表現がやたらとしっくりくる。違う世界に来たことで、あちらが懐かしくなったからだろうか？

そして、ジェスと一緒にそこへ向かっているという事実が、無性に嬉しかった。

ノットは無言のまま、無表情のまま、近づいてくる島をぼうっと見つめている。何を考えているのかは分からない。大きなおっぱいのことを考えているのかもしれない。

船は羽ばたきの頻度を下げ、島に向かってゆっくりと降下していく。見送り島。俺たちが闇躍の術師を討ち取りに行こうとして、失敗した場所だ。ノットが呪いに倒れ、セレスがそれをキスによって肩代わりした場所でもある。

あの失策から始まった混乱の物語は、ホーティス、そしてマーキスという兄弟の犠牲を経て、ようやく幕を閉じた。

物語は終わりに向かっている。あとはもう、帰るだけだ。

第五章

お家に帰るまでが物語

the story of a man turned into a pig.

深世界の見送り島には、木の一本はおろか、草の一つも生えていなかった。見渡す限り一面が、黒々とした火山岩や赤黒い軽石に覆われている。命のない島だ。

龍翼船で上空まで接近してから、俺たちは重大な疑問が残っていることに気付いた。

いったいどうやって帰るのだろうか？

一日あれば歩いても一周できそうなくらいの、あまり大きな島ではないが、隅々まで探そうと思ったら何十年かかるか分からない。出口はこちらと書かれた案内板があるわけでもない。いつの間にか雲が出て、まだら模様の奇妙な空は覆い隠されてしまった。暗い灰色の雲が、今にも雨を降らしそうな密度で低空を漂っている。

船に乗ったまま当てもなく島をぐるぐると何周かした後、俺たちは結局荒野に降り立ち、地面から探索することにした。

〈ヴァティスは、見送り島が出口、としか書いてなかったんだよな？〉

確認すると、ジェスは神妙に頷く。

「ええ……てっきり、ここへ来れば出る方法もおのずと分かるものだと思っていました」

〈岩だらけなのが幸いしたな。何かおかしなものがあれば、すぐに目につくはずだ〉

「そうですね、頑張って探しましょう！」

ジェスは胸の前で両手の拳を握り、小さなガッツポーズをした。

一方ノットは心ここにあらずといった感じで、なんとなく軽石を蹴飛ばしながら俺たちの後ろを歩いている。これまで散々先陣を切り、危険を冒してくれた恩がある以上、サボってんじゃねえお前も探せやと強気に言うことはできなかった。

代わりにというわけではないが、俺はノットに声を掛ける。

〈大丈夫か〉

「何がだ」

〈いや、調子が悪そうだから……もしかすると、マーキスのことを気にしてるのか〉

俺たちに思い切りがなかったばかりに、ノットに介錯をさせてしまった負い目はあった。

「馬鹿言え。俺が今までいくつの首を落としてきたと思ってる。あの男を斬ったくらいで心を病んだりはしねえよ」

〈だったら何が――〉

と言いかけたところで、ジェスが俺の方を振り向いてくる。

「豚さん」

呼ばれて、俺はジェスの隣に戻った。歩き続けながら、ジェスは柔らかく微笑む。

「ノットさんも疲れているんでしょう。しばらく私たちで、出口を探しましょう」

ジェスの表情を見て、俺は何となく察する。魔法使いは心を読むことができる。ジェスはおそらく、ノットの心に何が閊えているのか知っているのだ。そのうえで、ノットに構わないよう忠告してくれている。

ここはジェスの言う通り、ノットには構わないでおこう。

地の文を読んだのか、ジェスは小さく頷いて、ウインクしてきた。

――後でちゃんとお話しします

念で伝えてきたジェスに、俺は頷き返した。

あてもなく、黒い荒野をさまよう。龍翼船ははるか後方に置き去りにしてきた。不穏な島だ。日が暮れるまでに出口を見つけたいと思った。

ふと思いついたように、ジェスが言う。

「あの……豚さんは、メステリアに帰ったら何がしたいですか？」

〈お風呂〉

即答してしまった。

するとジェスは悪戯っぽく微笑む。

「私の裸をご覧になりたいんですか？」

見たい。

〈いや、せっかく実体が取り戻せるなら、ブラッシングをしてほしいんだ〉

「心の声が聞こえていますが……」

勝手に地の文を読んで、ジェスはクスクスと笑った。

「いいですよ、一緒にお風呂に入って、そこでブラッシングをして差し上げます」

〈助かる〉

「でも、それでは少し不公平です。互いに触れるようになるんですから、豚さんも私をきれいにしてくださいね」

豚の手足でどうしろというのか、という問いは、遂になされることはなかった。

突然の地鳴り——というより、地震と表現した方がいいような大きな揺れが、俺たちの足元を襲う。手近に掴まる場所はなく、俺たちはしゃがんで互いに身を寄せた。

地底から低く轟くゴロゴロという不吉な音。ジェスの視線は、島の北側にある火山へと向けられている。火山島で地鳴りがしたら、まず疑わなければならないのが——

噴火だ。最悪の予想は的中。ミニチュアの富士山のような形をした黒い火山が、頂上付近で爆発して、どこにそんな煙をしまっていたのかという量の膨大な噴煙を巻き上げた。巨大な濃い灰色の煙が、拳を突き上げるように上昇する。

〈逃げろ！　海岸へ行くんだ！〉

全員で、一目散に走り出す。噴火に伴う火山ガスと固形物の混じった火砕流は、数百℃という高熱で周囲を焼き尽くしながら、ときに時速一〇〇キロメートルを超えるスピードで斜面を下ってくる。

不吉な音に振り返ると、恐れていた火砕流が山を滑り降りてくるのが見えた。しかし運よく、その方向は俺たちから少し逸れている。いや——

「あっ……」

息を切らしながら、ジェスが声を漏らした。

そう、俺たちの乗ってきた龍翼船が、まさに火砕流の進行方向に置かれていたのだ。風向きが変わることを祈るもむなしく、灰色の奔流が一帯を呑み込んでしまった。

絶望的な気分でレバーが冷える。移動手段を失った。木の一本も生えていないこの離島から、いったいどうやって脱出しろというのか。

生存最優先で、とにかく火山から離れて海岸へ向かう。チラチラと振り返れば、赤く輝く溶岩が、山の斜面をねっとりと覆い被さるようにして火口から溢れ出ているのが見えた。尋常ではない量だ。あれではそのうち、この一帯が溶岩で埋め尽くされてしまうだろう。

気が付けば、周囲は夜のように暗くなっている。噴煙が広がり、空をすっかり隠しているのだ。パラパラと火山灰が降ってくる。

——豚さん、これを！

ジェスが布を創り出して、マスクのように俺の鼻を覆ってくれた。ジェスとノットは袖で鼻冬の寒さはどこかに消え、空気が熱を帯びてくる。溶岩は火口を出発点として、のんびりと、しかし着実に島を侵食している。

気を抜いていた。あとは出口を探すだけだと油断していた。

ただでさえ暗い視界を降り注ぐ火山灰に奪われ、周囲が見えなくなる。走っていると灰が目に入ってくるので、薄目を開けるのがやっと。溶岩の方から熱風が吹き付けてきて、尻を焼かれるようだ。俺たちは完全に逃げ遅れている。

俺たちの周りに時折涼しい風が吹くのは、ジェスが魔法で空気を創り出してくれているからだろう。さもなくば、俺たちは肺を焼かれて息ができなくなっていたかもしれない。

こんなところで死ぬわけにはいかない。細かい軽石に足を奪われながら、俺たちは海岸があるはずの方向へひた走った。視界はどんどん悪くなっており、ジェスやノットの存在も、うっすらと見える影によって認識するのがやっとなほどだ。はぐれないよう、俺はジェスのすぐ隣から離れずに走った。ノットは少し先を走っている。

「そっちじゃありませんよ」

ジェスの落ち着いた声がノットに呼びかけ、その手を引いて少し左に軌道修正する——と、ここまで考えてからおかしな点に気付く。

ジェスは俺の隣にいる。では、前を走るノットの手を引いているのは誰だ？

「――ース、どうして――」

ノットの声は、背後の火山の爆発音によって掻き消されてしまった。

手を引かれるノットに後れを取らないよう、俺とジェスは走ることだけ考えてその背中を追う。風上へ向かっているらしい。向かい風に体力を奪われるが、視界は確実に開けてくる。

しばらく行くと、冷たく新鮮な風が前方から吹きつけてくる。依然空は暗いが、降灰がなくなり、目がしっかりと開くようになった。夜のように黒い空と熱線を発する赤い溶岩で、一帯は地獄のような光景だ。

まず真っ先にジェスを見る。全身灰だらけだが、元気そうだ。ジェスも俺を見てホッとした様子だった。おそらく俺も灰だらけだろう。

ノットは謎の少女に手を引かれて斜面を登っている。周囲から一段高く突出した大きな岩だ。俺とジェスも、後に続いて岩を登り切る。反対側は崖になっていて、向こうは激しく波打つ海だった。崖の手前、灰だらけのノットが立ち止まり、一人の少女と向かい合っている。

不思議なことに、少女は一切灰を被っていない。全身白いワンピースを着て、ノットをじっと見つめている。少女の身長はジェスと同じくらいで、至近距離だから、ノットを見上げる形となっている。その横顔は、うっかりすれば見間違えてしまうほどジェスに似ていた。明らかに違う点は、下ろした髪と、そして何より、服の上からでも分かるほど豊満な胸。

俺はそれが誰なのか、すぐさま直感した。

そして知った。ノットがずっと何を追いかけてきたのかを。

自分のやりたいことをやって生きてきたノットが、なぜ俺たちに力を貸したのかを。

なぜ危険な深世界の旅路を共にしてくれたのかを。


——深世界じゃ死人が化けて出るかもしれねえと、そう王子様が言ってたな。お前は、そんなことが本当に起こると思うか？


ノットはずっと、脇目も振らずに追いかけてきたのだ。

五年前に亡くした想い人、そしてジェスの姉——イースを。

「こんなに、大きくなってしまわれたんですね。昔は私が見下ろす方でしたのに」

少女の言葉に、ノットは黙ってポロポロと涙をこぼす。

岩の上はそこまで広くないが、溶岩が迫ってきているため、もうここ以外に逃げ場もない。

俺とジェスは、見つめ合う二人を、少し距離を置いて眺めるしかなかった。

「イース……」

呟くノットの頬に、全く灰に汚れていない、白い手が添えられる。驚いた様子で、ノットはその上に自分の手の平を重ねた。

時の進みが遅くなる。絶え間なく轟いていた地響きが、すっと遠くなるような感覚に陥る。

逃げ場のない火山島の端で、海に突き出た岩の上は、まるで別世界のように切り取られた。

「……やっと……やっと………」

絞り出すようなノットの声。

力強く、むしろ乱暴なくらいに、ノットはイースを抱き締める。その凜々しい肩が揺れ、聞いたこともないような激しい嗚咽が聞こえてきた。

もはや、俺たちのことなど眼中にないようだ。

イースもノットの背中に腕を回し、その胸が柔らかく形を変えながらノットの腹に押し付けられる。ああ、と思った。セレスとの記憶が蘇る。

――ノットはおっぱいの大きな女性が好きなんじゃなくて、大きなおっぱいが好きなだけだと思うぞ

――どうして、そう思われるんです？

――だって、イースのおっぱいは、そんなに大きくなかったんじゃないか

――えっと……どうしてそう言えるんでしょう……

――簡単だ。マーサやノットが、ジェスとイースがよく似ていると言っていたからだ

あれは間違いだった。五年前、ノットは一三歳。彼の性癖を決定的に、そして不可逆的に

歪めた女性がいたのだ。

そして思い出す。深世界に来たばかりのとき、ジェスが一瞬だけ巨乳になってしまったことを。何かのサービスシーンかと思っていたが、違うのだ。

深世界は「こうあってほしい」という望みによってつくられる世界。誰かが強く望まなければ、ジェスの胸が大きくなることはない。

——……俺は別に、ジェスにもでけえ乳にも興味はねえ

あれは本当だったのだ。

ノットはジェスに巨乳になってほしかったのではない。

イースとの再会を望むあまり、ジ、エ、ス、に、そ、の、姿、が、投、影、さ、れ、て、し、ま、っ、た、の、だ。

いけない、胸の大きさの話をしすぎた、と思ってジェスを見るが、ジェスはノットの方を見たまま目を潤ませていた。その右手の拳はぎゅっと握られ、控えめな胸に当てられている。

心を読むことができるのだから、当然、ジェスは知っていたのだ——ノットがどんな思いで俺たちとともに旅をしてきたのかを。

イースの手が、そっとノットの頭を撫でる。

「ずっと私のことを想っていてくれたこと、知っていましたよ」

ノットの嗚咽は止まない。イースの細い肩に身を預けて、男泣きしている。

「会えてよかった——でも」

イースは微笑んだまま、ノットの肩を押して少し距離をとった。

「あなたたちは、こんなところにいていい人ではないはずです」

そう言ってから、イースはこちらを向いた。空から漏れる灰色の光と溶岩の発する赤い光の中でも、その茶色の瞳はジェスと同じくきれいに輝いていた。五年の歳月からはぐれてしまったその姿は、妹のジェスと双子の姉妹のようにも見える。

「ジェス、豚さん、ノットさんを頼みます」

あまりの重い空気に、俺からも、ジェスからも、言葉は出なかった。

ノットは、俺たちのことなんか見えていないみたいに、イースの肩をがっしりと摑む。

「何言ってんだ。俺は帰らねえ。ずっと一緒にいよう」

イースはノットに向き直ると、ゆるゆると首を振る。

「ずっと言えなかったお別れを告げに来たんです。帰ってもらわないと困ります」

口を開けたまま絶句するノット。イースは優しく言葉を紡ぐ。

「ノットさんは、私と一緒になってはいけません」

優しくも、それはきっぱりとした口調だった。

「私は死者です。ノットさんの中にいる私が、私のすべてなんですよ」

「何……何言ってんのか、全然分かんねえ」

しばらく考えるほどの間があってから、イースは言い換えた。

「こちらに残るということは、ノットさんが死んでしまうということです」

ノットは肩を摑んだ手を放さない。

「……それでいい。お前のためなら、俺は死んだっていいんだ」

「いけません」

優しくも強い口調に反して、俺はイースの頰に一筋の涙が伝っているのを見た。

遠くで赤々と光る溶岩が噴出し、地鳴りが俺たちを揺さぶる。いつの間にか、溶岩は俺たちの立っている岩にまで近づいていた。

「イース、どうして……」

「まだそのときではないからです」

さっぱり理解できていない様子のノットに、イースは少し早口になって告げる。

「この世界——深世界は、幾多の望みが押し合いながら形になる場所。普通ならば、最果て島から飛び込んだところで、様々な想いに掻き消されてしまって、存在すらできないんですよ。人の想いに対抗できるのは、人の想いだけ。ノットさんがここにいるのは、あなたにいてほしいと強く望む人が今も確かにいる証拠なんです」

押しとどめるかのように、その手はノットの胸に添えられる。

「……あなたがいないと生きていけないくらい、あなたを愛している人が」

誰のことかは、言うまでもないだろう。

「どうかその人のことを、大切にしてあげてください」

ノットは承諾も反論もせずに、呆けたようにイースの顔を見つめている。

ふとマーキスのことを思い出した。誰からも愛されなかったばかりに、牢から出られなかった孤独な王のことを。

隣のジェスを見る。ジェスも俺を見ていた。俺たちとて、マーキスやイースの言う法則の例外ではないだろう。

俺たちが今ここに存在できているのは、つまりそういうことなのだ。

何としてでも帰らなければならない。ノットを連れて。

熱気を感じて振り返れば、粘り気の少ない溶岩が真っ赤に輝きながら流れてきて、俺たちの立つ岩を囲み始めている。

これからどうするにしろ、残された時間はもう少ない。大変お邪魔なことは承知しながらも、俺はずっと引っかかっていた疑問をイースに投げかける。

〈あの……リュボリの墓や王都で俺たちを導いてくれたのは……あれは、あなただったんでしょうか？〉

イースはこちらを見て、悪戯っぽく微笑んだ。そのたった一瞬の表情に、俺はぞくりと心を奪われそうになる。ノットがジェスの胸で泣いた理由も、今なら分かる気がした。

「いえ、違います」

やはり。イースの答えは、ある意味想定通りだった。

——ご主人たちを助けたかったという私の想いと、助けが必要だという君たちの要求がたまたま嚙み合って、私がここに生まれたんだよ

ホーティスの言葉を信じるなら、俺たちにはもう一人、出会うべき人がいるはずなのだ。

「あなたたち三人が無事旅を終えるよう、強く願った方がいるようですね」

イースの言葉を聞いて、隣でジェスが息を呑む。

忘れるはずもない。短い間だったとはいえ、俺たち三人とともに旅した少女のことを。

俺たちは、俺たちだけに生かされているわけではないのだ。俺たちのことを思って、未来のことを願って、果ててきた人たちがいる。その先の世界で、俺たちは生きている。

イースの茶色い瞳が、俺を見て、ジェスを見て、そしてまたノットへと戻る。

「生きるのはとてもつらいことです。しかし、死んでしまってから生きたかったと願う方が、もっともっと、つらいことなんですよ」

イースの目から、大粒の涙が零れ落ちる。

「生きることを選ぶのです。それがあなたたちの冒険の、物語の終わりです」

ノットにはもはや、言い返す力すら残っていないように見える。

「でも俺は、ずっと……」

「大好きでしたよ」

イースは優しい微笑で、ノットの言葉にならない言葉を遮った。

二人はしばらく、無言で見つめ合う。いやもしかすると、心の声で何か言葉を交わしているのかもしれない。

「豚さん」

ジェスがしゃがんで、俺を見てきた。

「ちょっと後ろを向きましょう」

耳の後ろあたりにそっと手を添えられ、俺はなされるがままに後ろを向く。火山から大量の溶岩が噴き出し、灼熱の光が島全体を覆っているのが見えた。

ジェスは隣から、「だーれだ」の要領で俺の目を押さえてくる。少女の細い指に覆われて、豚の広い視界は真っ暗になった。

地を揺さぶる重低音の手前で、ゴロゴロ、バチバチと溶岩の爆ぜる音が響く。暗闇の中で不安を覚えていると、かすかに聞こえてくる音があった。ジェスの手の脈動する音だ。心なしか早いそのテンポに、俺は不思議な安心感を覚えた。

ふとジェスの手が離れ、赤と黒で描かれた地獄の世界が網膜に映る。振り返ると、ノットはどこか吹っ切れた様子でイースと手を繋ぎ、向こう——海の方を向いていた。

灰の舞う世界で、海は泰然と波打っている。

「帰る」

ぼそりと、ノットが言った。

「ここは美しい。美しいが、クソッタレな世界だ」

何がノットの心境を変えたのか。歩み寄ると、灰だらけの顔がこちらを見る。明るい白目と青い瞳は汚れぬままだ。口を拭ったのか、唇のあたりだけ汚れが薄くなっていた。

ノットは俺とジェスを見ると、海の方へ視線を落とす。一枚岩の切り立った崖だ。他の方向を溶岩に包囲され、俺たちに残された唯一の道は、この崖から海へ飛び降りることだ。

〈これが出口なんだな〉

俺の問いに答えたのは、イースだった。

「どんなときも、生きることを選ぶのです。あなたを待つ人がいる世界で」

足掻いてもがいて絶望して、それでもわずかな可能性に賭けて生き続ける。

生きることを選ぶために、崖から飛び降りる。

物語の終わりとして、これ以上ないほどに明確な答えだと思った。

〈行こう。クソッタレだが美しい世界が、俺たちのことを待っている〉

夕方の汀で、俺たちは目を覚ました。口がしょっぱい。全身びしょ濡れで、海から吹く風が豚肉を震わせる。俺は豚足で立ち上がった。

細かい黒砂のビーチで、ざあ、ざあ、と波が穏やかに寄せては返す。空の色は鮮やかなオレンジから落ち着いた濃紺へと自然に移り変わっていくグラデーションだ。美しい、普通の空。

俺たちはメステリアに戻ってきたのだろうか。

隣では、濡れて服が肌に貼り付いたジェスが目を擦っている。

「ンゴォ！」

話しかけようとすると、オタクっぽい音が口から出てくる。

「ンゴンンゴ……」

豚の口でしゃべることができない。人間とはそもそもの構造が違うのだから、当然である。

深世界でなければ。

「豚、さん……」

ジェスは髪を絞るのをやめ、おそるおそる、俺に手を伸ばした。

ぴと、とジェスの手が俺の頰肉に触れる。ジェスの表情がたちまち輝いた。

「よかった…………！」

襲われた、と思ってしまうような勢いで、ジェスが俺に飛びついてきた。ぎゅうっと抱き締められる。首のあたりに控えめな胸が容赦なく押しつけられた。

深世界を脱したのなら、俺の願望が色濃く反映されたラッキースケベ因果律は、とうになくなっているはずだ。

〈……当たってるぞ〉

「当ててるんです」

鼻声でそう言われながら、このセリフは実在したのかと妙な感動を覚えた。

「よかった、本当によかったです……」

まだ深世界から帰ったと確定するには早いぞ——などと言うことはできなかった。

〈ありがとな〉

禁断の領域と言われる霊術に手を出し、危険な深世界への旅を経て、ジェスは死んだはずの俺をここまで戻してくれた。おそらくヴァティス以来誰も成功させたことがない、奇跡と言っていいほどのことを、俺に胸を押し当てているこの少女はやり遂げたのだ。

頬擦りされながら、横目でノットのことを見る。ノットは髪から海水が滴るのも気にせずに独りで座り込んで、放心したように海を見ながら自分の唇を触っていた。

その膝には、二本の剣が抱えられている。柄にイースの骨を使った双剣。その刃は、海の方へ沈みゆく夕日を反射して、真っ赤に輝いて見えた。

イースの姿はどこにもない。俺たちは三人だけで、どことも知れぬ海岸に流れ着いていた。

〈ここ、どこだろうな〉

ジェスはようやく俺のことを放して、きょろきょろ辺りを見回した。西向きの海岸線には黒い砂のビーチが見渡す限り続いている。内陸側には背の高い松の木が密に生えていて、その先は見えない。水平線は一直線に伸び、そちらにも手掛かりはなかった。

どこにいるのかは分からない。ただ、どこにも非常識な景色が見当たらないという点が、俺にはとても嬉しかった。

「……どこでもいいです、豚さんと一緒なら」

ジェスはそれだけ言って笑った。

そして俺は、それが本心だと知っていた。

〈そうだな、どこでもいいな〉

俺も本心からそう言った。

願望からできた深世界の冒険を通して、一つ分かったことがある。

ジェスは本当に、本心から、潜在意識においてすら、俺にこれ以上何も求めていないのだ。

ただ一つ、一緒にいてほしいということ以外には。

俺がジェスの牙城の中を見ることがなかったのは、ジェスが俺とずっと一緒にいたいと望んでいたからだった。別に、俺から願望を隠していたわけではなかったのだ。

もちろん俺が人間の姿であれば、便利なこともあるだろう。深世界において俺が口で言葉をしゃべるようになったのは、その片鱗かもしれない。

しかし、それらは本質ではない。

深世界においてすら俺が豚のままだったのは、俺たちが一緒にいる以上のことを望んでいなかったから。物語の終わりが何であれ、一緒にいられればそれでいいと、俺たちは本心からそう思っているのだ。

ぴいいぃいぃぃ、と鳥の声がして、上を見る。大きな猛禽が、俺たちの上空で円を描くように旋回していた。猛禽は何周かするとまたぴぃと短く鳴いて、海の方、西の空へと戻っていく。

「鳥さんですね」

〈オオタカだろうか〉

そんな話をしていると、ノットがよっこらせと立ち上がった。猛禽の飛んでいく先、夕日の方をすっと指差す。

「来たな」

眩しさに目を細めてそちらを見る。水平線の向こうへと沈み始めた夕日を背負って、一つの黒い影が海に浮かんでいるのが分かった。

一隻の船が、こちらへ向かっているようだった。

船は沖合で錨を下ろし、一隻の小型艇がせかせかとこちらへやってきた。ノットが双剣に火を灯して振ると、小型艇は魔法の白い光を上空で花火のように散らしてくる。ジェスも同様の魔法で応える。

「ジェス！」

波打ち際で小型艇から降りるなり、シュラヴィスは海水をバシャバシャ跳ねながらこちらへ走ってきた。

シュラヴィスは傍目もはばからずジェスを抱き締めようとして、やめた。行き場を失くした両手がジェスの両肩に置かれる。少し微笑んで息を整えた後、シュラヴィスはようやく気付いたようにノットと俺を見た。

「ノット……それに豚も、よく無事で戻ってきてくれた」

俺の前にしゃがんで、ごつい手で頭を撫でてくる。元気そうで安心した。

〈ジェスのことは撫でなくていいのか〉

少し皮肉を交えて言うと、シュラヴィスは真顔になる。

「自分と対等な者を撫でたりしないが……」

おい！　俺のこと可愛い豚さんだとでも思ってるだろ！！

「冗談だ」

〈真顔で冗談を言うなよ〉

満足そうに笑ってから、シュラヴィスはノットの方に足を向けて——やめた。

ノットは遅れて走ってきた小さな影によって、今まさに突撃されるところだったからだ。

セレスはノットを抱き締めて、頭をぐりぐりとその胸に押しつけたままわんわん泣き始めた。

微笑ましい光景に、思わず頬肉が緩んでしまう。ジェスもシュラヴィスも、そちらを見て温かい笑みをこぼしていた。

小型艇から、ともに最果て島を目指した仲間たちが続々と降りてくる。

悠々と歩いてくる黒豚。大斧を素振りしながらやってくるイツネ。疲れた様子で弩を担ぐヨシュ。こちらに手を振ってくるバット。危なっかしい足取りで汀を歩くヌリス。誇らしげに背中を逸らして行進するイノシシ。

全員が見ている中で、ノットはセレスの肩を掴み、しっかりと向かい合う。

「俺が悪かったから、もう泣くな」

このとき俺は気付いた。深世界の旅を通して傷だらけになっていたはずのノットの身体が、今ではすっかり、きれいに癒えていることに。

すっと上体を屈めると、ノットはセレスの頬にキスをした。不器用なのか、正確に狙ったのか、その口づけの位置は、ほぼセレスの唇の端にも見えた。セレスは突然、泣くのをやめる。

——まったく、ああいうのは条例で罰するべきだと思いますねえ黒豚が鼻を鳴らしながら近づいてきた。ジェスが会話を仲介してくれているらしい。

お前が言うか、とツッコみたくなるのを我慢し、向かい合う。

〈また無事会えてよかったです〉

――ええ。おかげさまで、こちらの作戦は成功しました。この国はもはや、我々のものです

その口調に滲む一抹の不穏さも、黒豚が俺に頬擦りしてきたことで消え失せてしまった。人間時代のサノンの髭面を思い出して戦慄する。やめれ。

ふと気付いた様子で、シュラヴィスがきょろきょろと辺りを見回す。

「そういえば、父上は」

もう先に帰ってしまったのかな、とでも訊くように、その緑の瞳がジェスを見た。

「あの……」

ジェスが言いづらそうにしていたので、俺がフンゴと言ってシュラヴィスに伝える。

〈すまない。全力を尽くしたが、こちらに連れ帰ることはできなかった〉

王子の目が、一瞬だけ見開かれる。

「それは……死んだということか」

ゆっくりと、俺は頷いた。

意外にも、その顔にはすぐに諦めの色が現れた。

もっと驚き、もっと悲しむかと思ったが、シュラヴィスはむしろ俺たちに微笑みかける。

「残念だが、お前たちが生きて帰っただけで十分だ。気に病むな」

そんな感想でいいのか、と思いもしたが、俺は何も言うことができなかった。

ジェスが、何か言わずにはいられないとでもいうように口を開く。

「でもシュラヴィスさん、マーキス様は……」

言葉が迷子になり、途切れた。俺たちは何も言えないのだ。

「闇躍の術師に身体を奪われた時点で、覚悟はしていた。損失は大きいが、父上の力がなくても、俺たちならきっとやり直せる」

ああ、と思った。あの言葉は間違っていなかった。

息子のシュラヴィスですら、マーキス本人ではなく、マーキスの力を望んでいたのだ。

俺たちの反応を不思議そうに見るシュラヴィスから目を逸らし、夕暮れの海岸を見る。

いつの間にか転んでいたのか右半身を海水で濡らしたヌリスとともに、ケントがこちらへやってきていた。

――王がいないということは、首輪を外す方法は、別途持ち帰ってきたということですか？

イノシシが、俺とジェスを交互に見た。

そうだった。ケントの一番の目的は、あくまでヌリスの首輪を外すことだった。

無邪気に俺たちを見るヌリスの首には、夕空の下で鈍く光る銀の首輪がついたままだ。

気まずくなりながら、ケントに伝える。

〈本当にすまない。余裕がなかったんだ。マーキスは「首輪を外す方法は他にもある」と言っていた。探せばきっと……〉

きっとどうなのか、俺にはその続きが見つからなかった。

「本当に、ごめんなさい！」

ジェスが俺の隣で平謝りした。

イノシシの剛毛が逆立つ。怒るかと思ったが、ケントの言葉は意外に穏やかだった。

――他に方法があるなら、それを探すまでです。手伝ってくださいよ

ケントの言葉にシュラヴィスが頷く。

「今回の作戦の目標は、あくまで最凶の王の打倒だ。それを達成したのだから、ひとまずよしとしようではないか。首輪を外す鍵魔法だって、父上が消えたから永久に失われたというわけではない。魔法は魔法。困難かもしれないが、解く方法はきっと見つかる」

そう言って、まだ申し訳なさそうにしているジェスの肩を、ごつい手で優しく叩いた。

「争いは終わった。急ぐことはないんだ。問題は一つずつ、みんなで解決していけばいい」

俺たちのいた見送り島からメステリア本土への船旅は、穏やかで、平和で、快適だった。疲れてはいたが、寝るに眠れず、ジェスと一緒に甲板へ出る。心まで吸い取られそうな満天の星

空。星の数はやはり、多すぎない方が美しいと思った。胸の大きさと一緒だ。

「魔法は魔法。困難かもしれないが、解く方法はきっと見つかる」

ジェスが小声で、シュラヴィスの発言を口にする。

「今回乗り越えてきたことを思えば、姿の違いや、住んでいた世界の違いだって、なんとかなる気がしてきました」

〈そうだな〉

やるべきことはまだたくさん残っている。しかし、ジェスと一緒なら、仲間と力を合わせれば、ジェスの言う通り、なんとかなるような気がしてくる。

〈一緒に乗り越えよう〉

「ええ、ずっと一緒ですよ」

雲があろうと、青空に邪魔されようと、星々は遥(はる)か彼方(かなた)でいつも変わらずに輝いている。あの星々のようにずっと変わらずにいられたら、と思う。

「わあ、豚さん、見てください！」

ジェスが夜空の一角を指差した。

黒い空の中に、鉛筆で引(ひ)っ掻(か)いたような明るい筋が一本走っている。

〈何だあれ、彗星(すいせい)か？〉

「さあ……でも、きれいですね」

見ているうちに、その筋はどんどん長くなっていく。どうやら彗星ではないようだと気付いたときには、一筋だった線が枝分かれを始めていた。空のところどころに白い光の線が現れ、伸びては枝分かれして、と増殖を続ける。

それはまるで、夜空にひび割れが入っていくかのような光景。

長く枝分かれするだけでは物足りないのか、光の筋はその太さも増していった。やがて、白い光の正体が見えてくる。

高密度の星々で埋め尽くされた星空だ。

メステリアの美しい夜空が砕かれ、その隙間から狂気じみた星空が覗いている。

「これって……」

〈まずいな、シュラヴィスたちを起こしにいこう〉

俺たちは駆け足で船室に戻る。

この現象は、俺たちが深世界で見たものと同じだ。向こうでは隙間からこちらの空が覗き、こちらからは向こうの空が覗いている。

まるで二つの世界が、これから融け合おうとしているかのように。

〈まさか……〉

その声が自分の口から漏れていることに、俺は少し遅れて気付いた。

ジェスと一緒に駆けながら、考える。

俺たちは、何かとんでもないことをしでかしてしまったらしい。

ある夜、明るい部屋にて

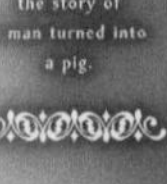

カラフルな色水を封入したガラスの球体が、透明なシリンダーの中で油に浸かっている。上部には六つの球体が浮いている一方で、下には四つの球体が沈んでいる。

彼らの命運を分けるのは、シリンダー内の油の密度だ。油よりも比重が大きい球体は底に沈み、油よりも比重が小さい球体は、浮力によって水面近くへ浮かび上がる。

気温が高くなれば、油は膨張する。すると油の密度が低くなるため、より多くの球体が底へと沈むことになる。そうした原理を応用して作られたのが、このガリレオ温度計だ。

今、浮いている球体の一番下には「二二℃」という札が下がっている。つまりこの部屋の室温はおよそ二二度と分かるわけだ。しかし、すぐ隣に置いてあるデジタル時計が「二〇・六℃」という数値を表示しているのを見るに、このおしゃれな温度計は、温度計として使われているのではなく、所詮(しょせん)飾りとしての役割しか果たしていないのだろうと推測できる。

物の少ない院長室にあるのは、そうした報われない調度品ばかりだ。花が活(い)けられているところを見たことがない江戸切子(えどきりこ)の一輪挿(いちりんざ)し。コートを掛けてもらえない黒檀(こくたん)のコートハンガー。そして書斎机の上に、椅子側ではなくソファー側を向けて置かれた家族写真。

写っているのは私の家族だ。病床の母親を囲んで、父と、私と、それから妹。優しかった母はこの撮影の二ヶ月後に亡くなって、今は妹も、同じ病で寝たきりとなっている。妹はもう長くない。今では言葉を返してくれることすらなくなってしまった。

残されたのは、ワーカホリックの父親と、メン〇ラの長女だけ。ソファーに向かい合って座っている。疲れ果てた顔の父親を前にしながら、私はあの悪夢のことを思い出していた。

きっかけは、睡眠薬の過剰摂取だった。

気が付くと私は、見知らぬ町の郊外の、見知らぬ牧場にいた。池の水面に映った自分の顔が豚になっていたとき、自分を雌豚扱いしていた天罰が下って、豚に転生させられてしまったのかと、本気で疑った。豚であることに、私は耐えられなかった。

溺死は苦しいと聞いていたから、早いのは毒草を食べることか、高いところから飛び降りることだと思った。豚の身体では選択肢が少なかった。生憎毒草の知識はなく、私はふさわしい場所を探して歩いた。

私にはなぜか、その異国の地の言葉が分かった。二〇年間生きてきて、見たことも聞いたこともない言語体系ではあったが、どういうわけか、私はその言葉を読み、また聞き取ることができた。

だから私は、その少女の名前がブレースであるということを知ってしまった。彼女は夜の森の中で、粗野な男たちに乱暴されていた。豚と呼ばれて殴られていた。

ブレースは、妹と同じくらいの年齢だった。継ぎ目のない銀の首輪をつけられていて、そこを鎖でつながれていた。私には何もできなかった。茂みから、ずっと傍観していた。

男たちが煙草のようなものを吸って休んでいる間、ブレースは逃げようともせず、両膝をついて胸の前で手を固く握り、ひたすら星空に祈っていた。


——どうかこのブレースを助けてください、お願いします

少女が口を開かずとも、少女の声が聞こえた気がした。

あのときは空耳だと思っていたが、今なら分かる。彼女は私に助けを求めていたのだ——祈りの力によって引き寄せられた私に、想いを伝える心の力で。

でも私は、何もしなかった。ブレースは結局、男たちに引きずられて消えていった。

逃げた私を待っていたのは、代わり映えのしない現実と、サノンという人からのDMだった。

送られてきたリンクを開き、変なタイトルのネット小説を読んで、私は戦慄した。

そこには私が見捨てた少女の最期が描かれていた。その小説を目にするより先に書いていた夢日記と照合したのだから、記憶の捏造ではない。あの夢は、単なる夢ではなかったのだ。

彼女の死に報いなければならないと思った。

だから私は、三人の眼鏡オタクのあまりに突飛な計画にも賛同し、力を貸した。

そしてその三人は今、この病院の一角で今も眠っている。身体に異常はないのに、三ヶ月以上経った今も、まだ目を覚まさない。一つの基準に照らせば、立派な植物状態だ。

父親によると、このところ彼らのバイタルサインが不安定になってきているという。何かを知っているなら頼むから教えてくれ——すでに命令から懇願へと変わっていた父親の要求に、私は相変わらず「何も知らないし何も分からない」で押し通した。

冷房の効いた院長室の空気は、七夕を過ぎた夏の夜とは思えないほどに冷たい。

「何か一つでも上手くいきますように」——短冊に書いた私の願いが叶う気配は一向にない。

ロリポさんの例の小説は、応募していた新人賞の一次選考を突破したようだけれど……。

でも本人が目を覚まさなければ、それも意味のないことだ。

ルルルルルルルルルルル。

沈黙に冷めきった空気が、大音量の電子音によって破られた。

父親は素早く立ち上がり、慣れた手つきで受話器を取る。

「院長室」

抑揚のない父親の声と対照的に、受話器の向こう側の声は、私にすら漏れ聞こえるほど、興奮して、そして混乱している様子だった。

『娘さんが！　抜け出して屋上に……何が何だか……』

妹の病室の話だろうか。誰が抜け出して、屋上がどうしたのか。

取り乱す看護師の言葉を盗み聞きするうちに、起きたのは私の妹らしいということが分かってきた。もう二度と目を覚ますことはないと思っていた、私の妹。

すぐに院長室を出て、私は屋上へと走った。

何か一つでも——私の祈りが届いたのだろうか。

屋上は広く、高い柵で囲われている。都心にありながら星空がよく見えた。

ガウン式の病衣を着て、平らな床の上に、妹は両膝をついていた。戸惑った様子の女性看護師が、こちらに気付いて振り向いてくる。

妹の様子を見て、私は思わず息を呑んだ。

両手は胸の前で固く握られ、目は星空に向いている。彼女は涙を流して、微笑んでいた。

あとがき（5回目）

お久しぶりです、逆井卓馬です。

2巻以降、ずっとあとがきに四ページもいただいていたのですが、なんと今回も四ページ書けることになってしまいました。みなさん、うんざりされていないでしょうか？　長すぎるだろうな、と毎度悩みながら書いているのですが、そこにページがあるなら書きたくなってしまう欲張りな豚さんでして……。

自分が校長先生ではなく小説家になってよかったと、心からそう思っております。

ではここから、また長話をしてもいいでしょうか？　（だめです。）


突然ですが、私は神社やお寺が好きです。

生活圏にあればたいていどこも一度は行ってみますし、旅先で見かけるとつい立ち寄ってしまいます。鳥居のある風景や参道の静けさを楽しみながら賽銭箱に向かい、百円玉を投げ入れて参拝。それからまた目的もなく境内をうろうろするのがルーティンです。

神社やお寺の何が好きかといえば、やはりその雰囲気でしょうか。

街中にあってもそこだけ林のようになっていたり、広い道や大きな建築が整然と配置されていたり、かと思いきや隅の方にちょっと不思議な石造物が置いてあったり、古い木材の香りが漂っていたり、巨木が大切に守られていたり……。

どこか時が止まっているような、異空間のような趣が神社仏閣にはあります。

そして、その理由を考えたときに、浮かんでくるのが「祈り」です。

神社やお寺は、とてもざっくり言ってしまえば祈りの場所です。せっかく来たのに参拝せず帰ってしまう人はあまりいないでしょう。（夜の肝試しは別です。）訪れた人たちは、大小はあれ何らかの願いを胸に秘めていて、それを神仏に祈っていきます。

祈るために作られた、祈りのための場所だからこそ、世の中の急速な変化から離れて、私たちが普段暮らしている世界とはちょっと違った雰囲気になるのではないでしょうか。

おかげで私は、訪れるたびに自分の願いとゆっくり向き合うことができます。


物語を書く楽しさを知ってから十余年、私はずっと小説家になりたいと願い、神社やお寺に参拝するときはいつもそう祈ってきました。その先に、今の私があります。

いつか豚さんも言っていましたが、願いを叶（かな）えるのは、結局のところ自分自身かもしれません。しかし、願いをちゃんと言葉にすること、そしてときおり祈りを捧（ささ）げることは、意味のある行為だと思っています。

そうすることで願望は、よりはっきり見えるようになり、より強固になっていくからです。

今回は、そんな願いと祈りの話になりました。

祈りはきっと報われます。願いが完璧に叶うことがなかったとしても、ずっと胸に秘め続ける想いは、いつか何らかの形で実現してくれると、そう私は信じています。

信じられない方は、ぜひ本文を読んだ後、この本の裏表紙をご覧になってください。


さて、おかげさまで、豚レバも順調にシリーズを続けられています。

最後まで読まれた方なら察していらっしゃるかと思いますが、物語はこれからも続いていく予定です。毎巻やっていることの振れ幅が大きい豚レバですが、6巻でも挑戦を続け、みなさんの予想を裏切り、そして願わくは期待を裏切らない楽しいお話にできればと思っています。

このシリーズがどこまで遠くへ行けるのか、実のところ誰も知りません。しかし、豚さんとジェスたその関係は最終的にどうなるのか、そこまできちんと描き切るつもりです。

今後ともお付き合いいただけましたら幸いです。


最後に、嬉しいお知らせがあります！

みなみ先生による豚レバコミカライズの単行本第2巻が（この本がみなさんのもとに届いているころには）発売中です！！！

お話は二人が最初の町キルトリを出て山間の村バップサスに至るところから始まり、セレス、ノット、そして例のイッヌが初登場します。

5巻までお付き合いくださったみなさんにならきっと分かっていただけると思うのですが、あの辺りのエピソードはどれも、ここまでお話が進んだ今振り返ってみると、なかなか心にくるものがあります。原作者の私も、みなみ先生の原稿をチェックしながら、毎度のようにしっとりとした感傷に浸っています。

漫画は相変わらず最高です。セレスたそ〜と言いながら読みました。

壁にかかったジェスのタペストリーから鋭い視線を感じたのは、おそらく気のせいでしょう。

ぜひみなさんもお試しあれ！

（タペストリーの話で思い出したのですが、嬉しいことに、遠坂あさぎ先生のイラストを使用した豚レバグッズが発売されました！　タペストリー、ラバーマット、枕カバー、時計など盛りだくさんです。こちらもぜひチェックしてみてください！）

長くなってしまいましたが、こんなふうに楽しくあとがきを書けているのも、出版に携わってくださった方々、そしてここまで一緒に来てくださったみなさんのおかげです。感謝してもしきれません。末筆になりますが、心より御礼申し上げます。本当にありがとうございます。

それでは引き続き、よろしくお願いいたします！

二〇二一年九月　逆井卓馬

CHECK!!
フヒィ！
フッッヒィ！
ごしゅじんさま…
豚
普段は豚扱いしてくる妹が
昨日は宿題手伝ってくれてありがとう
…今回は特別なんだからねっ
と言って作ってくれるお弁当
どちらがおいしいか！
の冒険を、もう一度
ジェスたそに応援されたい…
ブヒ…
豚さんファイトです！
がんばれがんばれ♡
BUTASAN

好きだから！
どうだ？
テコテコ
ん…
まだ背骨か…
あのイチャラブを、
朝ですよ
トントン
彼女いない歴イコール年齢の眼鏡ヒョロガリクソ童貞
わうっ！
Heat the pig liver
the story of a man turned into a pig.
『豚のレバーは加熱しろ』
電撃コミックスNEXTより
コミカライズ1～2巻好評発売中！
電撃マオウにて大好評連載中！
[漫画] みなみ [原作] 逆井卓馬 [キャラクターデザイン] 遠坂あさぎ

◉逆井卓馬著作リスト

「豚のレバーは加熱しろ」（電撃文庫）
「豚のレバーは加熱しろ（2回目）」（同）
「豚のレバーは加熱しろ（3回目）」（同）
「豚のレバーは加熱しろ（4回目）」（同）
「豚のレバーは加熱しろ（5回目）」（同）

本書に対するご意見、ご感想をお寄せください。

ファンレターあて先
〒 102-8177　東京都千代田区富士見 2-13-3
電撃文庫編集部
「逆井卓馬先生」係
「遠坂あさぎ先生」係

本書は書き下ろしです。

電撃文庫

豚のレバーは加熱しろ（5回目）

逆井卓馬

2021年10月10日　初版発行
2023年９月15日　５版発行

発行者　山下直久
発行　株式会社KADOKAWA
〒102-8177　東京都千代田区富士見2-13-3
0570-002-301（ナビダイヤル）
装丁者　荻窪裕司（META＋MANIERA）
印刷　株式会社KADOKAWA
製本　株式会社KADOKAWA

ISBN978-4-04-914045-3　C0193　Printed in Japan

電撃文庫　https://dengekibunko.jp/

電撃文庫創刊に際して

文庫は、我が国にとどまらず、世界の書籍の流れのなかで〝小さな巨人〟としての地位を築いてきた。古今東西の名著を、廉価で手に入りやすい形で提供してきたからこそ、人は文庫を自分の師として、また青春の想い出として、語りついできたのである。

その源を、文化的にはドイツのレクラム文庫に求めるにせよ、規模の上でイギリスのペンギンブックスに求めるにせよ、いま文庫は知識人の層の多様化に従って、ますますその意義を大きくしていると言ってよい。

文庫出版の意味するものは、激動の現代のみならず将来にわたって、大きくなることはあっても、小さくなることはないだろう。

「電撃文庫」は、そのように多様化した対象に応え、歴史に耐えうる作品を収録するのはもちろん、新しい世紀を迎えるにあたって、既成の枠をこえる新鮮で強烈なアイ・オープナーたりたい。

その特異さ故に、この存在は、かつて文庫がはじめて出版世界に登場したときと、同じ戸惑いを読書人に与えるかもしれない。

しかし、〈Changing Times,Changing Publishing〉時代は変わって、出版も変わる。時を重ねるなかで、精神の糧として、心の一隅を占めるものとして、次なる文化の担い手の若者たちに確かな評価を得られると信じて、ここに「電撃文庫」を出版する。

1993年6月10日
角川歴彦

電撃文庫DIGEST　10月の新刊

発売日2021年10月8日

ソードアート・オンライン26
ユナイタル・リングV

【著】川原 礫　【イラスト】abec

セントラル・カセドラルでキリトを待っていたのは、二度と会えないはずの人々だった。彼女たちを目覚めさせるため、そして《アンダーワールド》に迫る悪意の正体を突き止めるため、キリトは惑星アドミナを目指す。

魔王学院の不適合者10〈下〉
～史上最強の魔王の始祖、転生して子孫たちの学校へ通う～

【著】秋　【イラスト】しずまよしのり

〝世界の意思〟を詐称する敵によって破滅の炎に包まれようとする地上の危機に、現れた救援もまた〝世界の意思〟――？？　第十章《神々の蒼穹》編、完結!!

ヘヴィーオブジェクト　人が人を滅ぼす日（下）

【著】鎌池和馬　【イラスト】凪良

世界崩壊へのトリガーは引かれてしまった。クリーンな戦争が覆され、人類史上最悪の世界大戦が始まった。世界の未来に、そして己の在り方に葛藤を抱くオブジェクト設計士見習いのクウェンサーが選んだ戦いとは……。

豚のレバーは加熱しろ（5回目）

【著】逆井卓馬　【イラスト】遠坂あさぎ

願望が具現化するという裏側の空間、深世界。王朝の始祖が残した手掛かりをもとにその不思議な世界へと潜入した豚たちは、王都奪還の作戦を決行する。そこではなぜかジェスが巨乳に。これはいったい誰の願望……？

隣のクーデレラを甘やかしたら、ウチの合鍵を渡すことになった3

【著】雪仁　【イラスト】かがちさく

高校生の夏臣と隣室に住む美少女、ユイはお互いへの好意をついに自覚する。だが落ち着く暇もなく、福引で温泉旅行のペア券を当ててしまう。一緒に行きたい相手はすぐ隣にいるのだが、簡単に言い出せるわけもなく――

ホヅミ先生と茉莉くんと。
Day.3 青い日向で咲いた白の花

【著】葉月 文　【イラスト】DSマイル

出版社が主催する夏のイベントの準備に奔走する双夜。その会場で〝君と〟シリーズのヒロイン・日向葵のコスプレを茉莉にお願いできないかという話が持ち上がり――!?

新作　シャインポスト
ねえ知ってた？　私を絶対アイドルにするための、ごく普通で当たり前な、とびっきりの魔法

【著】駱駝　【イラスト】ブリキ

中々ファンが増えないアイドルユニット『TiNgS』の春・杏夏・理王のために事務所が用意したのは最強マネージャー、日生直輝。だが、実際に現れた彼はまるでやる気がなく……？少女達が目指す絶対アイドルへの物語、此処に開幕！

新作　琴崎さんがみてる
～俺の隣で百合カップルを観察する限界お嬢様～

【著】五十嵐雄策　【イラスト】佐倉おりこ
【原案】弘前 龍

クラスで男子は俺一人。普通ならハーレム万歳となるんだろうけど。「はぁああああ、尊いですわ……！」幼馴染の琴崎さんと二人。息を潜めて百合カップルを観察する。それが俺の……俺たちのライフワークだ。

新作　彼なんかより、私のほうがいいでしょ？

【著】アサクラネル　【イラスト】さわやか鮫肌

「好きな人ができたみたい……」。幼馴染の堀宮音々の言葉に、水沢鹿乃は愕然とする。ゆるふわで家庭的、気もよく利く彼女に、好きな男ができた？　こうなったら、男と付き合う前に、私のものにしちゃわないと！

新作　死なないセレンの昼と夜
―世界の終わり、旅する吸血鬼―

【著】早見慎司　【イラスト】尾崎ドミノ

「きょうは、死ぬには向いていない日ですから」人類は衰退し、枯れた大地に細々と生きる時代。吸血鬼・セレンは旅をしながら移動式カフェを営んでいる。黄昏の時代、終わらない旅の中で永遠の少女が出逢う人々は。

ギルドの受付嬢ですが、残業は嫌なのでボスをソロ討伐しようと思います
uketsukejou saikyou
残業回避！
定時死守！
（自分の）平穏を守るため、受付嬢が凄腕冒険者へと変貌する――!?
第27回電撃小説大賞
金賞
受賞

二月 公
イラスト／さばみぞれ
声優ラジオのウラオモテ
#01 夕陽とやすみは隠しきれない？
オモテは元気＆清楚なアイドル声優／
ウラはギャル＆根暗地味子な女子高生！？
プロ根性で世界をダマせ！
バレたらアウトの声優ラジオ
Now On Air!!
第26回
電撃小説大賞
大賞
受賞
電撃文庫

幼なじみが絶対に負けないラブコメ
OSANANAJIMI GA ZETTAI NI MAKENAI LOVE COMEDY
［著］二丸修一
SHUICHI NIMARU
［絵］しぐれうい
『幼なじみ』VS『初恋の少女』
先の読めない
最先端ラブコメ開幕!!
STORY
高校２年生の丸末晴は、幼なじみの少女・志田黒羽からの好意を知りながらも、初恋の相手である可知白草に一途な恋心を抱いていた。だがそんな矢先、白草に彼氏がいることが発覚！
末晴は深い絶望の末、黒羽と手を組んで、男の純情を踏みにじった白草に〝最高の復讐〟をすることを決意する!!
電撃文庫